Adam Schwarz

GLITSCH

Roman

ZYTGLOGGE

« All my friends tell me I should move on
I'm lying in the ocean, singing your song »
Lana Del Rey

Wenigstens das Meer war noch da. Und auf dem Meer ein Schiff. Es schimmerte in der Spätsommersonne. Eine Aufschrift am Bug identifizierte es als *Jane Grey*, ein kurz vor der Ausmusterung stehendes Modell der Rapture-Klasse, einer der Kategorien, die die Diamond Lines für ihre Schiffe verwendete. Auf der Nordostpassage zwischen Hamburg und Tokyo war es unterwegs, einmal ganz Eurasien entlang, eine Strecke, die es fast zwei Mal pro Monat bewältigte, von März bis Oktober, in warmen Jahren auch bis Weihnachten.

Sie war ein schönes Schiff, die Grey. Nicht mehr ganz so glänzend und makellos wie im Hamburger Hafen damals, als die Kapitänin den Stahlbauch mit einer Flasche Schaumwein benetzt hatte. Aber ein ordentliches, ein gepflegtes und vor allem ein großzügiges Schiff war sie noch allemal, obschon die Preise für eine Überfahrt mit den Jahren gesunken waren, weshalb sich das Angebot inzwischen eher an das Preissegment der – wie es die Marketingabteilung der Reederei nannte – Konsum-Materialisten richtete und nicht mehr an das der Modernen Performer. So oder so war es ein eigenes Völkchen, das sich für ein dermaßen ausgemustertes Transportmittel begeisterte. Kreuzfahrtschiffe gehörten schließlich in eine andere Ära, eine unbeschwertere. Eine, in der das Leben simpler gewesen war, und in der man sommers Erdölkraftstoffe in die Luft gepumpt hatte, um dorthin zu fahren, wo heute deswegen die Wüste begann.

Es war der 19. August, und das Schiff war bereits seit fünf Tagen unterwegs. Die arktischen Temperaturen lagen um die achtzehn Grad, und auf dem Schiff befanden sich exakt 2508 Passagiere.

Eine große Zahl davon war auf gelbe Schaumstoffliegen drapiert. Dort übten sie unter der Polarsonne das Leben als Pflanze. Andere planschten im Blau der Außenbecken. Kinder schöpften die chlorige Brühe mit Händen und ließen sie sich auf den Kopf prasseln. Der chemische Geruch erinnerte an die Schwimmbäder in den westeuropäischen Ballungsräumen, aus denen die Kinder stammten, was aber nicht störte, gab es hier doch keinen Schwimmlehrer, der im Unterhemd den Beckenrand auf- und abschritt und den Kindern neidete, dass sie noch voll Potenzial waren, dass sie sich noch selbst aussuchen konnten, auf welche Weise sie im Leben scheitern wollten. Auch einen Bademeister gab es nicht. Die Reederei war gesetzlich nicht dazu verpflichtet, einen einzustellen, also ließ sie es sein.

Auf der Grey herrschte das Gebot, sich von seiner Seele zu trennen und sie, wie es im Katalog hieß, «baumeln» zu lassen. Baumeln, das bedeutete, dass man so viel essen und entspannen sollte, wie das Herz begehrte. Dass das Herz etwas begehren sollte, war sowieso klar.

Wer sagte, dass der Mensch nicht frei war? Für ein paar Wochen im Jahr war er es. Das Urlauben glich die Demütigungen, die ihm während dem Rest des Jahres widerfuhren, mehr als aus. Die arktische Sonne, sie schien nur für ihn. Nur für ihn überquerte das Schiff das Polarmeer, genauso, wie er sonst nur für andere am Schreibtisch saß und nickte.

Wer dem in einem fort scheinenden Sonnenball nichts abgewinnen konnte, durfte sich im Schiffsbauch vergnügen. Dort konnte er die Gabel in Berge blasser Garnelen versenken, sich an den verschiedenen Zwischenhalten aufs Schiff geladene Schweden- und Schwarzwäldertorten in den Mundraum schieben und im Casino häppchenweise sein Erspartes verzocken.

Unter den Passagieren befanden sich auch solche, die nicht eigentlich Passagiere zu nennen wären, und die für sich, hätte man sie gefragt, was niemand tat, wohl die Bezeichnung Schiffsangestellte reklamiert hätten. Sie waren nicht immer leicht zu erkennen, aber sie waren da, verborgen zwischen den zahlenden Gästen: Köche und Köchinnen waren sie, Rezeptionistinnen und Rezeptionisten, Kellnerinnen und Kellner, Allrounderinnen und Allrounder, Croupiers und Croupièren, Bühnentechnikerinnen und -techniker, Tellerwäscherinnen und -wäscher sowie Entertainerinnen und Entertainer. Sie sorgten dafür, dass sich der Betriebsablauf nicht verzögerte. Die Aufgabe, den Passagieren drei Wochen zu ermöglichen, in denen sie einfach sie selbst sein konnten und wenn nicht das, dann zumindest auf der Suche danach, nahmen sie gerne wahr. Effektivität war ihr Motto, Entspannung ihr Ziel.

Doch während es den meisten Gästen bereits binnen weniger Stunden an Bord gelungen war, zu tun, wozu die Prospekte sie anhielten, gab es andere, bei denen sich partout keine Entspannung einstellen wollte. Sie schienen nicht eigentlich aufs Schiff zu gehören. Die Umstände – oder war es das Schicksal? – hatten sie hierhin verpflanzt. Da standen sie nun und wussten nicht weiter.

Zwei davon traten eben durch die Außentür der Polar Bar und stellten sich in die Nähe des Beckens, in dem sich graue nordwestrussische Wolken spiegelten. Der Mann, Ende zwanzig und gerade groß genug, um nicht als klein zu gelten, klammerte sich an seinem Gin Tonic fest. Das mintgrüne Polohemd – er hatte es sich in die Cordhosen gestopft – wollte nicht recht zum Dutt aus hellbraunem Haar, dem Ziegenbärtchen und der Discounterbrille passen. Er wirkte verkleidet, oder so, als müsse er etwas beweisen.

Er streckte der Frau, die Mitte dreißig sein musste, und seine gedrungene Erscheinung durch Gazellenartigkeit ausglich, sein Glas entgegen. Man prostete sich zu. Die Frau trank Wasser. Sie schien sich, anders als er, nicht nur in ihrer Haut, sondern auch in ihrer Kleidung wohlzufühlen. Die Perlohrringe, die von ihrem Septum-Piercing weit weniger gebrochen wurden, als sie glaubte, und ihr hochgeknöpftes Designer-Top ließen sie inmitten der Passagiere, die in ausgewaschenen Badehosen auf den Liegen lümmelten, leicht deplatziert erscheinen. Die Bezeichnung, auf die sich ihre Erzeuger kurz vor ihrer Geburt geeinigt hatten, lautete Kathrin, Kathrin Wahlau.

Und er, er war Léon. Einfach Léon.

Es war zwei Uhr nachmittags. Auf dem Schiff befanden sich noch immer exakt 2508 Passagiere. Trotz der Heizpilze, die sich über den ganzen Außenbereich verteilten und leise vor sich hin glühten, spürte Léon den arktischen Wind auf der Haut. Er stellte sich vor, wie es früher gewesen war, als die See rundherum so klirrend kalt gewesen war, dass sie die Schiffe an Ort und Stelle festgenagelt hatte, und spürte eine Sehnsucht, die ihn befremdete. Kälter als zwischen Kathrin und ihm konnte es damals auch nicht gewesen sein. Er sah zu seiner Freundin hinüber, die auf das beleuchtete Poolwasser starrte, als fände sich dort eine Antwort. Sie sei so still, sagte er, ohne zu nachzuhaken, woran das liege.

Sie musterte ihn. «Findest du?»

«Ja, schon.»

«Kannst ja was erzählen.»

Ihm war, als ob die anderen Passagiere ihn fixierten, also köchelte er ein Instant-Lächeln auf und streckte die Brust durch. Dann klopfte er seinen Hippocampus nach einer passenden Anekdote ab. Ob sie wisse, dass die Menschheit die Milchstraße nie verlassen können werde? Selbst mit Lichtgeschwindigkeit nicht. Dafür dehne sich das Universum zu schnell aus. Die Menschheit sitze fest, sagte er, und dachte: Genau wie wir.

Kathrin setzte das Glas an die schmalen Lippen, kippte den Kopf nach hinten und wischte sich den Mund trocken. Dann sagte sie, sie verstehe immer noch nicht, weshalb er überhaupt mitgekommen sei.

Schon beim Frühstück im Pompadour hatte sie ihm vorgeworfen, er würde ihr die Laune verderben. Mag sein, dass er ab und an einen Spruch gemacht hatte des Schiffs wegen. Ein schwimmfähiger goldener Käfig. Eine bunt glänzende Totalität. Aber eigentlich wollte er sie bloß zum Lachen bringen. Schließlich hatte sie sich bis vor Kurzem oft genug über Kreuzfahrtouristen lustig gemacht, über Menschen, die glaubten, die Welt besser begreifen zu können, indem sie über ihre Oberfläche glitten, und dann auch noch mit einer dermaßen aus der Zeit gefallenen Form des Transports. Nun war sie selbst einer, und er mit ihr, so unbegreiflich das war.

«Ich wollte einfach mal wieder mit dir in Urlaub fahren», sagte er. Das war nicht einmal gelogen.

«Ich weiß doch, Léon.»

Er dachte an die vielen Diskussionen, die sie geführt hatten, seit sie ihm erzählt hatte, dass ihre Professorin sie nach Tokyo zu einer Konferenz zur interdisziplinären Erforschung der Weltablehnung eingeladen hätte, dachte an all den Streit. Eineinhalb Wochen intensiver Diskussionen über ihr Promotionsthema. Klar, dass sie da dabei sein musste. Das sah er ein. Was er dagegen nicht hatte nachvollziehen können – und, war er ehrlich, weiterhin nicht nachvollziehen konnte – war, weshalb sie dafür ausgerechnet ein Kreuzfahrtschiff nehmen musste. Selbst wenn sie einen Zeppelin hätte nehmen wollen, hätte er mehr Verständnis gehabt. Erst hatte sie behauptet, sie wolle einmal die Arktis sehen, den letzten Eisberg, aber das war Schwachsinn, und das wusste sie auch. Drei Wochen lang hatte er immer wieder nachbohren müssen, bis sie ihm schließlich nicht nur eröffnet hatte, dass ihre Eltern die Kabine bereits gebucht hätten, sondern auch, dass sie an Flugangst litt. Ausgerechnet sie. Ausgerechnet Kathrin, die sich sonst vor nichts zu fürchten schien, sondern sich auf alles stürzte, was nach Gefahr roch, die Felswände hochkletterte und Berge runterbretterte, Bungeesprünge von Staumauern machte und angeblich einmal, sechs Jahre, bevor sie sich kennengelernt hatten, mit Fallschirm und Schutzanzug durch die Stratosphäre gepurzelt war, ein Geburtstagsgeschenk ihres Vaters. Ausgerechnet sie also, die sonst in Todesgefahr erst richtig aufblühte, ganz so, als würde ihr der Tanz auf der Klinge helfen, das Leben besser zu verstehen.

«Sobald die Türen schließen, fühlt es sich an, als würden wir hinunterstürzen», hatte sie gesagt, eine Angst, die sie ihm in all den Jahren aus falscher Scham verheimlicht hätte. Und dass es ihr leidtäte, sehr sogar. Er hatte ihr geglaubt. Und vorgeschlagen, mitzukommen, obwohl er ahnte, dass das nichts für ihn war. Aber darum war es ihm auch nicht gegangen.

«Bist du sicher? Wir sind gut drei Wochen unterwegs», hatte sie gesagt. Nicht einmal, sondern viermal, fünfmal. Erst als er sie daran erinnert hatte, dass sie seit mehr als zwei Jahren nicht mehr gemeinsam verreist waren, hatte sie klein beigegeben. Es wird uns guttun, hatte er gesagt, nach allem, was in der letzten Zeit abgegangen ist.

Er dachte an die vergangenen fünf Tage. Wie sie bei der HafenCity auf das Schiff gestiegen waren und erst einmal vier Stunden im überfüllten Wiener Kaffeehaus hatten warten müssen, angeblich, weil es Probleme mit der Lüftung gab. Daran, wie er am Abend, nachdem er zum ersten Mal in seinem Leben eine echte Auster verzehrt hatte, ins Waschbecken kotzen und schließlich der Krankenstation einen Besuch abstatten musste. Wie er mit ihr den Whirlpool auf dem FlowDeck hatte besuchen wollen und sie sich geweigert hatte, ins Wasser zu steigen, weil sich, wie sie behauptete, ein Pärchen darin befummelte. Wie sie auf dem Sonnendeck gelegen waren, ganz zuoberst auf dem Schiff, und er sich nicht auf seine Lektüre hatte konzentrieren können, weil man das Schweigen zwischen ihnen mit einem Messer schneiden konnte.

«Hey.» Er setzte sich neben sie und legte den Arm um ihre Taille. Durch den rauen Stoff ihrer Jeans spürte er die Wärme ihres Körpers. «Es tut mir leid. Wegen der Sprüche, meine ich.»

Sie rieb sich die Schläfen. Dann drückte sie ihm einen flüchtigen Kuss auf die Wange. «Schon gut. Wir sind jetzt nun mal hier.»

«Ich meine, es hat uns ja nicht mal was gekostet. Und entspannen tun wir uns ja, oder?»

«Was anderes bleibt uns auch kaum übrig.» Sie lachte, höher als sonst.

Einen Augenblick später verfolgten sie, wie ein Mädchen in Straßenkleidung, älter als sechs konnte es nicht sein, sich den Weg durch die vor dem Pool verteilten Passagiere bahnte, wobei es einem Schnurrbartträger den Ellbogen mit einer solchen Kraft in die Rippe rammte, dass es ihn fast umwarf.

Schon stand das Kind im seichten Ende des Beckens, auf der Treppe, die in die chlorige Tiefe führte, und sah amüsiert zu, wie sich seine Jeans und sein T-Shirt mit Wasser vollsogen.

«Annalena, lass das!» Eine Frau mit Kurzhaarfrisur hetzte dem Mädchen hinterher, einen schlaksigen Achtjährigen im Schlepptau.

«Ich will aber endlich ins Wasser.»

«Was hab ich dir über das Warten gesagt?»

«Immer sollen wir warten. Du hast versprochen, wir würden zusammen ins Wasser gehen», sagte das Mädchen und machte zwei Schritte ins Becken.

«Du kommst da jetzt sofort raus!» Die Mutter setzte sich auf den Boden und löste die Birkenstocksandalen von den Füssen, wobei sie ihre Tochter nicht aus den Augen ließ. Das Mädchen starrte zurück.

Die Frau stieg ins Wasser, soweit ihre Dreiviertelleggins das erlaubten, und packte die Hand ihrer Tochter, worauf diese zu kreischen begann. Ihre Stimme war so laut und schrill, dass sie nicht recht zu ihrem Kinderkörper zu passen schien. Mehrere Passagiere hielten sich die Ohren zu.

«Annalena, du hörst jetzt sofort auf!»

Das Kind stampfte mit den Füssen. «Nein, nein, nein!»

Sie dürfe das nicht, rief der Bruder und streckte ihr die Zunge entgegen, die vom häufigen Süßigkeitenverzehr mit einer weißlichen Schicht belegt war. Sie dürfe noch nicht schwimmen. Sie sei zu jung, und außerdem, das in seinen Augen größere Vergehen, ein Mädchen.

«Will aber ins Wasser.» Das Mädchen zerrte an der Mutterhand, und machte ein Gesicht, als gelte es, Saft aus einem Stein zu pressen.

Sie solle das lassen, rief die Mutter, lass das, Annalena, sie könne noch nicht richtig schwimmen, und überhaupt sei jetzt nicht der richtige Augenblick.

Da riss das Mädchen den Mund auf und zeigte dem Himmel die spitzen Milchzähne. «Nie ist der richtige Zeitpunkt, du bist gemein, du lügst!», schrie es und zog an der Mutter. Die fiel um und klatschte bauchvoran auf die Wasseroberfläche, was dem Bruder einen Lachanfall entlockte.

Das Kind sprang in die Luft, als wolle es abheben und, Pionierin der Einpersonenraumfahrt, diesen von Eltern beherrschten Planeten verlassen. Eine Fontäne schoss hoch, dann explodierte es nach vorn. So stark peitschten seine Arme die Chlorbrühe, dass diese aufschoss und auf die Umliegenden herniederprasselte. Die paar Passagiere, die noch im Wasser verblieben waren, drehten sich nach ihm um und wichen ihm aus wie einer Naturgewalt. Mehrere kletterten aus dem Becken.

«Seht ihr», rief es, «ich kann's!»

Sie könne es eh nicht richtig, ergänzte der Junge die mütterliche um brüderliche Ablehnung. Er habe schon das Seepferdchen! Und den Pinguin. Schon sprang er ihr nach. Sein Lockenschopf erschien über der Wasseroberfläche.

Als es das sah, tauchte das Mädchen unter Wasser und schoss auf ihn zu. Kaum hatte es ihn erreicht, packte es seine Beine und riss ihn in die Tiefe.

Der Bruder tauchte hinunter, tauchte wieder auf, wurde erneut hinuntergezogen, hustete.

«Dumme Kuh», brachte er gerade noch hinaus, da presste seine Schwester ihm schon die Hände auf die Schultern und schickte sich an, ihn ein drittes Mal hinunterzudrücken.

Doch diesmal war er vorbereitet und trat ihr unter Wasser gegen den Bauch. Als sie sich zusammenkrümmte, halb im Spiel, halb im Ernst, nutzte er den Moment, um nun im Gegenzug sie unter Wasser zu drücken.

«Aufhören!» Die Mutter war dem Pool entlanggerannt, um auf der Höhe ihrer Kinder zu bleiben.

Sämtliche Gäste waren inzwischen aus dem Becken gestiegen, hatten Abstand gewinnen wollen. Noch immer drückte der Bruder seine Schwester unter Wasser.

«Lass sie los.»

«Warum?»

«Lass sie sofort los.»

«Der macht das doch eh nichts.» Der Bruder feixte, ließ dann aber doch von seiner Schwester ab. Ihr Körper trieb an die Oberfläche zurück. Das kleine Köpfchen war rot. Sie schickte sich an, sich an ihm zu rächen, ihm in die Schultern zu beißen, doch ein Blick ihrer Mutter brachte sie dazu, es sein zu lassen. Stattdessen legte sie den Kopf in den Nacken und heulte los, ihr Bruder tat es ihr gleich, zwei Kojoten, die sich von der Prärie in die Arktis verirrt hatten.

Das Gesicht der Mutter lief rot an. Sie sandte verzweifelte Blicke in alle Richtungen, als suche sie Bestätigung, dass alles in Ordnung war, doch die kam nicht. Stattdessen trat die Anklage hervor.

«Haben Sie eigentlich eine Vollmeise?»

Es war der Schnurrbartträger, den das Mädchen vorhin fast umgeworfen hatte. Er hatte das Geschehen von einer Liege aus beobachtet, die Schweinsäuglein aufgerissen, die Fäuste geballt. Hatte seinen gerechten Zorn auf kleiner Flamme vor sich hin köcheln lassen. Jetzt baute er sich vor der Mutter auf, die nicht zurückwich.

«Wir waren laut, ich weiß. Es tut mir leid.»

«Ha, ja, genau.»

«Entschuldigen Sie, ich verstehe nicht ganz ...»

Der Mann richtete den wurstigen Finger auf die beiden Kinder, die im Becken ihre Bahnen zogen. «Das ist ein Erwachsenenbecken.»

«Bitte?»

Der Mann, der einen halben Kopf größer war als die Mutter, machte sich das zunutze und rückte noch näher auf, um auf sie herabzusehen. Die Frau hob das Kinn, konnte aber nicht ausweichen, weil direkt hinter ihr der Pool begann.

«Sie haben mich schon gehört. Kinder sind hier nicht zugelassen.»

«Tut mir leid, das wusste ich nicht ...»

Sie solle ihre Kinder einfach aus dem Wasser holen, sagte der Mann, so schwierig könne das ja nicht sein.

«Jetzt sind sie ja ruhig.» Wie auf ein Zeichen hielten die Kinder inne, klammerten sich am Beckenrand fest und beobachteten die Szene.

Der Mann streckte die Handflächen aus und sah in die Menge. «Glaubt das hier jemand ernsthaft?», fragte er, wobei er nicht zu merken schien, dass die Blicke, die sich auf ihn richteten, feindselig waren.

Kathrin legte Léon die Hand auf den Oberschenkel und sah ihn an, als wolle sie ihm etwas bedeuten. Nur verstand er nicht, was.

«Und überhaupt, dann tragen die Bälger auch noch normale Kleider. Und trotzdem lassen Sie sie ins Wasser, rücksichtslos, einfach rücksichtlos. Schon mal was von Erziehung gehört?»

«Wie bitte?», sagte die Mutter.

Ihre Tochter musste verstanden haben, was der Mann über sie gesagt hatte. Sie tauchte unter Wasser, als ob sie das Element vor den Anschuldigungen schützen sollte. Ihr Bruder schwamm derweil zum Beckenrand und zog sich an Land, ohne sich nach ihr umzusehen.

«Es geht niemanden etwas an, wie ich meine Kinder erziehe.»

Der Schnurrbartträger lachte freudlos. Das merke man. Erneut sah er in die Menge. Er strahlte. Die Aufmerksamkeit, die er erhielt, schien ihm zu gefallen.

Im Verlauf des Gesprächs hatte Léon Kathrin neben sich angestrengt atmen gehört, gemerkt, wie sie sich zwang, ruhig zu bleiben. Nun schoss sie auf. Streckte den Rücken durch und stakte auf den Mann zu, wie sie das immer tat, wenn sie wütend war.

«Lassen Sie die Frau ihn Ruhe, sie hat Ihnen nichts getan.»

«Auch das noch. War ja klar. – Gibt's denn hier keine Security?»

Nach und nach waren sämtliche Passagiere auf ihren Liegen hochgerückt. Sonnenbrillen verbargen ihre Blicke. Niemand erhob sich, um dem Mann beizustehen. Sein Ruf blieb unerhört, also half er sich selbst, indem er die Gesichtsfarbe adjustierte und die mageren Beinchen noch breiter auf den Boden stellte. Unverantwortlich sei das, vollkommen unverantwortlich. Seit zehn Jahren reise er jetzt mit den Diamond Lines. Sowas sei ihm noch nie untergekommen.

Léon sah zum Becken: Blasen stiegen aus dem Wasser hoch. Das Mädchen lag auf dem Grund, immer noch in Straßenkleidung, und bewegte sich nicht. Es hatte die Augen aufgeschlagen und gen Himmel gerichtet, nicht von dieser Welt. Weshalb kümmerte es niemanden, dass es sich in Gefahr brachte?

Außerdem – so bleich, wie es aussehe, – sei das Mädchen bestimmt krank, sagte der Mann jetzt plötzlich, und ob sie wisse, wie schnell sich Krankheitserreger auf Schiffen verbreiten könnten. Die seien schließlich ein geschlossener Kreislauf.

«Wovon zur Hölle reden Sie?», fragte Kathrin.

Das Kind war weiterhin unter Wasser. Léon spürte, wie sich seine Brust zusammenschnürte. Ihm fiel ein, dass er einmal gelesen hatte, dass man Ertrinkende kaum erkennen konnte, weil sie nicht auf sich aufmerksam machten. Die Sorge ließ ihn aufschießen, zog ihn zum Beckenrand.

Das Mädchen lag noch immer auf dem Beckenboden. Sein Haar, von einer der Drüsen durcheinandergewirbelt, flatterte wie ein Vorhang vor seinem Gesicht. Die Augen, soweit er sie durch das Wasser erkennen konnte, wirkten wie Murmeln, die Lider zuckten.

Wieso stritten sie um das Mädchen, anstatt ihr zu helfen? Wo war der Bruder? Weshalb schritt er nicht ein?

Sie ertrinke, schrie er, das Mädchen ertrinke, ob ihm denn niemand helfen wolle. Aber Kathrin warf ihm nur einen Seitenblick zu und auch die anderen Passagiere beachteten ihn nicht, so, als gehöre er gar nicht dazu. Sonnenverkrustete Lippen saugten Alkohol, in dicken und dünnen Bäuchen rumorten die Schnitzel vom Mittag, Bürohände tapsten auf den Bildschirmen von Smartphones herum, deren Kameras das Geschehen aufnehmen sollten, um es zu bannen.

Die nächsten Momente sollten ihm rückblickend wie eine Szene aus einem Videospiel vorkommen. Als säße jemand Fremdes an einem Controller und steuerte jede seiner Bewegung. Er registrierte Furcht, doch sie kam nicht in seinen Gliedern an. Schon lag die Brille in der Beckenrinne und sein Körper glitt ins Wasser hinab. Den Bruchteil einer Sekunde hörte er noch das Gebrüll der anderen, dann waren die Stimmen bloß noch ein dumpfes Dröhnen. So mussten sich Menschen für Fische anhören. Er bekam das Mädchen zu fassen, es war schlaff und wirkte leblos, packte es unterm Arm, stemmte die Beine gegen den Beckenboden und schwamm mit ihm an die Oberfläche zurück. Dann legte er es hin. Seine Augen brannten vom Chlor, und er spürte, wie sich seine Lungen blähten, und sein Herz pumpte, um frischen Sauerstoff in seinen Körper zu bringen.

Das Mädchen lag auf dem Rücken wie ein gestrandeter Fisch. War es tot? Panik stieg in ihm auf, und er schrie erneut um Hilfe.

Nun drehte man sich doch nach ihm um, endlich. Kathrin und die Mutter rannten auf ihn zu und ließen den Mann stehen. Einige andere Passagiere erhoben sich und bildeten eine Traube um sie beide.

Sie brauchte Luft. Léon erinnerte sich an ähnliche Szenen aus Filmen, Romanen, in denen der Retter das Gegenüber beatmet, seinen Atem mit ihm geteilt hatte, wollte sich gerade über sie beugen, als die Mutter sagte: «Annalena, lass den Unsinn.»

Das Mädchen schlug die Augen auf und stieß einen spitzen Schrei aus, als es Léon über sich sah. Dann rannte es zu seiner Mutter und versteckte sich hinter ihrem Rücken vor dem Retter.

Der blieb allein zurück. Der Boden drückte ihm die Kniescheiben ein. Die nasse Kleidung klebte auf seiner Haut, tropfte, formte eine Pfütze.

Jemand lachte nervös. Es war er selbst.

Vorsicht sei besser als Nachsicht, rief ein Spötter. Vereinzelt war Gelächter zu hören.

«Trotzdem vielen Dank», hörte er die Mutter sagen.

Er stand auf. Sein Kopf war heiß. Am liebsten wäre er weggerannt. Oder über die Reling gesprungen und immer tiefer getaucht, bis runter in die Hadalzone. Auf den Meeresgrund, in den Hades, die Unterwelt. Stattdessen trat Kathrin auf ihn zu und drückte ihn an sich. Er spürte, wie sich ihr Top mit dem Chlorwasser aus seiner Kleidung vollsog, die er an sie drückte. Hinten, bei einem der Ausgänge, führten zwei weißgekleidete Securityangestellte den Schnurrbartträger ab. Seine Hände waren hinter dem Rücken mit Kabelbinder zusammengebunden. Ihre Blicke trafen sich. Léon sah weg.

Der Farbstempel, den die Scham über seine missglückte Rettungsaktion ihm aufgedrückt hatte, war hartnäckig. Er blieb, als er Kathrin dazu brachte, sich endlich von der Mutter, die ihnen nicht genug für ihren Einsatz danken konnte, zu lösen, blieb, als sie die Bäuche passierten, die sich der Sonne wie reife Kürbisse entgegenspannten, und wollte selbst dann nicht verblassen, nachdem sie über die Schwelle ins Schiffsinnere getreten waren.

Ihr Weg nach Hause – ihr temporäres Zuhause zumindest – führte am «authentisch argentinischen» Steakhouse Mendoza vorüber, aus dem ihnen ein Duft nach schlecht gealtertem Frittierfett entgegenschlug, und das Treppenhaus zum Coral-Deck hinunter. Das Gym passierten sie, das durch eine Glasscheibe vom Gang abgetrennt war, was die Trainierenden wie Ausstellungsstücke in einem Diorama wirken ließ. Dann galt es, dem purpurfarbenen Teppichboden zu folgen, eine ganze Schiffslänge lang, den Pool, die Mutter und ihre Kinder – ob es wohl einen Vater gab? – hinter sich lassend. Da war sie endlich, die 1107. Ihre Nummer. Léon drehte den Türknauf.

Der Raum roch nach Limetten, oder genauer gesagt nach deren Simulation. Wie wenn man einem Computer von ihrem Duft und ihrer Porenhaut berichtet und ihn dann seinen Träumen überlassen hatte. Die Putzequipe musste sich ihre Abwesenheit zunutze gemacht und den Raum gesäubert haben. In seiner Vorstellung war sie längst zu einer fast schon mythologischen Gestalt herangewachsen. Einer Himmelsmacht, der es gelang, stets dann aufzutauchen, wenn sie nicht hier waren. Überall hatten sie ihre Spitzel und Schergen versteckt. Tag für Tag reinigten sie Boden und Bad, einerlei, wie verdreckt sie waren. Jeden zweiten Tag wurde zudem die Bettwäsche weggerissen, um sie in den niederen Regionen der Grey an eine Industriewaschmaschine zu verfüttern.

Ihr Zimmer gehörte der Kategorie Superior an, der zweitbesten Kategorie, und war nicht nur, «nicht nur», wie es im Prospekt geheißen hatte, mit einer Spielkonsole und einem 50-Zoll-Flachbildschirm ausgestattet, auf dem die immer gleichen fünfzehn Filme liefen, sondern auch einem Balkon, von dem man aufs Wasser starren konnte – oder auf die anderen Passagiere, die ihrerseits von ihren Balkonen aufs Wasser starrten.

Doch der einzige Einrichtungsgegenstand, der Léon gerade interessierte, war das grotesk große Kingsize-Bett, auf das er sich mit einem Ächzen fallen ließ. Er sank in den Memory Foam, wurde verschluckt, gefressen, verschlungen. Es war wunderbar. Winterschlaf im Spätsommer, das wär's. Sich totstellen, Kältestarre. Die zwei Wochen, die es noch dauern würde, bis sie in Japan anlegen würden, einfach verschlafen, und mit ihnen all den Streit, der noch bevorstand.

Kathrin setzte sich an den Schminktisch mit dem falschen Art-Déco-Spiegel und pflückte sich die Perlen von den Ohrläppchen. Griff sich ein Pomadendöschen und zog eine Fettspur über die Lippen. Aus dem Spiegel heraus sah sie ihm dabei zu, wie er ihr zusah, also schaute er weg. Vergrub sich unter dem Beutel aus toten Federn. Das half nichts, denn das Bett roch nach ihr. Nicht nach ihrem Körper, sondern nach dem Duft, den sie im Biomarkt für sich erstanden hatte: Apfel-Rosmarin. Sie hatte das Parfümfläschchen bezahlt und nach Hause genommen, und jetzt durfte sie danach riechen. So war das.

Das Mädchen blitzte auf, wie es vermeintlich leblos auf dem Poolboden lag. Es musste nur gespielt haben, dass es ertrank, womöglich, um zu sehen, ob seine Mutter es bemerkte. Das Lachen der anderen Passagiere hallte noch immer in seinem Ohr. Da nutzten die Stahlwände wenig, die zwischen ihnen und dem Pool waren. Wie es wohl sein musste, ein Zimmer direkt unter dem Pool zu haben? Du liegst im Bett und über und unter dir schwappt das Wasser. Bizarr.

Warum sich Kathrin wohl so für die Mutter eingesetzt hatte? Es war, als hätte die Szene die richtige Resonanz erzeugt, einen Ton angeschlagen, dem sie nicht unbeteiligt gegenüberstehen konnte. Vielleicht hatte der Mann sie an den anderen Leon in ihrem Leben erinnert, ihren Vater, Leon den Großen, den Besseren. Leon Wahlau steht für Ruhe und Orden. Er dachte daran, wie sie ihm erzählt hatte, dass ihr Vater das Wasser im Pool immer komplett ausgetauscht hatte, nachdem Kathrin und ihre Schwester darin geplantscht hatten, und wie er ihnen verbot, sein Homeoffice zu betreten, selbst als Erwachsene, weil sie es, wie er sagte, in Unordnung bringen würden. Wozu auch immer der Kerl Kinder bekommen hatte. Kinder. Wann würde sie wieder bereit sein, über das Thema zu sprechen? Noch vergangenen Oktober hatten sie halb im Scherz davon gesprochen. Etwas mehr als sechs Monate war es her, seit sie es das letzte Mal versucht hatten.

Damals vor fünf Jahren, ganz am Anfang, in der Ferienwohnung in der Auvergne, als ihm das Kondom verrutscht war: Kathrin, die unter die Dusche rennt, das halbe Duschgel leert, sich den Duschkopf zwischen die Beine hält. Wie sie mit dem Fahrrad in den Ort gerast waren, zur nächsten Apotheke. Und wie Kathrin die Pille mit Cola heruntergespült hatte.

Er hätte ihr damals gestehen müssen, dass von ihm in dieser Hinsicht kaum Gefahr ausging. Sie zur Zeugin seiner Zeugungsunfähigkeit machen sollen. Ihr das Spermiogramm von Dr. Hülser zeigen. Stattdessen hatte er geschwiegen, auch später. Und es damit von Mal zu Mal schwieriger gemacht, doch noch mit der Wahrheit herauszurücken.

Der erste Schwangerschaftstest, den sie Anfang vergangenen Jahres aus der Bahnhofsapotheke mitgebracht hatte. Kurz nach ihrem 33. Geburtstag war das gewesen, an einem Samstagmorgen. Jetzt gelte es ernst, hatte sie gesagt, die Plastikverpackung aus ihrem Jutebeutel gezogen, auf dem das Logo der Gassenküche abgebildet war, in der sie damals aushalf. Spätestens damals hätte er es ihr sagen sollen. Ihr Gesicht, als sie von der Toilette zurückkam und ihm wortlos das Plastikstäbchen entgegenhielt: ein Streifen. Wie viele Tests hatte sie seither gekauft, fünf, sechs? Fünf oder sechs Gelegenheiten für ein Geständnis. Er hasst sich dafür. Ihre starre Maske, die sich nach jedem negativen Test mehr und mehr festigte, selbst wenn sie miteinander schliefen, dieser harte Ausdruck, der nicht weichen wollte.

Und dann, plötzlich, nichts mehr. Als ob nie etwas gewesen wäre. Kein Sex, keine Küsse, keine Umarmungen, nur noch sie beide, wie sie angestrengt versuchten, so zu tun, als wäre zwischen ihnen alles in Ordnung. Plötzlich fing Kathrin damit an, dass sie nicht sicher sei, ob sie überhaupt Kinder in diese Welt setzen wolle, wie sie sagte. Sprach nur noch von ihrer Doktorarbeit. Dabei war eine eigene Familie doch immer ihr Traum gewesen, mehr noch als seiner. «Ich will es besser machen», hatte sie immer gesagt. Und nächstes Jahr wäre er doch vermutlich durch mit dem Studium, könnte endlich arbeiten.

Das ungezeugte Kind lag zwischen ihnen, wenn sie schliefen, es brüllte in der Nacht und riss ihn aus seinen Träumen. Es verhedderte sich in seinen Gedankenfäden und verdorrte ihm die Zunge.

Heute würde er es ihr sagen. Heute oder nie. Es wäre schmerzhaft, aber vielleicht würden ihre beiden Zahnräder dann endlich wieder ineinandergreifen, würde sich etwas bewegen, egal, in welche Richtung. Hauptsache, kein Stillstand mehr.

Ein Knall riss ihn aus seinen Gedanken: die Badezimmertür.

Dann das Umdrehen des Schlosses, das Aufklappen des Toilettendeckels, das Surren der Ventilation, die alles Unangenehme absaugte und in die Meeresluft beförderte, wie überhaupt das Schiff alles, was sich nicht mehr verwerten ließ, ausspuckte: den Rauch, die Fäkalien, die Wasch- und Lebensmittelreste.

Das Plätschern eines Urinstrahls auf Keramik. Gleich würde sie sich die Hände einseifen, sorgfältig, wie sie das immer tat, den Handrücken und die Handfläche und jeden Finger einzeln, ohne die Zwischenräume zu vergessen. Sie würde sich die Haut mit dem weißen Frottee abschrubben, und dann würde sie sich neben ihn legen und nach einem Thema suchen, auf das sie sich beide zubewegen konnten, ohne auf eine Mine zu treten. Vermintes Gelände, das waren ihre Gespräche seit längerem, ohne dass er hätte sagen können, wer die erste Mine gelegt hatte. Er drehte sich auf den Rücken und sah zur Tür.

Die Prophezeiung erfüllte sich: Die Vakuum-Spülung saugte und rumpelte, der Wasserhahn heulte auf wie eine Sünderseele im Höllenfeuer.

«Na?» Sie stand im Türrahmen, die Hände in der schwarzen Jeans, die skinny war wie stets. Es war dieselbe Hose, die sie damals an der Fakultätsparty getragen hatte, als sie sich kennengelernt hatten. Es musste sie sein, verwaschen, wie sie war.

Ihr Gesicht war auch verwaschen, wie bei einem überlichteten Foto. Sie legte sich neben ihn, streckte die Arme nach Backbord und Steuerbord, und gähnte. «Lass uns ab jetzt immer hier drinbleiben», sagte sie.

Er nickte. Was hätte er sonst tun können.

Eine ganze Weile lagen sie da und sahen zur mit Kunststoffplatten verkleideten Decke hoch, Schauspieler, die Entspannung mimten. Aus dem Nachbarzimmer Schüsse und Schreie. Die Nachbarn mussten die Konsole für sich entdeckt haben. Durch die Fensterfront war die See zu sehen, wie sie versuchte, das Schiff zu verschlingen, wie stets ohne Erfolg.

Er sei so still, sagte sie schließlich.

«Ich entspanne mich.»

«Du machst das richtig. Dazu sind wir ja auch hier. Also ich brauch das jetzt.» Sie legte ihren Kopf auf seine Brust, er drückte ihm auf das Schlüsselbein. Warum er sie eigentlich vorhin nicht unterstützt habe, fragte sie.

«Wie meinst du?»

«Wegen dem Arschloch.»

«Ein Kind war am Ertrinken.»

«Es war *nicht* am Ertrinken, Schatz.»

«Für mich sah aber sehr danach aus.»

«Eben, für dich. Du musst dir das eingebildet haben.»

Er presste die Augenlider zusammen. Versuchte, zu schätzen, wie lange die Szene gedauert hatte. Unmöglich. Vielleicht war alles schneller gegangen, als er gedacht hatte, und das Mädchen war bloß einen Augenblick untergetaucht. Vielleicht hatte sie recht.

Als er die Augen wieder aufschlug, sah er, dass sie den Kopf vor und zurück bewegte, regelmäßig wie ein Uhrwerk. Ihr Rücken, den sie sonst so gerade hielt, als würde ihr jemand ein Lineal gegen die Wirbelsäule pressen, war eingeknickt. Tränen liefen ihr übers Gesicht.

«Kathrin?»

Sie sagte nichts. Fixierte die Anker und Segelboote, die die Tapete überzogen. Dann schrie sie plötzlich wütend auf, so laut, dass die Nachbarn es durch ihren Ego-Shooter hindurch hören mussten, nur um sich dann plötzlich den Unterarm in den Mund zu rammen und zuzubeißen.

Léon presste die Lider zusammen und riss sie wieder auf. Es half nichts. Die Situation war immer noch da.

Kathrin lag zusammengekrümmt auf dem Bett, ein nasses Bündel Mensch. Warum das alles so kompliziert sei, fragte sie.

Bis jetzt hatte er dagesessen, den Rücken gegen das Kissen gestützt, im Versuch, der oft geforderte Fels in der Brandung zu sein. Aber er war kein Fels, er war bloß Léon. Er war nur der Sohn von Gärtnereibesitzern, geboren auf einem absteigenden Ast, ein Sack voll Halbwissen auf zwei kurzen Beinchen, die weder vor noch zurück wollten.

Er drehte sich so, dass er sich an sie schmiegen konnte. Dachte an ein Video, das er einmal im Netz gesehen hatte. *Sieben Dinge, die du tun kannst, wenn du die Orientierung verloren hast:*

1. Verfolge deine Schritte bis zu dem Punkt, an dem du noch wusstest, wo du warst.

2. Orientiere dich an der Sonne.

3. Moos wächst immer nach Westen.

Den Rest hatte er vergessen.

Er wisse es auch nicht. Aber es müsse ja nicht so bleiben, sagte er schließlich.

«Ich hab aber Angst, dass es das tut.»

Er hätte sich am liebsten gezwickt, geohrfeigt oder mit kaltem Wasser übergossen. Irgendetwas unternommen, um sich aus dieser Starre zu befreien. Das war das Wichtigste: nicht haltmachen, immer weitermachen. Es war wie in der Musik: Wenn alles gut lief, achtete man nicht auf die einzelnen Töne, sondern überließ sich ganz ihrer Wirkung. Tappte mit dem Fuß, tanzte durch den Club. Nur wenn ihr Fluss stockte, hörte man genauer hin. Bemerkte plötzlich die Stille zwischen den einzelnen Tönen, die immer schon dagewesen war.

«Das wäre sehr schade», sagte er nach einer Weile.

Schade. Eine Phrase, die sich kaum mit seinem zunehmend schneller werdenden Herzschlag deckte. Es war mehr als schade. Wenn er in den vergangenen Monaten und Jahren an die Zukunft gedacht hatte, hatte er immer sie darin wiedergefunden. Nun drohte sie auf einmal daraus zu verschwinden, weigerte sich, weiterhin Teil seiner Tagträumereien zu sein. Träum du für dich und ich für mich und dann schauen wir, ob wir uns in der Mitte treffen.

«Kann ich dich was fragen?», sagte sie.

«Klar.»

«Warum wolltest du wirklich mitkommen?» Sie hatte sich wieder aufgesetzt und sich das Gesicht trockengewischt. Die Frage kam ihm deplatziert vor.

«Es ist doch normal, dass Paare zusammen verreisen.»

Sie wich seinem Blick aus, der über ihr Gesicht tastete, sie zu verstehen suchte. Sie war genauso schwer zu lesen wie ihre Eltern. «Das wird es sein», sagte sie.

Er spürte, wie er die Zähne aufeinanderpresste. Etwas drückte ihm von innen gegen die Kehle. Wie nach der Austernmahlzeit am ersten Abend. Gleich muss ich brechen, dachte er. Stattdessen spürte er, wie seine Augen wässerten. Ein salziger Geschmack auf seinen Lippen, sein inneres Meer.

Dieser Streit kam ihm vor wie ein Labyrinth aus Türen, die in sämtliche Richtung führten, nur nicht nach draußen an die Luft. Frische Luft, das war es. Er stand auf und sperrte die Balkontür so weit auf wie möglich.

Draußen beugte er sich über die Reling und sog den Duft nach Salz und Rauch ein, massierte sich die Schläfen. Ein Joint oder ein Bier, das wär's jetzt, Substanzen, die den Knoten im Kopf lösten.

Erst nach einer ganzen Weile drehte er sich wieder um. Kathrin saß noch auf dem Bett. Die Beleuchtung ihres Handybildschirms überzog ihre Haut mit einem blauen Schimmer. Ihre Augen glänzten. Wie oft in letzter Zeit wirkte sie innerhalb von Minuten wie ausgewechselt.

«Schau mal.» Sie streckte ihm das Gerät entgegen. Darauf war er zu sehen, wie er sich aufs Geländer stützte und aufs Wasser blickte. Friedlich sah er aus. Dem Bild konnte man nicht entnehmen, worüber er nachdachte. Alles war möglich. Es kam nur darauf an, in welchen Kontext man es setzte.

«Darf ich das posten?», fragte sie. «Du siehst so zufrieden aus.»

Er nickte und legte sich wieder neben sie. Sie sahen zu, wie der Upload-Balken vorankroch. Das Internet auf dem Schiff war quälend langsam, da kaum Satelliten über diesem Abschnitt des Planeten schwebten. Erst als das Foto erfolgreich hochgeladen war, verkündete die App, was Kathrin daruntergesetzt hatte: «Unser Blut hat denselben Salzgehalt wie das Meer.» Dazu drei Herzen, zwei blaue und ein rotes.

«Toll, nicht?» Sie lächelte ihn an, als wäre nichts gewesen. Etwas stimmte nicht, das merkte er. Etwas hatte schon die ganze Zeit nicht gestimmt. Ihr Gesicht sah aus, als hätte man ihr die ganze Nacht mit einem Scheinwerfer hineingeblendet. Als sie merkte, dass er sie musterte, presste sie die Arme auf seine Schultern, drückte ihn aufs Bett, schlang ihre Beine um die seinen und küsste ihn. Ihr Mund schmeckte anders als sonst, krautig und dunkel.

«Es tut mir leid, dass ich in der letzten Zeit so komisch bin.» Und dann, weil er nicht antwortete: «Weißt du noch, wie wir immer bei mir auf dem Balkon saßen? Damals am Täubchenweg?»

Es war ihre Art, einen Streit zu schlichten: Sie schaufelte den ganzen Ballast weg und legte die gemeinsamen Wurzeln frei, die sie beide, knorrig und verwinkelt, zu einem einzigen Gewächs machten.

Sie schilderte die ersten paar Wochen, nachdem sie sich kennengelernt hatten. Wie sie bis drei Uhr morgens, oder war es vier, in der Septembernacht gesessen und er, das Landkind, ihr die paar Sternbilder gezeigt hatte, die nicht von den Lichtern der Stadt überblendet wurden: den Großen Waagen etwa oder auch Kassiopeia, Konstellationen, die ganzjährig zu sehen waren und auf der Nordhalbkugel nie untergingen.

Sie hatten Kindheiten getauscht, vom Kindergarten bis zum letzten Schultag. Sie wuchs plötzlich als schüchterner Sohn eines Gärtnereibesitzers auf, er als einzige Tochter des aus der Presse sattsam bekannten Powerpaars Schindelmayr-Wahlau, bestehend aus dem bekannten Abgeordneten und VR der *PharmaCon* und der nicht minder berühmten Architektin von Bahnhofsgebäuden und Einkaufszentren.

Sie streuten getrockneten Tabak auf dünnes Papier, rollten sich Zigarette um Zigarette und unternahmen zaghafte erste Schritte in den fremden Kindheiten. Als er erzählte, wie ihn Michael, ein pubertärer Peiniger, in der Umkleide zwang, unter dem Gejubel der anderen eine Cola zu trinken, in die er hineingespuckt hatte, drückte sie ihre halbgerauchte Zigarette aus, als wolle sie nun für immer mit dem Rauchen aufhören. Und nachdem sie geschildert hatte, wie Veronika, ihre Mutter, sie jedes Mal am Ohr gerissen hatte, wenn sie eine ungenügende Klausur geschrieben hatte – sie musste glauben, es sei nur angeklebt, sagte Kathrin –, schnippte er seine Kippe runter auf den Bürgersteig, wo sie wohl noch eine Weile trotzig vor sich hin glomm. Das musste einige Stunden gewesen sein, nachdem sie zum ersten Mal miteinander geschlafen hatten, und kaum eine Woche, nachdem sie ihn an der Fakultätsparty angesprochen hatte, an der er nur gewesen war, weil

Hendrik ihn mitgeschleift hatte. Niemand esse von ihrem Bananenbrot, hatte sie sich beklagt, und ihn, der schon ziemlich einen sitzen hatte, zum wackligen Sperrholztisch gelotst.

«Familie kann hart sein», hatte er ihre Geschichte kommentiert, damals auf dem Balkon, und an die Gärtnerei gedacht, die gerade brach lag, weil seine Eltern in der Klinik waren.

Sie wolle trotzdem mal Kinder, hatte sie gesagt, und er hatte gesagt, er auch.

Der Léon auf der Jane Grey sah nun zu ihr hoch und entdeckte sich selbst als Flecken, der in ihrer Pupille gespiegelt wurde. Hätte er keine Menschenaugen, sondern die eines Adlers oder eines Habichts, dachte er, vielleicht könnte er in den Pupillen seines Spiegelbilds wiederum sie entdecken und dann immer so weiter, bis es nicht mehr ging.

Ob er sie etwas fragen dürfe, sagte er.

«Nur zu.»

Ob sie eigentlich noch Kinder wolle, fragte er.

Sie neigte den Kopf zur Seite. Der Ausdruck in ihrem Gesicht war schwer zu lesen, er flatterte. «Wir haben es doch erst neulich probiert.»

«Wenn du Februar neulich nennst.»

Sie ließ von ihm ab und rollte neben ihn. «Weißt du, was meine Mutter zu mir gesagt hat? Ich solle mich untersuchen lassen. Kann ja nicht schaden, hat sie allen Ernstes gemeint.»

Schuldgefühl stieg in ihm auf. Um es wegzuwischen, fragte er schnell: «Sind sie also doch bereit, einen Enkel zu bekommen, der minderwertiges Portmann-Genmaterial in sich trägt?»

«Sieht ganz danach aus.»

Er stellte sich vor, wie die Wahlaus auf ihren Vitra-Sofas klebten und über Eileiter, Fruchtbarkeitszyklen und den Einfluss von zu wenig Bewegung und zu viel THC auf die Fruchtbarkeit diskutierten. Wenigsten ein Zeichen, dass sie nach fünf Jahren endlich akzeptiert hatten, dass ihre Tochter mit einem Versager zusammen war, einem Provinzler, der aus einer Gegend weit jenseits des städtischen Speckgürtels stammte. Aus den karstigen Bergen, da komm ich her.

Kathrin knöpfte ihm den Polokragen auf und legte ihm die Hand auf die Brust, als wolle sie die paar Brustpaare zählen, die sich darauf verirrt hatten. Weil er sich erinnerte, was das bedeutete – ihr Beischlaf folgte einer eingespielten Routine, daran war nichts Verkehrtes, es war eben das, was beiden passte – drückte er ihr einen Kuss auf den Nacken. Soweit er wusste, mochte sie das. Sie schickte im Gegenzug ihre Hand auf Erkundungstour über seine Schenkel, als ob sie nicht längst jedweden Winkel kennen würde, und hauchte ihm ins Ohr. Er spürte, wie er eine Erektion bekam, und zog sich unbeholfen das Hemd aus. Sie stieg aus ihrer Hose. Gerade wollte er ihr Top aufknöpfen, als sie den Zeigefinger hochhielt. «Lass uns zuvor duschen.»

Erst rückblickend sollte er erkennen, dass er in diesem Augenblick alles noch hätte abwenden können. Er hätte sie fragen müssen, ob sie mit unter die Dusche kommen wolle, so wie früher, dann hätte er gemerkt, dass alles nur ein Vorwand gewesen war. Stattdessen hatte er den Rest seiner Kleidung abgestreift, um in die enge Duschkabine zu steigen und sich unter den dampfend warmen Wasserstrahl zu stellen.

Vielleicht sollte er es ihr doch nicht sagen, dachte er, vielleicht hatte es sich inzwischen geändert, er aß neuerdings manchmal wieder Fleisch. Er könnte nochmals eine Untersuchung machen. Sie müsste nichts davon erfahren.

Ob Kinder, die auf einem Schiff gezeugt würden, mit einem Seegang auf die Welt kämen? Einem leichten Schwanken, das sie nicht ganz geeignet für das Festland machte mit seinen klaren Ecken und Kanten. Für immer schräg in der Welt.

Mehr als fünf, maximal zehn Minuten hatte er die Dusche nicht in Anspruch genommen, ganz sicher nicht.

«Fertig», hatte er gesagt und war ins Zimmer getreten, das Tuch mit dem Logo der Diamond Lines, einem Sextanten, über die Schultern geschlungen, sodass sein halbschlaffer Penis unbedeckt herunterhing.

Im Zimmer war es seltsam still. Nur das Geballer aus dem Nachbarzimmer war zu hören, dazu die Lüftung vom Bad, die im Takt surrte.

Ein Teil ihrer Sachen, ein, zwei Blusen, die Flip-Flops, lagen über den Teppichboden verstreut. Die Kleiderbügel, an denen ihre Sachen gehangen hatten, waren herausgerissen, ihr Koffer weg.

Auf seinem Kopfkissen lag eine Seite aus dem Diamond-Lines-Notizbüchlein, das zusammen mit einer Flasche Sprudelwasser als Willkommensgeschenk in ihrer Kabine gelegen hatte. Er hielt es sich vors Gesicht.

Mit kleinen, engen Buchstaben, so, als hätte sie sich fast nicht getraut, sie zu schreiben, stand da: «Ich brauche etwas Zeit für mich. Such mich nicht.»

Léon lag verheult auf dem Teppichboden und zählte die Löcher in der Kunststoffverschalung an der Decke. Einhundertsechs, einhundertsieben, einhundertacht ... Die Teppichborsten bohrten sich durch das Polohemd in seine Haut. Ihm war, als spüre er das Schaukeln der Grey, als fühlte er, wie die Elemente versuchten, das Schiff in seine Einzelteile zu zerlegen. Alles strebte nach Chaos. Das Universum dehnte sich aus, die Sterne schwiegen und die Wellen fraßen alles auf.

Fünf Jahre. Seit fünf Jahren waren sie zusammen, fünf Jahre, in denen ein fast schon pathologisch anmutendes Gefühl von Sicherheit und Aufgehobenheit in ihm herangewachsen war. Liebe, tatsächlich, warm und *fuzzy*. Wie eine Efeupflanze hatte sie sich um ihn gerankt und seinen Brustkorb umwickelt, ihn eingeschnürt wie beim Shibari.

Wieso hatten sie nicht früher miteinander geredet? Wieso hatte nicht wenigstens sie ihm die Wahrheit gesagt? Zugegeben, dass etwas gewaltig schieflief zwischen ihnen beiden? Das war das Schlimmste: Nicht nur er, auch sie hatte getan, als sei alles in Ordnung, obwohl sie kaum etwas anderes taten, als einander aus dem Weg zu gehen.

Er zählte rückwärts von hundert auf null. Dann stemmte er sich hoch. Musste sich kurz auf den Schminktisch stützen, weil ihm dabei schwindelig wurde. Erst einmal die Nerven beruhigen.

Er riss die Nachttischschublade auf und wühlte darin herum. Zerknüllte Geldscheine flatterten durch die Luft, Flyer, die für das Casino warben oder eine Schiffsbesichtigung mit «Val» d'Ivia, der Kapitänin. Zusammenklebende Bonbons, angekaute Bleistiftstummel, Filterpapier. Hinten in der Ecke fand er sie: Eine Blechdose, die Kieselerde-Kapseln ankündete. Reine Tarnung, damit Kathrin sie nicht öffnete.

Ein erdig-süßlicher Geruch schlug ihm entgegen, als er sie aufschraubte. Er klaubte das Hasch heraus, es war in zwei

Schichten Alufolie eingerollt, knickte mit dem Nagel eine kleine Menge ab und formte sie zwischen Daumen und Zeigefinger zu einer Wurst. Darauf riss er einen Streifen aus einem Flyer, der eine Schaumparty mit dem Motto *Gemeinsam Abtauchen* ankündigte, die gegen Ende der Überfahrt stattfinden sollte, und faltete ihn zum Filter.

Als der Joint fertig gebaut war, setzte er sich auf den Balkon und zog die Tür zu. Der Salzwassergeruch mischte sich mit einer Dampfwolke, die aus der Wäscherei zu ihm aufstieg. Sie roch nach ätzender Sauberkeit und drohendem Ausschlag. Gerade wurde wohl ein weiteres Bettwäscheheer gesäubert. Die Maschine ruhte nie.

Außer ihm war keine Menschenseele auf den Balkonen. Fast, als hätten sie sich abgesprochen oder als verstünden sie, dass er gerade seine Privatsphäre brauchte. Vielleicht war es aber auch der Wind. Ohne Heizpilz merkte man eben doch, dass man sich im Eismeer befand – oder dem, was davon übriggeblieben war.

«Behaltet das für euch», murmelte er, an niemanden gerichtet, klemmte sich den Joint in den Mundwinkel, legte die Hände schützend um sein Feuerzeug und versuchte, eine Flamme heraufzubeschwören. Er brauchte mehrere Versuche, bis die Böe sich damit einverstanden erklärte.

Er nahm einen tiefen, heißen Zug, den er noch in den verwinkeltsten Kapillaren zu spüren glaubte, dann atmete er aus. Das Rauchwölkchen vermengte sich mit dem Waschmitteldampf. Hand in Hand zog das Paar Richtung Stratosphäre davon. Hoffentlich hatte niemand über ihm das Fenster geöffnet.

Er kiffe zu viel und tue zu wenig, hatte sie gesagt. Ja. Umgekehrt würde wohl ein Schuh draus, hypothetisch zumindest. Noch ein Zug. Ein warmes Gefühl breitete sich in ihm aus.

Er lehnt sich über das Geländer. Die See war trotz der Böe ruhig, noch so ein Stiller Ozean, wenn auch nicht ganz so tief. Wie schön es wäre, wenn es richtig zu stürmen begänne, wenn die Wellen so hoch schlügen, dass sie ihm das Salzwasser in die Poren drückten. Nichts da. Bloß die Sonne, die blendete, ohne zu wärmen, fahlgelb wie die Rutschen im schiffseigenen Kinderhort.

Vermutlich telefonierte sie gerade mit ihren Eltern. Sie hätten es ihr doch immer schon gesagt, ein Taugenichts, ein Tunichtgut. Ein Kindskopf mit Ziegenbart. « Wisst ihr, was ich glaube », hörte er Kathrin sagen, und ihnen erklären, weshalb der Nachwuchs nicht nachwuchs. Er schauderte beim Gedanken daran, wie sie über seine körperlichen und sonstigen Unzulänglichkeiten verhandelten wie über die Mängel eines Gebrauchtwagens.

Wie er zum ersten Mal bei den Wahlaus geklingelt hatte. An einem besonders verregneten dritten Advent war es gewesen. Im halben Land hatte es pünktlich zu Weihnachten wieder Hochwasser und Schlammlawinen gegeben. Die Berge lösten sich auf und drangen in die warme Stube. Die Flüsse füllten sich mit einer braunen Brühe, die überschwappte und die Keller füllte, trotz der Sandsäcke, die das Militär überall aufstellte. Mehrere Straßenbahnen waren ausgefallen, weil der Rathausplatz unter Wasser stand. Immerhin schnaufte die 5 dank einer Umleitung trotzdem den Hügel hoch, während sich der Regen vergeblich bemühte, ihre Scheiben zu durchlöchern.

Das Tram war fast leer. Die meisten Menschen hockten zu Hause vor dem Fernseher bei ihren Lieben. Sahen das Vorweihnachtsprogramm oder taten alles, um dem Vorweihnachtsprogramm auszuweichen. Nur ein paar Alte waren in der Straßenbahn, die das Vorweihnachtsprogramm wohl auch gerne gesehen hätten, aber Angst vor dem Klang hatten, den ein Fernseher in einer leeren Stube erzeugte. Léon war der Einzige, der an der Station Hammergut ausstieg.

Er stieg die Wasserturmstrasse hoch, immer höher, während ihm das Wasser aus allen Richtungen entgegenkam, seine Gummistiefel benetzte und nach unten zu den gewöhnlichen Bürgern floss. Weiter oben bleckte ihm der alte Wasserturm entgegen, ein beliebter Suizid-Hotspot.

Die Fassade des Wahlauschen Villa war eierschalenfarben und nach Westen ausgerichtet. Das eiserne Tor stand offen. Einerseits, weil man ihn erwartete, andererseits, weil von den Nachbarn nichts zu befürchten war. Der hohe Zaun war nur Zierde. Dampf stieg von den in den Boden eingelassenen Schweinwerfern auf, die das Haus beleuchteten.

Die Villa war dunkel. Nur in zwei Fenstern im ersten Stock brannte Licht. Ihm kam es vor, als würde das Gebäude ihn mustern. Als sähe es bis auf den Grund seiner mediokeren Seele. Denn das war er doch: medioker. Mittelmaß. Ein Durchschnittstyp, Massenware. Zu klein, um groß zu sein, zu groß, um klein zu sein. Weder hässlich noch dumm, ganz sicher aber ohne spezielle Begabung. Weder war er athletisch genug gewesen, um es ins Heer zu schaffen wie seine Schwester Martha, noch sein Gewissen rein genug, um für den Katastrophenschutzdienst zugelassen zu werden. Seine doppelte Untauglichkeit war ein Privileg, für das er allmonatlich blechte. Hatte Kathrin nicht gesagt, dass ihr Vater Oberwachtmeister gewesen sei? Besser, er ginge dem Thema aus dem Weg. Er holte Luft und drückte auf das kühle Messing der Klingel.

Und dann war die Tür aufgegangen und da war dieses Gesicht gewesen, von dem er gleich gewusst hatte, dass sein Besitzer ihn ablehnte. Leon Wahlau sah anders aus als auf den Wahlplakaten. Der graue Vollbart war verschwunden und würde auch nach seiner erfolgreichen Wiederwahl ins Parlament nicht wieder auftauchen. Léon bedauerte die Abwesenheit, denn mit Vollbart wäre nicht alles glatt gewesen in diesem Gesicht, glatt wie ein Chromtoaster. Nichts da, woran man sich festhalten konnte, bloß eine Metzgerstirn, ein markantes Macherkinn, eine Glatze, glänzend wie ein Apfel, und – immerhin ein günstiges Zeichen – eine Discounterbrille, wie auch Léon sie trug. Von den Reichen lernst du sparen, sagte seine Mutter immer.

Wahlaus Augen funkelten. «Herr Portmann! Schön, Sie kennenzulernen.» Der Handschlag passte zum Haus. Sein Vater hatte ihm diesen wohl vermacht, und dessen Vater wiederum ihm. Ein Handschlag, der sich bis ins Dampfzeitalter zurückverfolgen ließ, mindestens.

Der übrige Abend raste an ihm vorüber, der Rucola-Randen-Salat, die Quinoa-Pfanne, das Rib-Eye-Steak – echtes Rindfleisch, keine Synthese – und das kaum verhüllte Kreuzverhör, in das ihn Kathrins Eltern genommen hatten. Schon damals hatten sie darüber zu wachen versucht, dass die eben erst entstandene Beziehung auch *well-done* würde. Stocherten und wendeten sie von einer Seite auf die andere.

Es war die alte Geschichte mit den zwei Welten, die nicht recht zueinanderpassen wollten und sich gerade deswegen anzogen. Am besten, er war konsequent, kam ihr zuvor und machte Schluss. Sie hatte Besseres verdient. Jemanden, der so intelligent war wie sie, der Dinge geregelt kriegte und dem sie zufielen, jemanden, der die richtigen Worte fand, der stets wusste, was es zu sagen, zu tun und zu lassen gab. Jemand, der sich nicht treiben ließ und der seinem Namen gerechter wurde als er selbst: Léon Löwenherz, tapfer und wild. Aber keine Chance. Es war wie bei den RPGs, die er als Jugendlicher ganze Sommer durchgezockt hatte, wenn er sich vor der Gluthitze in den Keller verkrochen hatte, den Rollenspiel-Games: Seine Fähigkeitspunkte waren einfach anderes verteilt.

Er nahm einen letzten Zug und atmete ein Rauchwölkchen aus, achtete dabei aber nicht darauf, dass die Balkontür, die der Wind aufgerissen hatte, zusammen mit der im Bad weiterhin laufenden Klimaanlage einen Luftzug erzeugte, der den Rauch, statt ihn nach draußen zu befördern, einsog und an die Decke schweben ließ, wo er auf einen Sensor traf, der in einem Kasten hockte.

Ein rotes Blinken, ein schrilles Klingeln, und schon nieselte Wasser auf das Bett, auf den Boden, und auf den Schreibtisch, auf dem das Forschungsprojekt lag, an dem Kathrin schon so lange herumdokterte.

Scheiße. Er rannte zum Manuskript, es war schon halb durchnässt, und stopfte es in die Schublade. Spürte, wie sich seine Kleider vollsorgen. Stieg auf einen Stuhl und hämmerte gegen den Rauchmelder, bis der Lärm abebbte. Einen Augenblick später schlossen sich die Düsen an der Decke wieder. Der Teppichboden war inzwischen so durchtränkt, dass jeder Schritt das Wasser daraus herauspresste.

Ein Klopfen.

Ehe Léon reagieren konnte, wurde die Tür aufgerissen. Ein Mann in weißer Uniform stand im Türrahmen, einen Putzwagen neben sich. Da war sie also, die mythische Zunft, doch ziemlich profan, Léon war enttäuscht.

« Ich habe einen Alarm gehört », sagte der Mann.

Hoffentlich roch der Raum nicht nach Gras. Wohin hatte er überhaupt den Stummel hingelegt ? Panik stieg in ihm auf.

« Ein Fehlalarm », erklärte er, und seine Stimme überschlug sich. Er hätte auf dem Balkon geraucht ; irgendwie, er wisse es auch nicht recht, müsse der Rauch ins Zimmer gelangt sein.

Der Mann musterte ihn. « Ganz schön nass.» Es war nicht klar, ob er Léon oder das Zimmer meinte. « Wollen Sie ein anderes Zimmer ?»

«Ist das möglich?»

«Schon möglich. Was weiß ich. Versuchen Sie es beim Empfang. Wir sehen zu, dass wir das Zimmer in der Zwischenzeit trocken kriegen.»

Nachdem Léon wieder allein war, entsorgte er den Joint in der Toilettenschüssel und prüfte sein Spiegelbild, um sicherzugehen, dass seine Augen nicht gerötet waren.

Vielleicht war das Glück im Unglück. Kathrin würde sicher ihre Ruhe wollen heute Nacht. Einmal durchatmen. Ohne ihn. Sich alles in Ruhe überlegen. Er auch. Den Wunsch konnte er ihr erfüllen. So war es am besten. Sie müssten sich heute kein Bett teilen. Er würde anderswo schlafen. Das war die Gelegenheit. Und selbst wenn er dafür zahlen müsste, machte das nichts, die Reise hatte ihn bis jetzt ja keinen Heller gekostet, den Wahlaus sei Dank.

Vielleicht würde sie sich, wenn sie erst allein wäre, doch darauf besinnen, was sie an ihm mochte, nämlich seine stille Art, jedenfalls glaubte er, dass es das war, was ihr an ihm gefiel, seine stille Art, weil er ein guter Zuhörer war und geduldig. Vielleicht würde es ihr wieder einfallen. Und das war doch wenigstens etwas. Er hoffte nur, dass das Zimmer wieder trocken war, bis sie zurückkam.

Nachdem Léon sein durchtränktes Polohemd gegen ein graues T-Shirt getauscht und sich dreimal versichert hatte, dass er seine Zimmerkarte tatsächlich eingesteckt und nicht etwa auf dem Nachttisch hatte liegen lassen, trat er auf den Gang hinaus.

Beim Einchecken hatte er einen Schiffsplan erhalten, der jedes für Touristen zugängliche Deck, elf waren es an der Zahl, erläuterte. Er strich über die Kästchen mit den Kabinennummern. Jede Kabine von Menschen besetzt, die je wieder eine eigene Geschichte hatten, vermutlich dramatischer und spannender als die seine. Wer war er schon, und was hatte er schon für Probleme, die andere nicht auch hatten? Der Gedanke gab ihm Halt.

Die Rezeption lag unten im Schiff, auf dem Shore-Deck. Also erst einmal ans andere Ende seiner Etage, zum Aufzug.

Seine Flip-Flops schlurften über den Teppichboden, der voll mit Rillen war, den die Putzwagen und Rollkoffer über die Jahre gezogen hatten. Wie lang die Grey war. Länger als Fichtwald oder Schellbach, die Straßendörfer seiner Kindheit. Nur die vielen verschlossenen Türen waren hier wie dort gleich.

Außer ihm waren kaum Menschen auf dem Flur. Jetzt, am Nachmittag, waren sie wohl eher draußen oder in den Bars. Nur ein Rentner kam ihm entgegen, das Gesicht so braun und ledrig, als hätte er ein Leben lang auf einer Erdbeerplantage geschuftet. Ein Daueraufenthalter womöglich. Davon gab es immer mehr, hatte er gelesen. Angesichts der zunehmenden Wetterextreme beschloss mancher, die letzten Lebensjahre auf dem Meer zu verbringen. Man muss auch auf die alten Tage flexibel bleiben. Anpassungsfähig.

Das Shore-Deck war höher als die anderen Decks, hatte fast etwas von einer Kathedrale mit seiner Glaskuppel, durch die der weite russische Himmel zu sehen war. Im Hintergrund säuselten Lee Hazlewood und Nancy Sinatra *Some Velvet Morning*.

Wenn es so etwas wie einen Geist dieses Schiffs gab, ein Grundgefühl, dann war es hier in dieser Rotunde direkt beim Eingang zu finden, hier, wo die Grey alle Neuankömmlinge verschlang, um sie Wochen später unverdaut, aber um einige Entspannungserfahrungen reicher, in den sogenannten Alltag zurückzuspucken. Léon kämpfte sich durch einen Wald aus Plastikpalmen. Ein Infoschalter, den er noch nie besetzt gesehen hatte, seit sie losgefahren waren, lockte mit Broschüren, die die anderen Schiffe der Reederei vorstellen sollten. Ein Zeichner hatte sie in anthropomorphe Animewesen verwandelt: dicke Kulleraugen mit dichten Wimpern klebten am Heck, darunter neonfarben glänzende Lippen. Werbetexter hatten sie genötigt, ihre jeweiligen Vorteile in Sprechblasenform anzupreisen: «Mein Name ist Svenja und ich entführe dich in die Welt der Fjorde. – Jeden Mittwoch Trachtenshow.»

Weiter geradeaus entdeckte er den Empfang. Er war in die Wand eingelassen wie eine Gebetsnische. Eine blaue Teppichzunge führte ihn wenige Treppenstufen hoch.

Ein von innen beleuchteter Milchglastresen. Dahinter, links, eine Tür, rechts ein Bürostuhl mit Mensch obendrauf. Eine Mittzwanzigerin. Ihr Gesicht erinnerte an ein Renaissance-Porträt: eine hohe, blasse Stirn, ebenso blasse Lippen, eulenartige Lider. Das schwarzgefärbte Haar hatte sie zu einem riesigen Dutt verknotet. Nur die große Nase störte das Bild – und die perlmuttfarbenen Kopfhörermuscheln, aus denen stampfende Industrialbeats drangen.

Die Frau schien ihn nicht zu bemerken. Sie schloss die Augen, und wippte den Kopf im Beat hin und her, als wäre sie allein.

«Entschuldigen Sie …», sagte er.

Die Rezeptionistin, ein Schild an ihrem Anzug wies sie als Harriota Hoffmann aus, hielt ihm den Zeigefinger entgegen. «Sekunde.» Ein Mausklick, dann war die Musik verstummt. Die Kopfhörer blieben trotzdem auf.

«Entschuldigen Sie, ich möchte mich in ein anderes Zimmer verlegen lassen.»

«Aber warum denn?»

Er streckte den Rücken durch, als wolle er größer wirken, und räusperte sich. Sein Zimmer stehe unter Wasser, sagte er. Ein Feuer-Fehlalarm.

«Oh.» Mehr sagte sie nicht. Stattdessen starrte sie ins Leere, als dachte sie über ein philosophisches oder mathematisches Problem nach, wobei sie die Augenbrauen runzelte und sich auf die Lippe biss. Ihm fiel auf, dass sie mehrere Anstecker an ihren Anzug angebracht hatte. Einer zeigte Boris Karloff als Frankensteins Monster, ein anderer eine fliegende Untertasse mit der Aufschrift «I want to leave.»

«Äh, ich bin im 1107», sagte er schließlich, als die Stille zu unangenehm wurde.

«Ah, richtig – die Zimmernummer.» Sie tippte die Ziffern ein. «Sie teilen sich das Zimmer mit Ihrer Frau?» Und dann, ehe er antworten konnte: «Oder Partnerin vielleicht. – Und Ihre Partnerin, will die auch ins neue Zimmer, Herr …»

«… Portmann. Ich hab sie noch nicht gefragt.»

Die Rezeptionistin stützte das Kinn in den Handteller. «Das geht dann aber eher schlecht. Ihre Freundin muss auch ja sagen. Sie zahlt das Zimmer.»

«Das Zimmer steht unter Wasser.»

«Ja, und dafür möchte ich mich in Namen der Diamond Lines auch ausdrücklich entschuldigen. Trotzdem brauche ich die Unterschrift von Frau Wahlau.»

«Sie ist gerade nicht da.»

«Können Sie sie nicht vielleicht holen?»

Er wisse nicht, wo sie derzeit sei, sie sei spazieren gegangen.

«Und wenn Sie sie anrufen?»

«Schauen Sie, Frau Hoffmann, meine Freundin hat gesagt, ich solle mich darum kümmern. Sie komme dann nach.»

Die Rezeptionistin taxierte ihn. «Tut mir leid, dann kann ich Ihnen nicht weiterhelfen. Sicherheitsvorschriften. Wenn Sie eine Reklamation anbringen möchten, finden Sie auf unserer Homepage ein Formular. Ich druck es Ihnen gerne aus.»

Er stützte sich auf den Tresen und beugte sich vor. Beugte sich tatsächlich vor. Irgendein leeres Zimmer müsse sie doch haben. Es könne auch ganz klein sein, Hauptsache, es stehe ein Bett darin.

«Tut mir leid, wir sind restlos ausgebucht.»

Ein dummer Einfall. Es war ein dummer Einfall gewesen. Er spürte, wie das Gefühl, das ihn an die Rezeption getrieben hatte, war es Wut, war es Traurigkeit, er wusste es nicht, langsam auskühlte wie ein Lagerfeuer nach einem Platzregen. Wenn er jetzt aufgab, gab es nur eine Möglichkeit, um die Demütigung nicht noch mehr zu vergrößern: Er müsste zum richtigen Zeitpunkt ins Zimmer zurück, um noch vor Kathrin ins Bett zu steigen und so tun zu können, als schliefe er.

«Ich zahl auch dafür.»

«Das ändert nichts daran, dass wir kein Zimmer haben. Im März vielleicht. Aber nicht jetzt. Die Nordostpassage ist im Sommer beliebt.»

«Warum auch immer», murmelte er.

Sie rückte auf und verschränkte die sommersprossigen Arme. Ihre Tonlage wurde heller. «Da haben Sie recht. Ich würde hier nicht mal geschenkt Urlaub machen.»

Darüber musste er lachen.

«Es geht mich nichts an, aber vielleicht wäre es eine gute Idee, zuerst mit Ihrer Freundin zu sprechen, anstatt ihr aus dem Weg zu gehen?», sagte sie.

Er hätte ihr gerne gesagt, dass nicht er es war, der Kathrin aus dem Weg ging, dass es sich eher umgekehrt verhielt, hätte ihr gerne alles erzählt, was vorgefallen war, wie alles begonnen hatte und wie sich ihre beiden Leben ineinander verzahnt hatten. Da war etwas an ihrer Stimme, die ihm das Gefühl gab, das er das könnte.

Doch ehe er sich rechtfertigen konnte, erschien ein Schemen im Türrahmen hinter dem Schalter, der sich in Form einer honigsüß lächelnden Mittvierzigerin manifestierte. Léon trat einen Schritt zurück. Die Frau streckte die Hand aus, deren Kunstnägelklauen an einen Stummfilm-Vampir erinnerten, und legte sie der Rezeptionistin auf die Schulter.

«Gibt es ein Problem, Harriota?»

«Keineswegs, Frau Schlynger. Der Herr Portmann möchte sich in anderes Zimmer verlegen lassen. Ich habe ihm gesagt, dass das nicht geht.»

«Aber Harriota, du weißt doch, dass wir den Wünschen unserer Kunden immer entsprechen.»

«Nur geht das in dem Fall leider nicht.»

«Gib mal den Stuhl frei, ich übernehme.»

Nachdem sie sich gesetzt hatte, klickte die Chefin mit, wie es Léon vorkam, gespielter Nervosität herum. Die Rezeptionistin stand hinter ihr, die Stirn gerunzelt. Im Gegensatz zu ihrer Chefin wirkte sie tatsächlich nervös. Womöglich fürchtete sie eine Kündigung. Alles wegen ihm. Das hatte er ja wieder schön hingekriegt. Wie lange stand er eigentlich schon hier?

Endlich schien die Chefin genug gesucht zu haben. Sie schüttelte den Kopf. Wahrscheinlich dachte sie, dass er sich ein anderes Zimmer nicht leisten konnte.

«Bedauere, Herr Portmann, aber tatsächlich sind alle Zimmer sind belegt.»

«Kein Problem, ich ...»

«... allerdings kann ich Ihnen ein etwas unkonventionelleres Arrangement anbieten. Das Team wurde kürzlich gestrafft. Umstrukturierungen, Sie verstehen. Was halten Sie davon, ausnahmsweise eine Nacht in einem unserer Mitarbeiterzimmer zu verbringen? Ein kleines Abenteuer quasi. Eines könnte ich für Sie reservieren, ein Sechserzimmer.»

«Ich glaube nicht, dass das den Ansprüchen von Herrn Portmann genügt», warf die Rezeptionistin ein.

«Was unsere Kunden zufriedenstellt, wissen immer noch unsere Kunden am besten. Was meinen Sie? Das muss aber unter uns bleiben.»

Was blieb ihm übrig? Die beiden hatten sich so viel Zeit für ihn genommen. Jetzt abzulehnen ging fast nicht mehr.

«Seien Sie unbesorgt: Sie behalten alle Privilegien.»

«Wieso nicht», sagte er.

«Harriota, übernimmst du?» Und weg war sie.

Die Rezeptionistin bückte sich unter den Tresen. Geklimper und Gerüttel. Als sie wieder aufstand, klebten Staubfäden an ihrer Nadelstreifenhose.

Sie reichte ihm einen Badge, an dem ein Plastikseestern hing. Die rosa Farbe war komplett verblasst, so, als hätte ein Hund darauf herumgekaut. Eigentlich, erklärte sie, bräuchte er auch einen Mitarbeiterausweis, um sich auf den unter der Meeresoberfläche liegenden Decks bewegen zu können. Den könne sie ihm leider nicht bieten, aber er wisse ja, an wen er sich bei Problemen wenden könne.

Dann händigte sie ihm einen auf graues Recyclingpapier gedruckten Faltplan aus. Darauf ein Gewirr aus kleinen und großen Rechtecken, sämtliche mit Nummern versehen. «Maintenance I» stand auf der Karte. Um dorthin zu gelangen, müsse er bloß durch die mit *Privat* markierte Tür auf der anderen Seite der Halle und dann die Treppe runter. Das fahler werdende Licht sei ein todsicheres Zeichen, dass er im Mitarbeiterbereich angelangt sei.

Anstatt direkt auf Zimmer 1107 zurückzukehren und das Nötigste für die Nacht zu packen, fuhr er noch einmal in den Poolbereich hoch, um frische Luft zu tanken.

Kathrin war nirgends zu sehen. Nicht, dass er sie gesucht hätte. Die Außendecks waren nun einmal der erträglichste Fleck an diesem künstlichen Ort. Hier sah man wenigstens den Himmel, obschon auch der kaum weniger künstlich war. Wie viele der Wolken, die vorüberzogen, wohl von Geo-Ingenieuren künstlich aufgehellt worden waren, um mehr Sonnenlicht zu reflektieren? Gut, dass es für Laien keinen Weg gab, das festzustellen.

Das Schwimmbecken quoll vor Menschen über. Andächtig paddelten sie auf der Stelle, viele mit geschlossenen Augen. Gesprochen wurde kaum. Wie eine Gedenkfeier kam es ihm vor. War es das, was sich der Schnurrbartträger gewünscht hatte?

Etwas an dem Anblick machte ihn nervös, also drehte er sich um und trat auf die gummierte Rennstrecke, die einmal um das ganze Schiff herumführte – Kathrin verbrachte hier viel Zeit – und lehnte sich über die Reling. Er hatte er ein flaues Gefühl im Magen. Vielleicht sollte er sie anrufen und ihr erklären, dass er heute nicht im Zimmer übernachte. Sie vorwarnen, dass der Boden nass war. Das wäre nur fair.

Er wählte ihre Nummer. Es war die einzige, die er auswendig kannte, während er sich nie die Mühe gemacht hatte, sich seine eigene zu merken. Fragte ihn jemand danach, was nicht oft vorkam, musste er auf seinem Smartphone nachsehen, wie sie lautete.

Es klingelte, vier Mal, fünf Mal, sechs Mal. Dann ein Knacken.

«Léon?»

«Hey Kathrin, ich ...»

« Das geht gerade nicht, tut mir leid », sagte sie. Dann legte sie auf.

Eine ganze Weile stand er da und starrte auf sein Handydisplay. Dann kehrte er wieder in den Innenbereich zurück.

Nachdem er seinen Kulturbeutel, das Hasch, etwas Wäsche sowie eine Gesamtausgabe der Kurzgeschichten von Flannery O'Connor in seinen Rollkoffer geworfen hatte, machte er sich auf den Weg zurück zum Shore-Deck.

Die Tür zum Treppenhaus, von dem die Rezeptionistin gesprochen hatte, war leicht zu finden. Sie befand sich ebenfalls in der Empfangshalle, im rechten Winkel zur Rezeption.

Die Tür sandte widersprüchliche Signale: Ein Schild warnte, das Areal sei nur für Mitarbeiter. Zugleich stand die Tür einen Spalt offen, wurde jedoch von einem Keramiktopf verdeckt, aus dem Farn auf den Boden herabwelkte.

Hilfesuchend sah er zum Empfang hinüber, doch die Rezeptionistin war abwesend. Dafür stand ihre Chefin da, die Hände in die Hüfte gestützt. Sie hatte Léon beobachtet. Jetzt reckte sie beide Daumen in die Höhe. Alles klar. Er bohrte die Fingerspitzen in den Blähton, der die Pflanze bedeckte, und hievte den Topf zur Seite.

Das Licht der Glühbirne, die das enge Treppenhaus erhellte, war kaum stärker als eine Kerze. Die Luft war staubig, und ein süßlicher Geruch hing darin. Léon hielt sich am Geländer fest und machte einen Schritt nach dem anderen.

Da war sie, die Tür zu Maintenance I. Die Rezeptionistin hatte ihm erklärt, dass er durch diese Etage gehen sollte, um zu seinem Zimmer zu gelangen, obwohl das Zimmer selbst in Maintenance II lag. Das schaffe weniger Probleme.

Er riss die Tür auf. Das Neonlicht auf der anderen Seite brannte in seinen Augen, sodass er sie kurz schließen musste. Sanfte Marimbaklänge empfingen ihn, die eine Geräuschatmosphäre produzierten, die wohl an eine der tropischen Inseln gemahnen sollte, auf denen die Menschen früher so gerne Urlaub gemacht hatten. Kurzer Blick hinunter: aschgrauer Teppichboden. Daran würde er erkennen, dass er sich im Mitarbeiterbereich befinde, hatte die Rezeptionistin gesagt. Das Schiff, hatte sie erklärt, war mit Codes überzogen. In der Premium Class waren die Böden bordeauxrot gehalten, in der Superior Class in Purpur und der Convenience Class und den allgemeinen Bereichen in Berliner Blau. So wusste man immer, wer man war und wo man hingehörte.

Durch die Bullaugen drang das abendliche Licht der niemals ganz untergehenden Sonne hinein. Außer ihm war niemand hier, trotz der zahlreichen Türen, die Aufschriften wie «Greeter» oder «Entertainment Supplies» trugen. Er sah durch die Fensterscheibe: Die See befand sich direkt unter ihm, keinen halben Meter.

Nach einer gefühlten Ewigkeit – ihm kam es vor, als führte der Pfad um das ganze Schiff – markierte eine halb offenstehende Schiebetür eine Schwelle, von der er nicht wusste, wofür sie stand. Dahinter gab es keine Bullaugen mehr, nur noch flackerndes Kunstlicht, und der Weg senkte sich merklich ab. Selbst die Musik war verschwunden und durch dumpfe Schleudergeräusche ersetzt worden. Vermutlich befand er sich in der Nähe der Wäscherei.

Er stellte sich vor, wie das Salzwasser gierig gegen die Stahlwände der Grey drückte, und dachte an die unidentifizierten Geräusche, die Forscher tief im Meer aufgespürt hatten, und die Namen wie *Bloop, Upwhistle* oder *Julia* trugen. Signale ohne Absender, empfangen von Wesen, die nichts damit anfangen konnten. Das Meer sprach, aber niemand verstand, was es sagte.

Der Gang endete abrupt in einer Sackgasse mit beplüschten Wänden. Eine Tür war nirgends zu sehen. Plötzlich überfiel ihn Müdigkeit.

Vielleicht sollte er einfach hier auf dem Boden übernachten, anstatt das Mitarbeiterzimmer zu suchen. Hier würde ihn garantiert niemand finden. Die alljährlichen Familienausflüge ins Möbelhaus fielen ihm wieder ein. Er war jedes Mal verloren gegangen, absichtlich. Schlich sich in eines der nach Sauberkeit duftenden Musterwohnzimmer, viel gepflegter als bei ihnen zu Hause in Grind in dem morschen alten Bauernhaus, und döste auf den Chaiselongues, bis ihn die Angestellten, die seit einer halben Stunde seinetwegen ihre gewohnten Tätigkeiten hatten unterbrechen müssen, herauszerrten und dem pater familias übergaben, der ihn mit einem Blick ansah, der Léon an einen überladenen Packesel erinnerte. Das sei das letzte Mal, dass sie ihn mitnähmen, ächzte sein Vater jedes Mal, und er sage Léon eines: Er solle bloß nie Kinder bekommen, das sei ein Fehler.

Léon seufzte und ließ sich auf den Boden gleiten, zückte das Smartphone. Kein Netz. Auch das Schiffs-WLAN tauchte nicht mehr in der Liste auf. Eine Sackgasse. Außer Spesen nichts gewesen, dachte er, und: Alles hat ein Ende, nur die Wurst hat zwei. Die Kraft der Phrasen.

Er ließ den Blick durch den Raum schweifen, als ihm ein kleiner, in den Boden eingelassener Griff auffiel. Darüber, kaum zu entdecken, ein Messingschild: Maintenance II. Einer Laune folgend zog er am Griff. Mit einem Quietschen öffnete sich eine Klappe. Darunter Dunkelheit. Das Ganze erinnerte an den Kartoffelkeller in seinem Elternhaus, eine in die Erde gegrabene Grube unterm Küchenboden. Er zögerte lange, ob er wirklich hinuntergehen sollte. Visionen plagten ihn, wie jemand über ihm die Klappe blockierte, sodass er für immer im

Dunklen bleiben müsste, lebendig begraben im Bauch des Schiffs.

Er ertaste eine Leiter, das Metall war kalt, und kraxelte in die Dunkelheit hinab. Es waren vielleicht zwei Meter, schätzte er. Unten angekommen tappte er lange mit der Hand herum, bis er endlich den Türgriff fand.

Der Gang dahinter war erneut so stark ausgeleuchtet, dass er erst die Augen zukneifen musste. Im Gegensatz zu vorhin wirkte er sauber, fast steril, ein wenig wie in einem Krankenhaus.

Die Türnummern schienen keiner Zählungsregel zu gehorchen. Auf die 95 folgte die 99, dann die 102, die 103, gefolgt von der 109. Es war, als ob einige der Räume einfach versunken waren, in die Tiefsee abgetaucht. Die Nummern waren nicht wie im Gästebereich mit Messingziffern in der schiffseigenen Corporate-Schrift an die Türen befestigt, sondern mit Filzstift von Hand aufgekrakelt worden. Wahrscheinlich waren die Mitarbeitenden angehalten, sie selbst zu nummerieren, und hatten sich einen Spaß daraus gemacht, ein eigenes, komplexes System zu kreieren.

Er brauchte fünf Minuten, in denen er mehrmals den Gang auf- und abschritt, bis er das Zimmer endlich fand. Die Nummer 94 in zackigen Ziffern, die etwas von einer Keilschrift hatten, bedeckte gut einen Viertel der Tür. Sie stand einen Spalt offen. Die Luft, die ihm daraus entgegenschlug, roch verbraucht und zigfach wiederaufbereitet.

Léon trat über die Schwelle, seine Hand fand den Lichtschalter. Mit einem Klicken sprangen die Neonröhren an und verbreiteten ein schummriges Licht, das Stimmungen jedweder Art verunmöglichte und nicht einmal die Zimmerecken richtig auszuleuchten vermochte.

Der Raum war leer, zum guten Glück.

Zwei Etagenbetten standen so dicht nebeneinander, dass man sich kaum dazwischen stellen konnte. Zweimal drei Matratzen, dünn wie Sargbretter.

In solchen Zimmern hatte er zum letzten Mal mit Anfang zwanzig übernachtet, als er mit Marc und Thomas durch den Yukon getrampt war. Nur waren die Zimmer selbst in den schäbigsten Herbergen großzügiger gewesen.

Rechts von der Tür war ein Waschbecken angebracht, nicht grösser als sein Kopf. Die Keramik war gelblich verfärbt, der Spiegel darüber voll Fettflecken und Handabdrücken. Als hätte jemand versucht, seinem Spiegelbild die Hand zu reichen oder mit ihm den Platz zu tauschen.

Hier würde er also nächtigen. Das hatte er sich selbst eingebrockt. Erneuter Blick aufs Handy: kein Netz, kein Internet. Und immer noch diese Müdigkeit, die wie heißer Teer an ihm klebte.

Die unteren Pritschen sahen nicht gerade einladend aus. Soweit er das im Halbdunkeln erkennen konnte, waren die Decken zerwühlt. Wahrscheinlich hatten sich zwei Mitarbeitende heimlich in dem leerstehenden Zimmer vergnügt. Besser, er nahm die oberste Pritsche.

Er kletterte das Leiterchen hoch, es wackelte bei jedem Schritt, und legte sich hin. Rechts neben seinem Kopf war ein Lüftungsschacht in die Wand eingelassen. Er hielt die Hand davor: kein Luftzug, natürlich.

Auch die Zimmerdecke war alles andere als ermutigend: Ein dicker Riss zog sich durch den Raum und teilte ihn in zwei ungleiche Stücke wie bei einem kalbenden Eisberg.

Was Kathrin wohl gerade machte? Vielleicht sprang sie genau in diesem Moment kopfüber in eines der Schwimmbecken. Hatte vor, solange zu schwimmen, bis sie allen Zorn ausgeschwitzt hatte. Er blinzelte. Seine Augäpfel waren von der miesen Luft ganz vertrocknet. Morgen früh mussten sie sich wie das Obst in der Dörrmaschine seiner Eltern anfühlen. Auch sein Mundraum war so trocken, dass er statt der Entschuldigung, die Kathrin verdient hätte, nicht mehr herausbringen würde als ein Krächzen. Selbst wenn er die rechten Worte finden würde – und das war keine leichte Aufgabe – würde es ihm zuvor die Sprache verschlagen. Also besser die Lider über den Augen zugedrückt, um sie zu schützen. Er spürte, wie sich seine Schulterblätter, von der Matratze kaum gedämpft, in das darunterliegende Sperrholz bohrten. Und trotzdem war ihm schon bald, als glitte er auf den Grund des Meeres.

Ein Angstschrei weckte ihn auf. Erst wusste er nicht, wo er war oder wie lange er gedöst hatte. Einen Moment lang glaubte er, er selbst sei es gewesen, der geschrien hätte. Dann merkte er, dass der Laut vom gegenüberliegenden Bett gekommen war. Auf den Schrei folgte ein Keuchen, das bald in ein Gähnen überging, langgezogen und leidenschaftlich. Aus der untersten Pritsche löste sich ein Schemen und wuchs zu einem Menschen heran.

Der Mann war so drahtig, dass es ein Wunder war, dass er überhaupt auf die Pritsche gepasst hatte, und hatte die Art von Gesicht, die einen erst einmal innehalten ließ: prominentes Kinn, olivfarbene Haut, langes dunkles Haar. Mit dem geblümten Hemd und den kräftigen Unterarmen erinnerte er Léon an Luis, einen spanischen Austauschstudenten, mit dem er im dritten Semester einen *summer fling* gehabt hatte, nachdem der Andalusier im Studentenwohnheim in das Zimmer neben ihn gezogen war. Was der wohl jetzt machte? Und wie Léons Leben wohl aussehen würde, wenn sie nach Luis' Wegzug zusammengeblieben wären?

«Entschuldigung. Ich hatte einen Albtraum», sagte der Mann. Bei näherem Hinsehen verbarg sich unter seiner Schönheit der Eindruck großer Erschöpfung: Seine Augenringe waren so ausgeprägt, dass er einen Schwarzgürtel in Schlaflosigkeit sein Eigen nennen musste.

«Was machst du hier?», fragte er höflich, wobei Léon sein ungewöhnlicher Akzent auffiel. «Sie haben mir versprochen, dass ich das Zimmer diesmal für mich haben kann. – Leitest du einen der Kurse?»

Nein, stotterte Léon, immer noch verdattert, er sei ein Passagier.

«Das hätte ich eigentlich gleich erkennen können. Und was machst du hier in diesem Loch?»

Léon musste erst überlegen. Dann sagte er: «Hab das Tageslicht schlecht vertragen.»

Der Mann lachte, etwas zu lange, wobei seine perlweißen Zähnchen aufblitzten. «Witzig», sagte er.

Peinliche Stille.

Ob er aus den Niederlanden stamme, fragte Léon schließlich, um etwas gefragt zu haben.

Der Mann nickte. «Nijmegen.»

Weil er glaubte, ihn vielleicht so besänftigen zu können – immerhin teilten sie sich ein Zimmer – sagte Léon, er habe großen Respekt vor den Niederländern und ihrem Wiederaufbau nach den großen Deichbrüchen vor sechs Jahren, erzielte damit allerdings nicht die gewünschte Wirkung.

Anstatt darauf einzugehen, schnappte der Mann nach Léons Hand, die, von ihm selbst unbeachtet, auf der Matratze gelegen hatte, und drückte sie, als wolle er Most herauspressen. «Willem de Lampreta.»

«Léon Portmann.»

«Ich muss dich warnen, Portmann: Ich schlafe nicht gut, wenn andere im Raum sind.»

«Keine Sorge, ich bleibe nur eine Nacht.»

«Das sagen sie immer.»

«Wer?»

«Egal.» Willem massierte sich die Schläfen.

Sonst könne er auch wieder gehen, stammelte Léon, das sei kein Problem, wirklich nicht.

«Nein, sicher nicht, jetzt bist du ja hier. Was war's eigentlich – Ist die Toilette übergelaufen? Oder ein Streit?»

Léons Bauch wurde auf einmal hart, so, als müsse er sich vor einem Schlag schützen. Woher Willem das wisse.

«Das ist es doch meistens. Warum sonst sollst du mitten während der Fahrt das Zimmer wechseln?»

Léon sagte nichts.

De Lampreta griff nach der zweitobersten Leiterstufe und schwang sich neben Léon auf die Matratze. Er saß so dicht neben ihm, dass Léon die Wärme seines Körpers spürte.

«Wär nicht die erste Beziehung, die auf der Grey auseinanderbricht», sagte Willem. Dann zog er Zigarettenpapier und Drehtabak der Marke *Oude Pikbroek* aus der Gesäßtasche seiner navyfarbenen Chino und einen einzelnen Filter aus dem Kleingeldfach seines Portemonnaies. «Rauchst?», fragte er.

«Ich habe aufgehört.»

«Und ich erst damit angefangen. Schade, schade!» Es war unklar, ob Willem damit Léons Rauchstopp oder sein eigenes neues Laster meinte.

«Frauen, was», sagte er, während er sich eine Zigarette rollte, als wäre damit alles gesagt oder überhaupt irgendetwas. Das Machogetue passte überhaupt nicht zu ihm. Es wirkte einstudiert. Als müsse er demonstriere, dass ihm jeder Feinsinn fern war.

Nachdem die Kippe fertig gerollt war, parkte er sie auf der Bettkante und stellte sich auf die oberste Leitersprosse. Dann streckte er den Arm aus und boxte gegen den Rauchmelder, der mit seinem roten blinkenden Auge schon die ganze Zeit über den unbeteiligten Beobachter gemimt hatte. Drei Schläge brauchte es, bis das Lämpchen nicht mehr leuchtete.

«Du kannst doch nicht einfach den Rauchmelder abschalten», protestierte Léon.

«Du kannst ja kurz rausgehen, wenn es dich stört.»

Léon erinnerte sich, einmal gelesen zu haben, wie es war, von einem Löwen angefallen zu werden. Ein Forscher, der mit einem halben Bein davongekommen war, hatte davon berichtet. Wenn dem Körper einmal klar war, dass es sinnlos sei, zu fliehen, würde er alles herunterfahren, was er nicht brauchte, hatte der Forscher erklärt. Der Schmerz wäre weg, und statt der Angst machte sich eine Ruhe in einem breit, die alles dämpfte. Er hätte sogar noch einen Blick ausgetauscht mit dem Tier, bevor es die Zähne in sein Fleisch versenkt hatte. Knochen hätte er bersten hören, ohne zu merken, dass es die seinen waren.

Er wusste nicht, warum er jetzt ausgerechnet daran dachte.

Der Niederländer zwinkerte ihm zu und zückte ein Sturmfeuerzeug, auf dem – sah Léon recht? – das Gesicht Johann Sebastian Bachs eingraviert war. Willem schloss die Augen und sog den Rauch ein, wie jemand, der kurz vor dem Verdursten steht. Dann blies er eine große Wolke Richtung Rauchmelder und beobachtete zufrieden, wie sich nichts regte.

«Fehlt nur etwas», sagte er, und drückte auf seinem Handy herum. Schon erklangen Streicherklänge aus einem Bluetooth-Lautsprecher, der, wie Léon erst jetzt sah, auf dem Boden lag. Ein Mann mit hoher Stimme sang, Gott solle ihm helfen, denn das Wasser stehe ihm bis zum Hals.

«Magst du Buxtehude?», fragte der Niederländer. «Alte Musik?»

Léon zuckte mit den Schultern. «Hab ich auch schon gehört.»

De Lampreta lachte bitter. «Der ist gut. – Warum hast du eigentlich aufgehört? Mit Rauchen?»

«Die üblichen Gründe», sagte Léon. Er hatte keine Lust auf dieses Gespräch, noch hatte er Lust, sich das Zimmer mit diesem Schönling zu teilen.

De Lampreta schien das nicht zu merken. «Die da wären?», fragte er.

«Genauso gut könnte ich dich fragen, warum du damit angefangen hast.»

Ein zorniger Ausdruck huschte über de Lampretas Gesicht, der allerdings so schnell wieder verschwunden war, dass Léon sich nicht sicher war, ob er ihn sich nur eingebildet hatte. « Warum nicht, hab ich mir gedacht. Öfter mal was Neues », sagte er. Es klang ätzend.

Eine Erinnerung blitzte auf: Kathrin, wie sie vor etwa einem Jahr plötzlich von einem Tag auf den anderen mit Rauchen aufhörte. Sie war gemeinsam mit zwei Freunden in den Dolomiten Mountainbiken gewesen, auf einem Trail der zweithöchsten Schwierigkeitsstufe, und musste im falschen Moment die Kontrolle verloren haben, sodass sie mit Rippen- und Schlüsselbeinbrüchen im Krankenhaus gelandet war.

Als er am übernächsten Tag nach einer mehr als zehnstündigen Fahrt vor ihrem Bett stand, und er vorsichtig fragte, ob sie es in Zukunft nicht vielleicht ruhiger angehen wolle, sagte sie bloß, sie wolle nie wieder eine Zigarette sehen. Wegen den Verletzungen durfte sie nicht rauchen, weshalb sie entsprechend gelaunt war. Er verstand es schon. « Dann hör ich auch auf », hatte er gesagt, und dabei war es auch geblieben. Klar, kiffen tat er noch regelmäßig, aber das bisschen Tabak zählte nicht. Trotzdem hatte er es immer wieder bedauert. Er vermisste ihre gemeinsamen Kippen auf ihrem Balkon, wenn sie auf die nächtliche Stadt herabsahen und sich fühlten, als würden ihre Lichter nur für sie blinken, und er trauerte den Nikotinpausen nach, die sie früher auf ihren Bergwanderungen eingelegt hatten, und bei denen sie jeweils das Panorama genossen hatten. Jetzt hechelte er ihr nur noch hinterher, während sie stur vor ihm die Gipfel hinaufwanderte, ohne sich nach ihm umzublicken, fast, als wolle sie vor ihm fliehen.

« Kann ich mir auch eine rollen ? », fragte er Willem.

« Natürlich. »

Die Kammer füllte sich mit blauem Rauch, ein dichter Vorhang, der sie vom Rest der Welt abtrennte. Léon gefiel es.

Das Nikotin wirkte sofort: Das Schiff fing zu schwanken an. Er glaubte, zu spüren, wie die roten und weißen Blutkörperchen in seinen Adern tanzten. Ein schönes Gefühl. Er hatte es vermisst. Es erinnerte ihn an den Anfang seiner Beziehung mit Kathrin, als sie auf ihren langen Spaziergängen dem Flussufer entlang Kippe um Kippe geraucht hatten. Oft war es darum gegangen, ob der Planet überhaupt noch eine Zukunft hatte. Sie waren sich meist einig, dass dem nicht so war, und der Menschheit noch maximal hundert Jahre blieben, *give or take*, aber seltsamerweise hatten diese apokalyptischen Aussichten sie nur noch mehr zusammengeschweißt. Sie waren die letzten Menschen, der Punkt am Ende eines viel zu langen, verworrenen und schlussendlich nichtssagenden Satzes. Wenn das mal keine Ehre war.

Er legte sich hin, den Kopf gegen die Wand gestützt. Im Liegen hatte er noch nie geraucht. Es kam ihm unerlaubt und gefährlich vor und gerade deshalb schön, auch wenn er dabei an Ingeborg Bachmann denken musste. Der Rauch fühlte sich anders an im Liegen. Er blieb länger in der Lunge, fast, als würde er sich für immer darin einnisten wollen.

Willem hatte ihn überredet, mit ihm unten im Schiffsbauch etwas trinken zu gehen, um ihn nach der Trennung auf andere Gedanken zu bringen, wie er erklärt hatte, ohne dass Léon, von Kummer, Hasch und Nikotin narkotisiert, widersprochen hatte. So standen sie jetzt auf dem Flur und Willem riss eine Tür auf, auf der *Main Alley* stand. Mit einer ausladenden Geste bat er Léon, einzutreten.

Ein schlauchartiger Gang tat sich vor ihnen auf, so langgezogen, dass Léon sein Ende nicht erkennen konnte. Das sei die Lebensader der Grey, erklärte Willem, die Hauptarterie, wenn man so wolle, schließlich erstrecke sie sich über die gesamte Schiffslänge. «Wir nennen sie Autobahn.»

Es war wie bei einem dieser zentralperspektivischen Renaissance-Gemälde: Gestalten wuselten von einer Seite auf die andere, rückten näher oder wurden kleiner. So lang war der Gang, dass er in der Ferne in einen einzigen Punkt zusammenzufallen schien.

Das Licht war grell und grausam. Es leuchtete den Gang so gut aus, dass es kein Versteck gab. Selbst eine Fruchtfliege hätte keine Ritze gefunden. Léons Augen hatten keine Zeit, sich daran zu gewöhnen, denn der Niederländer packte ihn sanft am Arm, und zog ihn hinein.

De Lampreta machte so große Schritte, dass Léon Mühe hatte, nachzukommen. Erst recht, weil er ständig Mitarbeitenden in Uniform ausweichen musste, die Reissäcke auf dem Rücken schleppten, Wagen voll besudelter Laken stießen oder wild gestikulierend an ihnen vorbeischritten.

Die Vorstellung, dass sie fünf Meter oder mehr unter dem Wasserspiegel waren, ließ Léon erschauern. Sie bewegten sich durch eine gigantische Landschaft, menschgemacht, aber nicht menschenfreundlich. Der Mensch schaffte sich seine Objekte, dachte er, webte sich in selbstgeschaffene Strukturen ein, bis die Objekte auf einmal über ihn bestimmten. Ein

Schiff voller Imperative. Trink mich, iss mich, genieß mich. Folge dem Pfeil zur Entspannung. Verbinde alle Punkte und gewinne den Preis.

Sie passierten die Großraumküche. Durch ein Fenster in der Tür beobachtete Léon, wie ein Mann mit Atemschutzmaske, Handschuhen und Haarnetz einen Analogfleisch-Brocken in mundgerechte Scheiben schnitt und mit dem Fleischhammer weichklopfte. Er kam ihm wie ein Richter vor, der ihm sein Strafmaß für all seine Lebenslügen verkündete.

«Willem! Alles gut?» Eine etwa fünfzigjährige kleingewachsene Frau mit Millimeterhaarschnitt war vor ihnen stehengeblieben. Léon hatte sie nicht kommen hören. Auf der Schulter der blütenweißen Uniform waren vier goldene Streifen. Erstaunt stellte er fest, dass es sich um Valérie «Val» d'Ivia handeln musste, die Kapitänin. Er hatte sie bereits bei einer Begrüßungsshow im Theatersaal gesehen, an die Kathrin ihn trotz der ersten Anzeichen seiner austernbedingten Lebensmittelvergiftung am ersten Abend mitgeschleppt hatte. «Damit wir wissen, wem wir unser Leben anvertrauen», hatte sie erklärt.

Val d'Ivia wirkte wie jemand, der es gewohnt ist, dass andere ihm folgen. Flüssige Autorität. Sie könne heute Abend leider nicht an seine Show, erklärte sie, an den Niederländer gerichtet.

Der zuckte mit den Schultern. Sie kenne doch sowieso schon alle Songs auswendig.

Die Kapitänin lachte. Dann bemerkte sie Léon, und ihre Gesichtszüge froren ein.

Léon streckte ihr die Hand hin, aber sie sah an ihm vorbei.

«Was macht der Passagier hier?», zischte sie, ihre Stimme eine Heftklammer, die einen Papierstapel durchbohrt.

«Schlynger hat ihn in mein Zimmer verlegt. Ich dachte, ich nehm ihn mal in die Bar mit.»

Die Kapitänin verformte ihre Lippen zu einem arktischen Lächeln. «Sieht aus, als müsste ich mit jemandem ein Wörtchen reden.» Und weg war sie.

Damit wäre sein Abenteuer im Bauch des Wales wohl bald vorüber, dachte Léon, morgen würde er wieder im 1107 nächtigen. Besser war's.

«Zutritt verboten» stand in krakeligen Buchstaben auf der Tür, hinter der sich, jedenfalls behauptete das Willem, die Mitarbeiterbar verbarg. Dumpfe Trommelklänge waren zu hören, dazu blechernes Gelächter. Es schien nicht von einem Menschen zu kommen.

Auf der anderen Seite war es so schummrig, dass Léon, dessen Augen sich inzwischen endlich an das Licht auf der Autobahn gewöhnt hatten, einen Moment innehalten musste, bevor er die Orientierung wiederfand. Es roch nach Staub und Zuckersirup. Tiki-Musik erfüllte den Raum, Bongos und Congas, eine Sitar, ein Vibrafon und falsche Vogelstimmen. Drei Glühbirnen, die tief über der Theke hingen, verbreiteten rötliches Licht. Wie in einer Dunkelkammer, dachte er, oder in einem Magen.

Hinter der Bar war eine glatzköpfige Gestalt auszumachen, deren grobschlächtiges Gesicht wie aus Holz geschnitzt wirkte. Im Schein der Lampen hatte es etwas Dämonisches. Der Barkeeper. Hinter ihm eine staubige Spiegelwand, davor halbleere Flaschen. Statt Tischen standen Fässer im Raum verteilt, jedes davon von Mitarbeitern umringt. Manche trugen fleckige Schürzen, andere die hellen Uniformen der Reinigungskräfte, ein paar waren in ihren eigenen Kleidern erschienen. Léon spürte ihre Blicke. In einer Ecke erkannte er den Mann, der vorhin mit dem Putzwagen vor seinem Zimmer gestanden war. Er prostete ihm zu.

Léon fühlte sich noch mehr fehl am Platz als sonst, noch weniger willkommen als in den herausgeputzten Bars auf den oberen Decks mit ihren zum Polarmeer ausgerichteten Fensterfronten. Dort war er wenigstens als Geldquelle willkommen, als Kreditkarte auf Beinen. Hier dagegen war er gänzlich ein Fremdkörper.

Ein mechanisch dumpfes Lachen ließ ihn zusammenzucken. Giftgrüne Augen blinkten ihm entgegen. «Munter über die Planke!», plärrte eine Stimme, «munter über die Planke!» Es war ein Totenschädel mit Piratenhut und Rauschebart, der in der Ecke hing und zu den gewöhnlichen Sterblichen hinuntergrinste. Er war es wohl gewesen, den Léon vorhin hatte lachen hören.

Nachdem sie sich an die Theke gesetzt hatten, erklärte Willem, der Piratenkopf hätte früher in einem Piratenrestaurant gestanden, zusammen mit dem anderen Krempel, oben für die Passagiere. Es sei jedoch nach wenigen Jahren geschlossen worden. «Mit dem Thema lockst du keinen Hund mehr hinter dem Ofen hervor», sagte er, das hätte eine Marktanalyse gezeigt. Sie hätten dann bei der Reederei angefragt, ob sie das Dekomaterial nicht übernehmen und in einem leerstehenden Zimmer eine Bar einrichten könnten, von Mitarbeitenden für Mitarbeitende. Ein kleiner Rausch zum Freundschaftspreis nach Feierabend oder auch in der Pause. Nie so viel, dass die Leistungsfähigkeit beansprucht wird. Alles mit Maß, sagte Willem, und der Piratenkopf lachte.

Der Barkeeper stützte die Hände auf die Theke und beugte sich zu Léon hinunter. Er wirkte nicht wie jemand, der in einer Bar arbeitete. Mit seinem Stiernacken und dem markanten Kiefer hätte man ihn eher bei den Sicherheitskräften vermutet. Léon bemerkte, dass er unter seinem linken Auge ein

Symbol tätowiert hatte, klein, wie eine Träne. Vielleicht ein Gangzeichen, dachte er. Es zeigte ein Strichmännlein, das in einer Art Glocke stand und sich mit den Händen gegen deren Wände stützte. Es war nicht klar, ob es sich freiwillig darin befand oder nicht.

Willem nickte dem Barkeeper zu. «Abend Frank.»

«Was wollt ihr?»

Ob er vielleicht einen Caipirinha haben könne, fragte Léon, und legte seinen Geldbeutel auf den Tresen.

«Ne.»

Dann vielleicht einen Gin Tonic?

«Njet.»

«Du, wir sind hier nicht in der Superior Class», kommentierte Willem.

«Dann nehm ich ein Bier.»

«Ist aus.»

«Allzu gut ausgestattet seid ihr hier ja nicht gerade», sagte Léon, an Willem gerichtet. Offensichtlich war das ein Fehler.

«Entschuldigung, Hochwürden. Ich bin untröstlich», knurrte der Barkeeper. Er schien kurz davor, Léon vor die Füße zu spucken.

«Sorry, Frank, Portmann hat das nicht so gemeint», sagte Willem, und erklärte, dass es nur diejenigen Getränke in die Piratenbar schafften, von denen man entweder zu viel aufgeladen hatte oder die das Haltbarkeitsdatum überschritten hatten, jedoch noch genießbar waren. Resteverwertung quasi. Eine passende Bar für das Zeitalter, in dem sie lebten, dachte Léon. Betrieben sie nicht alle Resteverwertung? Zehrten von den Überresten besserer Zeiten, um die Illusion am Leben zu erhalten, alles könne weitergehen wie bisher.

Frank solle ihnen einfach das Übliche geben, meinte Willem.

Der Barkeeper kramte zwei Longdrinkgläser unter der Theke hervor, hielt sie sich dicht vor die Augen und spähte hindurch, als erkenne er dahinter eine zweite, bessere Welt. Dann verzog er das Gesicht: Eine Fliege lag auf dem Boden des einen Glases. Er drehte den Wasserhahn auf und hielt es unter den trüben Strahl. Die Fliege kroch mit dem steigenden Pegel höher, bis sie schließlich vom Strom mitgerissen wurde und für immer im Abfluss verschwand. Wahrscheinlich landete sie ebenfalls im Meer, so wie alles, was das Schiff nicht mehr brauchen konnte.

Frank trocknete das Glas an der Schürze und knallte es vor Léon auf die Theke. Ob er vielleicht ein anderes Glas haben könne, wollte der wissen.

« Auch das noch, was ? »

Er solle sich nichts daraus machen, beschwichtige Willem, Léon sei halt auch so ein Studierter.

Das wusste er also auch von ihm. Oder er hatte es erraten. Sah man ihm das dermaßen an ? Wenn ja: Was sah man ihm sonst noch alles an ? Léon spürte, wie die vertraute Kiffer-Paranoia in ihm hochstieg. Bloß nicht daran denken, was die anderen von ihm dachten. So hatte es noch jedes Mal angefangen.

Der Barkeeper goss braunen Rum in die Gläser, er roch süßlich und alt, und kippte je ein Schäufelchen Crushed Ice darüber. Schließlich füllte er das Glas mit Discounter-Cola auf, so dass eine dunkle Brühe entstand. « Unser Willem war nämlich Kontertenor », erklärte er, in einer Tonlage, als berichte er von einer kriminellen Vergangenheit.

Countertenor, berichtigte Willem, und warum er das Léon unbedingt erzählen müsse. Er habe an einer Musikakademie studiert, eine alte Geschichte, die müsse er jetzt nicht aufrollen.

Léon spürte, dass Willem das Thema unangenehm war und fragte nicht nach. Doch das nützte nichts: De Lampreta sprach trotzdem weiter, so, als müsse er mit den Händen eine Flamme vor dem Ausgehen schützen.

Während Léon Franks Mische in sich kippte, in kleinen Schlucken, denn die Cola hatte keine Kohlensäure mehr, berichtete Willem von Weimar, wo man seine Stimme jahrelang abgeklopft und geschliffen hatte, bis sie auf so wohlgeformte Weise verzerrt war, dass ein bekanntes Ensemble ihn hatte aufnehmen wollen. Er erzählte von seiner Vorliebe für alte Klänge, für die gequälten Madrigale von Carlo Gesualdo, dem reuigen Mörder, und Johannes Theile, dem oft übersehenen Naumburger Schütz-Schüler. Davon, ganz in Tönen aufzugehen, Gesang zu werden, Schall ohne Rauch, reiner Klang, und einen Moment vergessen zu können, wer man war. Nur Singen, sonst nix. Er kam so sehr ins Schwärmen, dass seine Augen zu leuchten anfingen. Nie sehen Menschen schöner aus, als wenn sie von etwas reden, das ihnen wichtig ist, dachte Léon, und stellte sich einen Augenblick vor, wie sich wohl Willems Lippen anfühlten, um dann den Gedanken schnell wegzuschieben. Er hätte sowieso keine Chance bei ihm. Dazu kam, dass er weiterhin mit Kathrin zusammen sein wollte, auch wenn Willem – erst jetzt fiel es Léon auf – von ihrer Beziehung vorhin so gesprochen hatte, als sei sie bereits vorüber. Hatte der Niederländer eine so gute Menschenkenntnis, dass er Léon auch das ansah, ihn besser einschätzen konnte als er sich selbst?

«Und dann kam der Unfall», unterbrach der Barkeeper Willems Erzählung jäh. Léon glaubte, eine kaum verhohlene Freude aus seiner Stimme herauszuhören, wie bei einem Kind, das den Ballon eines anderen zum Platzen bringt.

Willem verzog den Mund, schien sich aber zum Weitererzählen genötigt zu fühlen.

Es brauchte bloß wenige Zutaten: ein betrunkener Fahrer auf der Gegenfahrbahn der A4 nach Jena, etwas Black Ice, das genügte, um Willems Träume – wortwörtlich, haha – erst einmal auf Eis zu legen. Ein paar Wochen Krankenhaus und Klinik, dann war die Bewerbungsfrist verstrichen. So war das halt, da nützte es auch nichts, dass er sich bei anderen Ensembles bewarb, seine Stimmbänder waren nicht mehr dieselben, und die Höhen, die er vorher hatte erklimmen können, waren auf einmal unerreichbar geworden.

«Das Verrückte», sagte Frank, «das Verrückte: Stimmlich spielt er immer noch in der oberen Liga, der Willem, stimmt's oder hab ich recht?»

Der Niederländer tat, als hätte er nicht zugehört, was den Barkeeper veranlasste, seinen letzten Satz so laut zu wiederholen, dass es die gesamte Bar mitbekam. «Stimmt's oder hab ich recht?»

Das könne schon sein, murmelte Willem.

«Kann nicht so sein, ist so! Wie wär's mit einer Kostprobe?»

«Ich mag nicht singen, Frank.»

«Das tust du doch jeden Abend.»

«Das ist etwas anderes, das Schlager-Gedudel.» Willems Gesicht glühte. Es war, als ob Franks Worte etwas in ihm aufgewirbelt hatten, das sonst verschüttet lag.

Eine Weile tranken sie, ohne dass jemand etwas sagte. An Geräuschen war wenig vorhanden: Das Geraune der anderen Gäste, das Schlürfen, wenn ihre Lippen zum Glas fanden, das Trommeln von Barkeeperfingern auf dem Sperrholztresen und das wiederkehrende «Munter über die Planke» des falschen Piraten. Die Exotica-Musik war verklungen, Frank hatte sie abgewürgt.

Nach einer Viertelstunde waren beide Gläser leer und Willem bestellte eine zweite Runde. Léon saß zusammengeschrumpft da und verfolgte, wie die beiden Gestalten neben ihm versuchten, ein Gespräch zusammenzusetzen. Er fühlte sich nicht mehr fähig, etwas dazu beizutragen. Am liebsten wäre er langsam verblasst, Fade-out.

Manchmal frage er sich trotz allem, weshalb er nicht in Schwedt geblieben sei in seiner alten Kneipe, sagte Frank. Das Leben auf dem Kreuzfahrtschiff. Teil der großen Maschinerie, die feier- und ferienwilliges Menschenmaterial um den Planeten karrte. Am Schichtplan kleben wie eine Eidechse an einer Steinmauer. Es war auch ein Leben. Anscheinend hatte sich der Barkeeper auf dem Festland etwas zuschulden kommen lassen. Er sagte nicht, was es war. Flucht nach vorne, Flucht aufs Wasser, auf dem Wasser bist du frei, in *international waters.*

Er kenne zwar vieles, ergänzte Willem, aber dieses Schiff kenne er nun bald am besten. Er spulte seine ganze Entwicklung zum Entertainer ab, eine historische Notwendigkeit, ein Weg hin zum Licht, wenn auch nur zu dem von Neonröhren und Kronleuchtern, ja, sagte er, eigentlich – eigentlich sei es gut, wie es gekommen sei, stabile finanzielle Verhältnisse. Weg von der Kunst, der brotlosen, hin zum Kommerz, dem süßen. Die Freiheit sei immer da, wo man sie am wenigsten vermute.

«Wir sind wie eine einzige große Familie», ergänzte Frank.

Die zwei schienen sich darin übertrumpfen zu wollen, die Grey und ihre Kapitänin zu loben. Eine eingeschworene Gemeinschaft, *home away from home*, in der alle Freunde waren und es immer zu tun gab.

Was eigentlich mit ihm los sei, fragte der Barkeeper Léon plötzlich. «Der schaut drein wie zu heiß gewaschen und verkehrt rum aufgehängt.»

Léon schreckte auf. Er hatte eben schon wieder sein Smartphone gezückt, um nachzusehen, ob Kathrin ihm geschrieben hatte.

Frank nahm sein Glas und füllte es ungefragt auf, diesmal allerdings mit mehr Rum als Cola.

Danke, sagte Léon, er wolle nichts mehr trinken.

«Komm schon.»

Als Kind hatte man Léon eingebläut, er solle sein Gemüse aufessen. Und nun, wo er erwachsen war, zumindest dem äußeren Anschein nach, nun, wo er fleißig Gemüse aß, verlangte man auf einmal dauernd von ihm, seinen Alkohol zu trinken. Er schob das Glas zur Seite.

«Dabei würd ihm das helfen», sagte Willem, an den Barkeeper gewandt. «Seine Freundin hat mit ihm Schluss gemacht.»

Das stimme nicht. Sie sei lediglich verschwunden. Brauche etwas Zeit für sich.

«Uff», machte Willem. Typisch sei das. Immer in den Ferien fange es zu kriseln an, die Grey sei dafür geradezu prädestiniert. Wenn Portmann schon nicht trinken wolle, soll er wenigstens von ihr erzählen. «Bringt doch nichts, das in dich hineinzufressen. Gerade wir Männer sollten öfter über unsere Gefühle sprechen», sagte er, wobei er Léon so intensiv ansah, dass diesem kurz schwindlig wurde, während Frank – anscheinend kein Freund von Deep Talk – im Hintergrund prustete.

Léon erzählte. Er begann mit ihrer Art, die Wohnung morgens ohne Frühstück zu verlassen, nur einen Matcha-Tee brühte sie auf, um ihn in der Straßenbahn zu schlürfen. Von ihren Grübchen erzählte er und davon, wie er einmal mit ihr und ihren Eltern auf einem Hausboot zwei Wochen durch Irland gereist war und sie sich nur flüsternd hatten unterhalten können, weil das elterliche Zimmer bloß durch ein Stück Sperrholz von ihrem abgetrennt war.

Er erzählte, wie er abends jeweils zur ihr auf die andere Flussseite spazierte, über die Schwarzwasserbrücke. Auch wie man zu ihr kam, beschrieb er: Ihre Wohnung lag direkt über einem Spätkauf, der bereits um neun Uhr abends schloss, einen Aufzug gab es nicht, die abgenutzten Holzstufen knarrten, das Klo war auf dem Treppenpodest. Im dritten Stock, da lebte sie, ihre Wohnung war schön, Jugendstilengelsköpfe ragten aus der Decke, und roch gut, weil meist Blumen im Flur standen, zumindest wenn er sie besuchte.

Wahrscheinlich wäre es klüger, die Klappe zu halten, aber ein Getriebe tief in ihm war in Bewegung versetzt worden und ließ sich nicht mehr abbremsen. Er rollte Widersprüche auf und strich sie glatt. Schilderte ihr großes Projekt, ihre Doktorarbeit über das Konzept der Weltfeindlichkeit in verschiedenen Religionen, und ihre Enttäuschung, dass er seine Masterarbeit über Flannery O'Connor seit einem Jahr verschleppte. Sprach sogar davon, dass der Altersunterschied zwischen ihnen beiden, diese fünfeinhalb Jahre, nie Thema gewesen sei, und wie schön er das fand.

Die beiden Diamond-Lines-Mitarbeiter hatten seinen Ausführungen – so lange hatte er bestimmt seit Monaten nicht am Stück geredet – gefolgt, hatten an den entsprechenden Stellen die Stirn gerunzelt, genickt, geschnieft, gelacht.

«Dass zwei wie ihr ausgerechnet auf diesem Schiff landen», sagte Willem.

Es sei wegen Kathrins Flugangst, erklärte Léon, und dass sie ihm diese lange verschwiegen habe. «Sie wollte erst gar nicht, dass ich mitkomme aufs Schiff. Sie hat mir erst gar nichts davon erzählt.» Bei der Erinnerung daran spürte er einen Stich in der Brust, weshalb er schnell einen Schluck nahm.

Willem und Frank tauschten einen Blick aus.

Der Niederländer beugte sich zurück, verschränkte die Arme und grub die Hände in die Achselhöhlen. «Damit ich das richtig verstehe: Sie wollte dich gar nicht dabeihaben?», fragte er. Plötzlich war es still im Raum.

Léon spürte, wie ihm sein Blut, eingedickt durch Rum und Zuckerwasser, in den Kopf stieg. Er stammelte, das könne man so sehen, aber er habe das eben nicht verstanden, es stimme schon, Kreuzfahrten seien nicht unbedingt das Seine, aber er hätte auch nicht geglaubt, dass es das Ihre sei, und überhaupt, man könne das doch einmal probieren, und es sei wohl normal, dass man gemeinsam in den Urlaub fahre ... Dass er die Überfahrt nach Tokyo nicht einmal selbst bezahlt hatte, sondern gemeinsam mit ihr vom Geld der Schwiegereltern auf See lebte, sparte er aus.

«Warum bist du mitgekommen, wenn sie das nicht wollte?», fragte Willem, im ruhigen Tonfall, mit dem man mit Leuten spricht, die man für psychisch labil hält.

Genau, ergänzte der Barkeeper, ob er ihren Willen etwa nicht habe respektieren wollen. Kein Wunder, dass sie genug von dir hatte, schien sein Blick zu sagen.

Léon sagte nichts. Er fühlte sich wie ein in die Ecke gestellter kleiner Junge. Es war, als ob sein Geständnis die Stimmung im Raum verändert hatte. Er hatte sich gehen lassen, ihnen vertraut, sich sogar wohl gefühlt, und was hatte er jetzt davon? Sie kannten ihn nicht, und Kathrin sowieso nicht. Sie hatten keine Ahnung.

Er wich zurück, worauf ihm der Barhocker die Unterstützung versagte, sodass er rücklings auf dem Boden landete. Eine Schmerzwelle durchzuckte ihn. Gelächter umgab ihn.

Selbst der Totenschädel stimmte mit ein. Munter über die Planke, ja, das wollte er jetzt am liebsten, munter über die Planke, so viel Abstand gewinnen wie möglich.

Willem reichte ihm die Hand und zog ihn hinauf, klopfte ihm den Staub vom Rücken. «Hey, alles in Ordnung?», fragte er.

Léon stammelte, er müsse jetzt gehen, und stürmte zur Tür hinaus.

Benommen stand er auf der Autobahn und blinzelte ins Neonlicht. Mitarbeiter rasten an ihm vorbei, ohne ihn zu beachten, ein Strom aus Leibern, die der Gravitation des Kapitals folgten. Ein Mann mit schwarzer Weste und Fliege rannte ihn fast um, vermutlich ein Casino-Mitarbeiter, der zu spät dran war. Damit das nicht noch einmal passierte, drückte er sich an die Wand, und versuchte, sich einen Überblick zu verschaffen. Ihm war schwindlig. Er fühlte sich, als hätte jemand Morast in ihm aufgewirbelt: Alles war trüb. Er stellte sich vor, wie die Menschen in der Piratenbar sich über ihn unterhielten, lachten, den Kopf schüttelten, und er wollte weg. Wollte zurück in die Oberwelt, wollte etwas essen. Das hatte noch immer geholfen.

Nur stellte sich die Frage, wie er von der Autobahn in die oberen Decks gelangen könnte. Selbst den Weg zurück in sein neues Zimmer hätte er nicht gefunden, weil sämtliche Türen gleich aussahen. Er war sich nicht einmal sicher, aus welcher Richtung Willem und er gekommen waren. Einzig wo oben war, das konnte er noch sagen.

Schließlich verfiel er darauf, den Mitarbeitenden zu folgen. Das war ein anderer Überlebenstipp, den er aus dem Internet kannte: Wenn man sich in einer Großstadt verirrt, sollte man einfach immer in die Richtung, in die sich die Mehrzahl der Menschen bewegt. Auf diese Weise kam man über kurz oder lang in ihr Herz, den Knotenpunkt aller Verkehrsströme.

So fand er sich bald hinter einem kleinen Grüppchen in weißen Schürzen wieder, das große Schüsseln und Pfannen mit fertig zubereiteten Speisen durch den Gang schob. Alles Mögliche lag auf den Wägen, Analogfisch in scharfer Soße, dunkelgrüne Salate aus frischen Algen, Berge von Rot- und Sauerkraut, falscher Rinderbraten und Wackelpudding in allen Farben, der zitterte wie ein Kind, das sich im Wald verirrt hat.

Das Grüppchen betrat einen Aufzug, der so groß und hoch war, dass ein Kleinlaster darin Platz gefunden hätte. Kurz, bevor sich die Schiebetür schloss, schlich er hinzu. Drinnen drückte er sich an der Wand vorbei ganz hinten in den Lift, um weniger aufzufallen.

Es erstaunte ihn, wie unbeachtet er in seinem Touristen-Tenue blieb. Fast zu unbeachtet, dachte er. Vielleicht gehörte er nun schon zur anderen Seite der Grey. Oder vielleicht lag es daran, dass er mit Val d'Ivia gesehen worden war.

Mit einem Ruckeln setzte sich der Lift in Bewegung und brachte sie nach einer Fahrt, die Léon äußerst lange vorkam, auf ein Stockwerk, das er auf den ersten Blick nicht zu kennen schien. Es bestand ebenfalls aus einem weißen Gang, allerdings einem schmaleren.

Wie auf ein Zeichen hin verstreute sich die Gruppe, und jeder Wagen steuerte auf eine andere Doppeltür zu, hinter denen beim Aufschwingen kurz weitere Küchen zu erkennen waren. Er musste, dämmerte ihm, auf dem Deck sein, auf dem sich die Restaurants befanden. Die wurden also alle von derselben Großküche aus dem Schiffsbauch heraus versorgt. Selbst die «vielfältige Bordgastronomie», die die Diamond Lines in ihrer Broschüre angepriesen hatte, erwies sich also als Trugbild. Man konnte haben, was man wollte, aber was man wollte, stand nicht nur schon im Voraus fest, es war auch zwangsläufig *more of the same.*

Schon kehrten die Mitarbeiter mit leeren Servierwägen wieder zurück, während er noch immer auf dem Gang stand, den Mund aufgesperrt. Der Lift verschluckte sie, und er war allein.

Wenn er den Mut dazu gefunden hätte, wäre er direkt durch eine der Küchen spaziert, so groß war sein Hunger.

Stattdessen folgte er auch diesem Gang, bis ihn eine Tür mit der Aufschrift «Public Zone» auf einen belebten Flur führte, den er bereits aus seiner Zeit als Passagier kannte, und auf dem sich die ganzen Restaurants aufreihten, deren Rückseite er eben gesehen hatte. Er entschied sich für das Pompadour, das Restaurant, in dem Kathrin und er meistens diniert hatten, weil es für Superior-Passagiere im Preis inbegriffen war. Heute wäre sie bestimmt nicht dort. Nicht, dass er darauf spekulierte.

Die Einrichtung des Pompadour sah aus wie gehabt. Nichts hatte sich verändert. Eine Innenarchitektur, darauf ausgelegt, niemandem zu missfallen. Runde Tische, damit sich niemand anstoßen konnte, rote Polsterstühle und eine bodentiefe Fensterfront, durch die man auf den Pool herabsah, an dem sie heute gewesen waren. In der Mitte ein Buffet, so reichhaltig, dass für alle etwas dabei war, und alle nicht nur satt wurden, sondern auch jede Hemmung fallenlassen konnten, die sie vom Zugreifen abgehalten hätte.

Léon ließ den Blick durch den Raum schweifen. Nicht, dass er noch auf Kathrin traf. Aber sie war nirgends zu sehen. Dafür entdeckte er einige der Passagiere wieder, die am Nachmittag beim Pool gewesen waren, auch die Mutter mit ihren beiden Kindern. An ihrem Tisch war noch ein Platz frei. Ihre Blicke kreuzten sich, und er hob die Hand zum Gruß. Die Frau sah schnell weg, sie wirkte unangenehm berührt.

Dann aß er halt allein, endlich mal wieder. Das war ein Privileg. Er dachte an seine WG, wenn die anderen wieder ihre Freunde zum Essen eingeladen hatten, und er mit knurrendem Magen bis kurz nach Mitternacht warten musste, um dann im Halbdunkel seiner Schreibtischlampe eine Tiefkühlpizza runterzuschlingen.

«Wir heißen Sie im Pompadour willkommen und freuen uns, Sie als Gast zu begrüßen!», spulte jemand hinter ihm ab.

Er drehte sich um: Ein livrierter Kellner sah ihn an. Wenn ihn nicht alles täuschte, hatte der Mann Kathrin und ihn schon einige Male bedient. Ein Botox-Gesicht mit Bleistiftschnurrbart und nach hinten pomadiertem Haar. «Teo Flésus» stand auf dem Schild, das an seiner Brust steckte.

Ob er allein speise, fragte der Mann.

Léon nickte.

Wenn er ihm bitte folgen wolle, sagte der Kellner, und Léon trottete ihm nach, wobei ihm schien, dass sämtliche Blicke ihm folgten. Wahrscheinlich hatten ihn die anderen Passagiere sonst immer mit Kathrin gesehen und spürten, dass etwas nicht stimmte. Rochen, dass etwas faul war.

Sowieso waren es zu viele Eindrücke. Ein Duft nach Frittieröl und brauner Butter, lautes Geschmatze und Gelächter, das Klirren der Gläser und das Schaben von Messern und Gabeln über Keramik, das Rücken von Stühlen, das Schniefen, Niesen und Gehuste. Wie im Zoo kam er sich vor. Kaum auszuhalten.

«Voilà, der Herr.» Der Keller wies auf einen Katzentisch, so klein, dass knapp eine Person daran Platz fand. Das Tischchen stand zuhinterst im Raum, weit von der Fensterfront entfernt. Dafür hatte man einen guten Blick auf das Buffet, zu dem Léon jetzt schritt. Möglichst gerade gehen, sich nichts anmerken lassen. Mir geht's hervorragend, danke der Nachfrage.

Am Buffet türmte sich das Essen, aber der Appetit war ihm vergangen, seit er gesehen hatte, woher es stammte. Er fasste ein wenig Sole Meunière – der Fisch war natürlich synthetisch – Salzkartoffeln und Blattsalat. Schnell an den Tisch damit und den Magen füllen, dann könnte er auf sein Zimmer zurück und diesen seltsamen Tag beenden. Und morgen dann ein Restart.

Aber als er an seinen Tisch zurücktrat, war der besetzt. Der Mann, der daran saß, erinnerte an aufgegangenen Hefeteig. Er schien Mitte fünfzig, hatte schütteres Haar und Übergewicht. Der Mann beugte das verquollene, wachsweiße Stoppelgesicht über seine Schüssel und löffelte Fleischbrühe in sich hinein. Als Léon einen Schritt auf ihn zumachte, hielt er mitten in der Bewegung inne und schielte zu ihm hoch.

«Ich bin am Essen», sagte er im Tonfall eines Polizisten bei der Verkehrskontrolle. Sein Hochdeutsch hatte einen Schweizer Einschlag, und beim Sprechen hob und sank sich seine Brust unter dem violetten Flanellhemd, unter dem er ein vergilbtes T-Shirt mit der Aufschrift «Schwiizer Frücht – ich weiss warum» trug, das er wohl bei einer Tombola gewonnen hatte. Ein Geruch nach nassem Tabak und saurem Most stieg von ihm auf.

«Entschuldigen Sie, das ist mein Platz.»

Der Mann tat, als hätte er ihn nicht gehört, und nahm einen weiteren Löffel von der Suppe, wobei er absichtlich laut schlürfte. Vielleicht glaubte er, Léon so in die Flucht schlagen zu können.

Er habe ihn wohl nicht gehört, sagte Léon, lauter werdend.

Der Mann zuckte mit den Schultern. «Doch.»

Der Kellner habe ihm diesen Platz zugewiesen, sagte Léon.

«Das glaube ich kaum. Der kennt mich. Das ist mein Platz. Nur zu. Fragen Sie ihn.»

Léon trat zum Kellner, der im Eingangsbereich stand, die Hände hinter dem Rücken verschränkt. Ob er ihm bestätigen könne, dass er ihn vorhin an den Tisch dort drüben gesetzt hatte, fragte er ihn, und zeigte auf den Katzentisch, während er mit der anderen Hand seinen vollen Teller hielt. Als der

Dicke das sah, hob er die Hand und winkte ihnen spöttisch zu.

«Da sitzt schon jemand», sagte der Kellner.

«Richtig.»

«Dann kann das kaum Ihr Platz sein.»

Machte der Mann sich über ihn lustig? Es war schwer zu sagen. Er schien zu der Sorte Mensch zu gehören, der es gelang, beim Sprechen auf das absolute Minimum an Gesichtsmuskeln zurückzugreifen.

«Sie haben mich doch gerade eben an diesen Tisch gewiesen. Keine fünf Minuten ist das her.»

Der Kellner musterte ihn, als wäre er begriffsstutzig. «Entschuldigen Sie, aber ich muss Sie bitten, sich an einen anderen Platz setzen. Es gibt noch einige.»

Léon wollte Einspruch erheben, aber da hatte der Ober ihm bereits den Rücken zugedreht, um ein junges Pärchen zu begrüßen, das gerade Hand in Hand ins Lokal getreten war. Léon hätte kotzen können. Stattdessen trat er zum Katzentisch zurück und sagte dem Mann, er könne sitzenbleiben.

«Gut», sagte der. «Bodiger isst immer allein.»

Das glaube er gern, sagte Léon.

Würde er sich eben woanders hinsetzen. Hauptsache, die Sache war gegessen. Er sah sich um: Der Speisesaal war voll mahlender Kiefer und plärrender Kinder. Es gab keinen freien Tisch, aber immerhin einen freien Platz, vorne an der Fensterfront, an der Spitze einer langen Tafel. Er zwang sich, sofort darauf zuzugehen, ehe er ins Grübeln kommen könnte, was man wohl von ihm dachte.

Am Tisch saßen zwölf Senioren beiderlei Geschlechts, alle in langärmelige Polohemden gekleidet, faustgroße Markenlogos auf der Brust. Zusammen deckten sie alle Pastelltöne ab, es brauchte ihn also eigentlich nicht. Alle aßen sie das Gleiche, synthetischen Schweinebraten mit Kartoffelklößen. Stück für Stück tunkten sie das vorher sorgfältig zerkleinerte Fleisch in die Bratensoße.

«Klar, junges Blut!», kommentiere ein Mann mit blauer Segelmütze und weißen Schläfen, als Léon fragte, ob sie was dagegen hatten, wenn er sich dazu setzte. Bratensoße tropfte ihm aus dem Mundwinkel.

Ein seltsamer Geruch umgab das Grüppchen. Léon schnupperte. Es roch süßlich und blumig, nach Ambra, wenn er sich nicht täuschte. Wohl der Duft der Saison, jedenfalls für die hier vertretene Alterskohorte.

Sie habe vorhin einen Eisberg gesehen, von ihrem Balkon aus, erzählte eine Frau, deren geliftetes Gesicht es unmöglich machte, ihr Alter abzuschätzen. Es sah so straff aus wie ein kurz vor dem Platzen stehender Ballon.

Sie solle keinen Blödsinn erzählen, sagte der Mann mit der Segelmütze, deren Farbe von zahlreichen Sonnenaufenthalten ganz ausgebleicht war, piekste seinen Kloß mit der Gabelspitze auf und stopfte ihn sich im Ganzen in den Mund. Damit schien das Thema abgeschlossen.

Geschmatze und Gescharre rundherum. Léon spürte Ekel in sich aufsteigen. Er hatte es noch nie gemocht, andere Leute beim Essen zu sehen. Es hatte etwas Obszönes, Tierhaftes, zu sehen, wie andere Nahrung zerteilten, besonders, wenn sie dabei den Mund aufsperrten wie der Mann mit der Kappe gerade. Omnivoren allesamt. Es fehlte nicht viel und sie würden die eigene Spezies essen. Ein Traum fiel ihm ein, den er als Kind häufig gehabt hatte, in dem er von einem Oger durch einen dunklen Forst verfolgt wurde. Léon wusste jeweils, dass weiter vorne eine Wurzel kam, über die er nicht stolpern durfte, und doch tat er es Mal für Mal, fast so, als ob er es darauf anlegte. Wenn der Oger seine Zähne in sein Schienbein versenkte, war er jeweils schreiend aufgewacht und hatte gewartet, bis seine Mutter mit einem müden Ausdruck seine Zimmertür aufriss und ihn seufzend in den Arm nahm.

Lieber an etwas anderes denken. Er schnitt das Fischfilet in Streifen und schob sich ein Stück in den Mund. Das Essen war längst kalt geworden, der Analogfisch schmeckte faserig und nach Reagenzglas.

«Schmeckt nicht so gut wie echter Fisch, was?», fragte eine Frau mit blauem Kurzhaarschnitt und Smokey Eyes. Jemand prustete. Léon sah hoch: Es war der Mützenträger. Erst jetzt fiel Léon das Logo auf dem Mützenschirm auf: Es zeigte ein Strichmännlein, das in einer Art Glocke stand, eine Taucherglocke, das sollte wahrscheinlich eine Taucherglocke sein, dachte er plötzlich. Dasselbe Motiv, das sich der Barkeeper unter das Auge tätowiert hatte. Seltsamer Zufall. Ein Gangzeichen konnte es also nicht sein. Vielleicht war es ein Markenlogo? Damit kannte er sich schließlich nicht aus, er trug normalerweise, was Kathrin oder seine Mutter ihm schenkten, oder was er im Ausverkauf bekam.

Als der Mann seinen Blick bemerkte, zwinkerte er ihm zu, weshalb Léon wieder auf seinen Teller sah. Er dachte daran, wie sein Vater ihn und Martha früher zusammen zum Angeln an den Mühlgrabenweiher mitgenommen hatte, bevor es verboten worden war. Mit seinem Pick-up waren sie am Sonntag hingefahren. Stundenlang hatten sie dort im Schatten der Trauerweiden gesessen und die Schnur ins Wasser baumeln lassen. Das heißt, sein Vater hatte sie baumeln lassen, und sie hatten zusehen dürfen, weshalb sie meist miteinander keiften. Gefangen hatten sie nie etwas – vermutlich hatte es schon damals keine Fische mehr im stetig schrumpfenden Gewässer gegeben – und doch hatte der Vater darauf bestanden, dass sie mitkamen. Als Léon einmal gefragt hatte, warum, hatte der Vater etwas von der Natur gebrummt und dass man dem

Herrgott den Tag stehlen würde, wenn man das schöne Wetter nicht nutzte.

Nach einer Weile hatte Léon sich eine Technik ausgedacht, um die Langeweile erträglicher zu machen, und die Fische dazu zu bringen, anzubeißen: Er verfiel darauf, mit ihnen zu sprechen. Erzählte ihnen, wie schön die Welt außerhalb des Teiches war. Sie müssten sie einmal mit eigenen Augen sehen. «Es gibt noch viele Teiche wie diesen», sagte er, «einer schöner als der andere, und auch einen großen Teich, den nennt man das Meer.» Er solle mit den Märchen aufhören, knurrte sein Vater dann jedes Mal.

Die anderen könnten sich das wahrscheinlich gar nicht mehr vorstellen, aber ganz am Anfang habe es auf der Grey noch echten Fisch gegeben, hörte er die Botox-Frau erzählen, und dass sie und ihr Horst schon seit zwölf Jahren den Großteil des Jahres auf See verbrachten. Das schlüge das Altersheim um Längen. Außerdem sei das Meer sowieso unser wahres Zuhause.

«Wisst ihr, in der Tiefe soll es noch Fischbestände geben, habe ich gelesen, ganz unten. Da kommen sie aber nicht heran», sagte die Blauhaarige.

«Gut so», sagte der Mützenträger.

Léon öffnete seine Messenger-App und klickte auf Kathrins Profilbild, um es zu vergrößern. Es zeigte sie beide auf einem Alpengipfel, im Hintergrund verschiedene Seen. Sie umklammerten sich, der Wind zerzauste ihre Haare, während eine Alpendohle auf dem Geländer dahinter zu ihnen hochsah, als wüsste sie etwas, was sie beide noch nicht ahnten.

Würde mich freuen, morgen mit dir im Pompadour zu frühstücken, schrieb er.

Dann stieß er den halbvollen Teller in die Tischmitte. Der falsche Fisch war so eklig, dass er keine Lust hatte, aufzuessen. Ein paar Tropfen der Soße schwappten über den Rand und spritzen auf das weiße Tischtuch. Selbst als er sich entfernt hatte, hatte er immer noch das schwere Parfüm der Rentner in der Nase. Wie Nebel schien es alles einzuhüllen.

Vielleicht hatten Frank und Willem ja recht: Er hätte nie hierherkommen sollen. Auf der Rückreise würde er den Flieger nehmen, auch wenn er Kathrin versprochen hatte, ebenfalls den Zug zu nehmen. Gebucht war ja noch nichts. Hauptsache, er musste nicht noch einmal drei Wochen auf so einem schwimmenden Gefängnis verbringen. Sobald sich ihr Streit geklärt hatte, würde er den Flieger buchen. Ein weiß glänzender Pfeil würde ihn flugs nach Westeuropa zurücktragen und dann wäre bald wieder alles beim Alten, sie beide versöhnt, und ihre nächste Reise ginge nach Schottland oder nach Norwegen, denn dieses Mal war er dran.

Wo Kathrin wohl war? Desto eher sie sich versöhnen konnten, desto besser. Léon steuerte auf den Kellner zu, der immer noch im Eingangsbereich stand, die Arme verschränkt. Ob er zufällig seine Freundin gesehen habe, platzte er in einem plötzlichen Anfall von Selbstbewusstsein heraus. Vielleicht war er auch einfach zu erschöpft, um noch gehemmt zu sein.

Der Kellner musterte ihn. Seine Dienstleistungsnasenflügel bebten. «Ihre Freundin?»

Léon ratterte ihren Steckbrief herunter. Groß war sie, sieben Zentimeter grösser als er, schlank und sportlich, mit strohblonden Haaren. Der Kellner musste sich doch an sie erinnern. Sie hatten jeden Abend hier gegessen, immer am gleichen Tisch, und als Léon gestern von der Toilette zurückgekommen war, hatte sie sich sogar in einer längeren Unterhaltung mit ihm befunden, auch wenn er vergessen hatte, worüber genau, irgendetwas über die Nachhaltigkeit des Lebensmittelangebots.

«Eine solche Dame ist mir nicht bekannt.»

«Sie hat sich erst gestern Abend mit Ihnen unterhalten.»

«Sie müssen mich verwechseln. Ich war gestern Abend gar nicht hier.» Der Mann drehte sich in eine andere Richtung, ganz so, als müsste er einen weiteren Gast begrüßen. Nur war da niemand. Einen Augenblick standen sie so da. Dann murmelte der Kellner eine Entschuldigung und schritt in Richtung Küche. Das Gespräch war zu Ende.

Léon blieb wie ein begossener Pudel im Eingangsbereich stehen. Der Kellner hatte ihn belogen. Er musste ihn belogen haben. Er war die vorherigen Tage auch hier gewesen, da war er sich sicher. Plötzlich spürte er, wie sich die Härchen auf seinem Rücken aufstellten: Womöglich hatte Kathrin dem Kellner gesagt, er solle ihrem Freund – oder war er schon der Ex-Freund? – nichts über ihren Verbleib sagen. So weit waren sie also schon gekommen. Er wollte nur noch schlafen.

Am besten, er zog sich in seine Höhle im Schiffsbauch zurück. Morgen war auch noch ein Tag, hoffentlich ein besserer. Also folgt er dem Gang, den er so oft mit Kathrin durchquert hatte, in Richtung des großen gläsernen Passagieraufzugs.

Ein Flickwerk von Eindrücken raste an ihm vorüber: Beinchen, vom ständigen Sitzen spindeldürr geworden, die aus schlabbrigen Shorts ragten. Bäuche wie Wassermelonen. Eine Armada schmatzender Flip-Flops. Das Gerassel einarmiger Banditen aus dem Casino, und die toten Augen der Menschen, die davorstanden. Fettglänzende Lippen, die Zuckernektar saugten. In der Luft ein Geruchsknäuel aus Sonnenmilch und Schweiß, Parfüm und Reinigungsmittel. Das Beste aus den Achtzigern, den Neunzigern und von heute. Sein Kopf brummte. Seit wann bekam er eigentlich schon so kurz nach dem Trinken einen Kater? Der Rum musste ein besserer Fusel gewesen sein. Dazu die Klimaanlagenluft. Seine Augen fühlten sich noch trockener an.

Vorne öffnete sich der Gang auf eine künstliche Schlucht, die von der Empfangshalle bis zur obersten Etage des Schiffes reichte, und den Blick auf die verschiedenen Etagen freigab. Ein wenig wie in einem dieser Bilder aus dem Geografieunterricht, die einen Querschnitt durch verschiedene Erdschichten zeigen.

Der Glaslift, dessen sanftes Öffnungsgeräusch sicherlich mehrere Sounddesigner beschäftigt hatte, brachte ihn nach unten in die Empfangshalle. Léon vermied es, hinunterzublicken, da auch der Boden aus Glas war – ein Fehler, der ihm am ersten Abend unterlaufen war. Höhenangst sei die Angst davor, die Kontrolle über den eigenen Verstand zu verlieren, ein Misstrauen des Reptilien- gegen das Menschengehirn, des Überlebensinstinkts gegen das Individuum, hatte er einmal gelesen. War der Wille frei, bestand schließlich jederzeit die Möglichkeit, zu springen. Alles, was es brauchte, war, dass man sich einen Moment lang vergaß.

Als er in das Mitarbeiterzimmer trat, war es leer, zum Glück. Willem musste bei der Arbeit sein, er hatte vorher in der Bar erwähnt, dass er heute mit einer der schiffseigenen Bands einen Auftritt hatte, ein Jazz-Konzert, wenn er sich nicht täuschte.

Sein Kopf pochte, als hätte er ein Herz im Schädel. Es schien kurz davor, seine Stirn zu sprengen. Plötzlich merkte er, wie durstig er war. Und natürlich weit und breit keine Mineralwasserflasche in Sicht. Er hätte auf dem Weg hierhin eine kaufen sollen.

Léon trat zum Waschbecken, drehte den Kaltwasserhahn auf und schrubbte sich das entsalzte Arktiswasser ins Gesicht. Sperrte den Mund auf und trank gierig vom Strahl. Die Flüssigkeit schmeckte schal und chlorig.

Dann schloss er die Augen und stützte sich auf das Waschbecken, sodass seine Stirn den Spiegel berührte. Er war angenehm kühl. Léon dachte daran, den Kopf in den Spiegel einzutauchen und auf die andere Seite zu wechseln, in eine spiegelverkehrte Welt, eine gemäßigtere, bessere. Die Sonne wäre schwächer, die Arktis noch voll mit Eisbergen, und zwischen den Menschen gäbe es keine Gräben. Er stellte sich vor, wie er auf einen Eisberg kletterte und sich vom Wind die Hirnwindungen entstauben ließ.

Morgen wäre bestimmt alles wieder so wie vorher, und wenn nicht, dann würden sie sich wenigstens trennen, ein für alle Mal, mitten auf dem Polarkreis. Alles war besser als diese lähmende Unklarheit. Dann müsste er sich auch nicht mehr von Schiffsmitarbeitenden belehren lassen. Die hatten doch alle keine Ahnung.

Nachdem er die Tür doppelt abgeschlossen und sich auf seine eineinhalb Quadratmeter Matratze zurückgezogen hatte, fiel ihm ein zerlesenes Taschenbuch ins Auge, das aufgeschlagen auf Willems Pritsche lag. Ein Etikett auf dem Rücken zeigte, dass es aus der Schiffsbibliothek stammte. Auf dem schwarzen Umschlag waren zwei computeranimierte Große Tümmler zu sehen, die aus einem cyanfarbigen Gitternetz auftauchten.

Wie jedes Buch zog ihn auch dieses sofort an. Forderte ihn auf, es in die Hand zu nehmen und seine Existenz anzuerkennen. Er kletterte die Leiter herunter, um darin zu lesen.

«PHÖNIX NATUR», verkündeten die serifenlosen Cyan-Lettern, die über den beiden Delfinen angebracht waren, deren starres Lächeln seltsam menschlich wirkte. Oben der Autorenname, «C. C. Salarius». Wohl ein Pseudonym.

Léon dachte an ökologische Katastrophen, an große Schleppnetze voller Delfine und anderem Beifang, an alles bedeckenden toxischen Schlamm und ausgebleichte Korallenriffe, an die letzten Eisbären, die ausgehungert durch die Dörfer des Nordens zogen, an verkohlte Faultiere, explodierende Ölplattformen und milliardenalte, Öl gewordene Kleinstlebewesen, die ihr schwarzes Netz im Wasser spannen. An die Spitze eines Bohrers, der sich in den Meeresgrund schraubte, und an Permafrostboden, der gurgelnd auftaute.

Er schnupperte am Buch: Eine muffige, süßliche Note. Das Papier war zwar abgegriffen, aber dennoch unverkennbar die Art von Hochglanzpapier, das für Fotobände verwendet wird. Fotos waren aber keine drin, sondern nur Worte in kleiner, gedrungener Schrift. Léon schlug eine Seite in der Mitte auf und las:

Die Befreiung kann nur kommen, wenn sie nicht erwartet wird. Das entspricht ihrem Wesen. Wo sie vermutet werden könnte, da ist sie gerade nicht, besteht sie doch innerhalb einer sich außerhalb der Kategorien des menschlichen Denkens befindlichen Dimension, transzendiert das symbolisch Fassbare, ist außersprachlich. Die erneuerte Natur spricht nicht, darum lässt sie sich nicht hören. Dennoch muss man sich, wenn man sich ihretwegen gegen die Sprache ausspricht, paradoxerweise der Sprache bedienen, schließlich sind wir nichts als Sprache. Eine andere Möglichkeit besteht nicht, so lange jedenfalls, bis die Schwelle weg vom Menschen überschritten wurde.

Frage: Welche Vorstellung von Befreiung besteht also im Rahmen der bestehenden Kategorien unseres Sprechens und Denkens?

Antwort: Innerhalb der Sprache ist es (sh. S. 180ff.) nicht möglich, sich ein Bild zu machen – mach dir kein Bild, warnt bereits der hebräische Gott –, sodass jeder Versuch müßig ist. Dieses Paradoxon gilt es auszuhalten. Von der Warte des Menschen kann hier nichts er-wartet werden. Vielmehr gilt es, das Denken aufzugeben, die Köpfe zu leeren, und sich selbst zum Objekt zu machen, einem Spielball der Elemente. Die Wesen werden zueinander finden. Wo vorher Vielheit war, wird Einheit sein. Nicht, indem sie verschmelzen, sondern, indem sie bei sich sind. Es ist niemand mehr da, der wahrnimmt, denn es gibt nichts wahrzunehmen. Die Leere siegt.

Handelte es sich um Schwachsinn, um Scharlatanerie, esoterisches Verschwörungsgeschwurbel oder ein hochkomplexes philosophisches Werk, das sich einem erst nach mehrmaliger Lektüre erschließt? Léon wusste es nicht, doch seine Faszination war geweckt. Gleichzeitig hatte er das deutliche Gefühl, Einblick in etwas erhalten zu haben, das nicht für ihn bestimmt war.

Warum Willem das Buch wohl ausgeliehen hatte? Der Mann schien versteckte Seiten zu haben, war eindeutig mehr als ein gewöhnlicher Schiffsangestellter. Vielleicht sucht er nach Erlösung, ging ihm durch den Kopf. Vielleicht hat er das Buch für mich liegen gelassen.

Wenn er den Text richtig verstand, war die Sprache eine Falle. Die Worte verstopften einem die Ohren und sorgten dafür, dass man nichts mehr hörte. Das Denken aufgeben. Wie gerne hätte er das getan, aber es ging nicht. Die Maschine in seinem Kopf ließ sich nicht abschalten, sie summte und brummte unaufhörlich. Selbst im Schlaf produzierte sie Bilder und Zeichen. Und trotzdem keinerlei Gewissheit. Man konnte weder sich selbst noch die anderen kennen. Man konnte jahrelang mit jemandem zusammen sein, jemanden lieben, und doch konnte sich plötzlich ein Schlund auftun, ein Riss im fremden Selbst, der zeigte, wie fremd, ja, monströs das Gegenüber trotz allem war. Vielleicht hatte der Autor recht. Vielleicht siegte die Leere wirklich.

Gierig nach Antworten wandte er sich dem Anfang des Buches zu. Auf der ersten Seite fand sich kein Verlagsname, keine Angaben zum Ort, an dem das Buch gedruckt wurde oder zur Auflage, rein gar nichts.

Auf was für einen komischen Trip war er da bloß geraten? Er blätterte weiter. Folgte der Strömung des Frage-Antwort-Spiels, des Katechismus, der zwischendurch in essayistische Passagen mündete, die wiederum von verworrenen Grafiken unterbrochen wurden, die die einzelnen Knoten des Netzes, in dem die Menschheit angeblich gefangen war, darstellen sollten – mehrere horizontale Tiefenschichten, die ineinander ragten und von verschiedenen, mit griechischen Buchstaben bezeichneten Linien durchstochen wurden.

Als er schließlich auf die letzte Seite gelangte, auf die nichts folgte, kein Nachwort, kein Sachregister, keine Danksagung, nicht einmal eine Blindseite, nichts als dünne Pappe, einzig die Frage «Wird es wehtun?» gefolgt von der Antwort «Nein», hatte er genug. Schwachsinn, trotz allem, einmal mehr. Er schleuderte das Buch auf den Boden, wo es mit einem dumpfen Knall landete, ging das Licht löschen, legte sich hin, fiel in sich zusammen und war verschwunden.

Ein Gefühl, als ob er ein Blatt Papier wäre, das in zwei Hälften gerissen wird, weckte ihn auf. In seinem Magen rumorte und rumpelte es, und sein Innerstes wollte sich nach Außen kehren. Fuck, dachte er, und schoss auf. Der Analogfisch von gestern musste verdorben gewesen sein.

Panisch tastete er nach seinem Smartphone, fand es im Bezug seines Kopfkissens, und schaltete die Taschenlampe an. Dann kraxelte er die Leiter hinab, wobei er sämtliche Willenskraft aufbieten musste, um nicht auf den Boden zu brechen.

Auf der mittleren Stufe musste er kurz innehalten, die Brust gegen die Matratze gedrückt, um Atem zu schöpfen. Kalter Schweiß rann seinen Rücken hinunter.

Unordnung schob sich in den Bereich, den das Handylicht erleuchtete. Sein Polohemd hing zerknittert vom Bettpfosten. An der Wand stand sein offener Eastpak-Rucksack. Vorsichtig ließ er sich auf den Boden fallen. Der Teppichboden unter seinen nackten Füssen fühlte sich abgewetzt und klebrig an.

Der Weg zum Lichtschalter beim Eingang kam ihm dreimal so lang vor wie sonst, als hätte etwas den Raum verzerrt. Als er ihn schließlich erreichte, ging die Neonröhre mit einem Flackern an. Hinten in der Ecke hörte er den Holländer ächzen.

Léon stakte zum Waschbecken, beugte sich darüber, und musste noch im selben Augenblick kotzen. Er spürte, wie der halbzersetzte Nahrungsbrei seine Speiseröhre hochkroch, sie verätzte, und seinen Mund bitter und sauer ausfüllte.

Als Kind hatte er, wenn er krank gewesen war, panische Angst davor gehabt, erbrechen zu müssen. Die Vorstellung, so lange zu kotzen, dass er keine Luft bekommen und jämmerlich ersticken würde, hatte ihn nicht loslassen wollen, selbst dann nicht, als sein Vater sagte, das sei Blödsinn, der Körper sei klüger, als man denke. Erst Léons regelmäßige Besäufnisse zu Beginn seiner Studentenzeit hatten ihn diesbezüglich eines Besseren belehrt und ihm gezeigt, dass sein Körper tatsächlich weit weniger dumm war, als er als Junge befürchtet hatte. Vielleicht wusste er vieles sogar besser als er selbst.

Als Léon wieder aufsah, klebte das Erbrochene grau im Waschbecken. Beißender Magensäuregeruch stieg davon auf. Die halbverdauten Überreste seiner letzten Mahlzeit waren deutlich zu erkennen. Léon drehte den Wasserhahn auf, um die Kotze wegzuspülen, aber einige der Stücke waren zu groß und blieben im Abflussgitter liegen. Er würde sie am Morgen mit einem Taschentuch entsorgen müssen.

Sein Versuch, seinem Spiegelbild auszuweichen, scheiterte. Aus dem Spiegel sah ihm ein Fremder entgegen, dessen Gesichtsfarbe an Industriekäse erinnerte, garniert mit Blauschimmelringen unter den geröteten Augen. Das dünne Haar, flankiert von Geheimräten, die kurz vor der Übernahme standen. Der schmale Mund, mehr zum Bleistiftkauen als zum Küssen geeignet.

Léon spülte sich den eingetrockneten Schweiß vom Gesicht. Vor Durst hätte er fast erneut vom Wasserhahn getrunken, hielt dann aber inne. Womöglich war es nicht zum Trinken geeignet. Vielleicht war ihm sogar deswegen schlecht geworden. Also legte er sich stattdessen wieder hin, wie ein Stück Fleisch, das zum Dörren in die Sonne gelegt wird.

Etwas ratterte und tutete dicht neben seinem Ohr. Als Léon die Augen aufschlug, blieben ein, zwei herrliche Sekunden, in denen er nicht wusste, wo er war. Dann stellte sich sein Orientierungssinn wieder ein.

Er blinzelte. Seine Augen waren verklebt. Neben ihm vibrierte sein Handy und knallte dabei gegen das Metall des Bettgestells, begleitet vom Weckton «Strandpromenade», der auf ein Minimum eingestampften musikalischen Repräsentation eines Spaziergangs an ebenjener. Künstliche Wellen trafen auf fiktives Land, dargeboten von einem roboterhaften Fieps-Orchester.

10:15 Uhr. Keine neuen Nachrichten. Und sowieso kein Netz und auch kein WLAN. Willem hatte ihm zwar das Passwort für das Mitarbeiternetz gegeben, F0R3v3r3v3r, nur gab es selbst dafür in dem Zimmer keinen Empfang.

Sein Rücken fühlte sich an, als hätte er in der Nacht für die Leichenstarre geprobt. In seinem Kopf pochte es, als hätte man alle Flüssigkeit aus ihm gepresst. Seine Hirnzellen schrien nach Wasser, und auf der Zunge hatte er einen fauligen Geschmack, der ihn an die Regenwassertonne denken ließ, die bei seinen Eltern im Garten stand.

Als er sich aufrichtete und sich die Augen rieb, fiel ihm Willem in den Blick, der auf seiner Pritsche lag, einen Laptop auf seinen Beinen, dessen laut arbeitende Lüftung kurz vor dem Kollaps zu stehen schien.

Der Niederländer zwinkerte ihm zu. «*Rough night?*»

Léon nickte bloß schwach. Dann kletterte er die Leiter herunter, um sich anzuziehen.

Seine Cordhose stank nach Stall, weshalb er nach der Khakihose griff, die noch in seinem Rucksack sein musste. Als er sie herauszog, merkte er, dass der Stoff feucht war. Das kam davon, dass der Raum keine funktionierende Klimaanlage hatte.

Er verzog das Gesicht, streifte sich die Hose über und riss dann die Tür auf, um etwas minim frischere Luft vom Gang hineinzulassen. Hinter sich hörte er ein Grunzen, untermalt von betont epischer Orchestermusik. Es kam von Willems Laptop.

«Ist das etwa *The Fall?*», fragte Léon.

Willem sah ihn erstaunt an. «Du kennst es?»

«Klar. Ist mir aber zu sehr *Hack and Slay.*»

«Was willst du machen, wenigstens läuft es auf meinem alten Laptop», sagte der Niederländer.

Léon erinnerte sich, das Spiel im ersten Jahr seines Studiums als Ork gespielt zu haben. Mit einer gigantischen Streitaxt war er durch die Dungeons gezogen und hatte alles niedergemäht. Wenn das echte Leben doch auch so zweckgerichtet sein könnte.

«Spielst du auch *Demonscape Revengeance?*», fragte Willem, während seine Figur, anscheinend eine Magierin, einen Zentaur mit Feuerbällen überschüttete.

«Nein, dafür *The Somber Prophecy*», sagte Léon. Es war sein Lieblingsspiel.

«*The Somber Prophecy!*» Willems Augen leuchteten auf.

Das bald fünfzehn Jahre alte RPG, das in einem unter Dauernebel liegenden, im Verfall begriffenen Kaiserreich spielte, hatte es ihm ebenfalls angetan.

Schon schwärmten sie von ihren Lieblingsmissionen. Etwa der, in der man als Auftragsmörder die Gäste einer Party im kaiserlichen Palast einen nach dem anderen dezimieren musste. Oder derjenigen, in der man einen vermeintlich harmlosen NPC einen Berggipfel hoch eskortieren musste, nur um dann von ebenjenem hintergangen und in eine Felsspalte gestoßen zu werden. Und natürlich die erste Mission aus dem Add-On *Islands of The Dead*, in der man das Holz eines verwunschenen Baums in einem von Wölfen heimgesuchten Hain fällen musste, um damit ein Floß zu bauen, und so eine von Nekromanten besiedelte Insel außerhalb der eigentlichen Spielkarte betreten zu können.

Aber man müsse schon ehrlich sein, sagte Willem, das Beste am Spiel seien seine Glitches.

«Oh ja!», rief Léon aus.

Eine ganze Viertelstunde berichteten sie einander von den Fehlern, die ihnen beim Spielen begegnet waren. Widersprüche im Code, die für Risse in der Spielwirklichkeit sorgten. Stadtwächter, deren Köpfe verkehrt auf den Schultern saßen. Pferde, deren Beine so lang waren wie Fahnenstangen. NPCs, deren Pfade falsch programmiert waren, sodass sie zwanghaft ins Meer liefen und ertranken, oder als vogelartige Missgestalten durch die Luft schwebten. Gesichter, die mitten im Gespräch verschwanden, sodass nur schwebende Augen und Gebisse übrigblieben. Gegner, deren Leichen den Spieler verfolgten, und am anderen Ende der Karte aus dem Nichts spawnten. Zufallsgenerierte Dialoge, die wie surrealistisches Improvisationstheater klangen.

Léon war es stets vorgekommen, als ob die Glitches *The Somber Prophecy* besser machten, wirklicher fast. Als ob das Game dadurch realistischer wurde, dass die Nähte sichtbar wurden, die es zusammenhielten. Gerade die Brüche sorgten für eine vollständige Immersion in die Spielwelt und waren schuld an den gut dreihundert Stunden, die er als Jugendlicher darin verbracht hatte. Das Spiel sei *broken to the point of perfection*, hatte ein Online-Kommentator einmal gemeint.

Ob er übrigens die Story mit der ertrunkenen Welt kenne, fragte Willem plötzlich.

«Nein.»

Eigentlich sei das auch Glitch, erklärte der Niederländer, «ein bisschen wie die Minuswelt in der alten Version von

Super Mario Bros. oder wie *MissingNo.* im ersten Pokémon-Spiel.»

Um ihn zu aktivieren, müsse man ohne jedwede Ausrüstung und Kleidung nachts um ein Uhr Spielzeit in den See in der geografischen Mitte der Spielkarte hinabtauchen und dort drei Raubfische mit bloßen Händen töten, die in einer seltsamen Dreiecksformation schwämmen, worauf ein Fels auf dem Seegrund wie wild zu zucken begänne. Wenn man diesen Stein anwähle, ploppe ein Dialogmenü mit unleserlichen, verdrehten Buchstaben auf.

«Sobald du diesen Dialog verlässt und wieder an Land schwimmst, fängt der Wasserspiegel des Sees rapide an zu steigen, bis der ganze Kontinent unter Wasser liegt», erklärte der Countertenor. Das sei allerdings nicht das Ende, denn das Spiel lese dieses Wasser anders als das normale Wasser, sodass man nicht nur durch das Wasser schwimmen, sondern auf einmal auch unter Wasser gehen und sich gar unterhalten könne, ohne zu ersticken.

Das müsse er probieren, sagte Léon.

«Wenn du meinst. Ich lass lieber die Finger davon», meinte Willem. Der Legende nach habe jemand diesen Glitch nämlich bewusst eingebaut, um sich für seine Entlassung durch das Spielstudio zu rächen. Ein Programmierer habe ihn so tief im Code versteckt, dass er nicht nur unmöglich zu finden war, sondern sich auch nach dem Release des Spiels nicht mehr patchen ließ.

«Ein paar Tage später hat man ihn dann in seinem Pool gefunden, mehrere Steine um sein Fußgelenk gebunden. Angeblich spukt er seitdem als NPC durch die Unterwasserwelt.»

Sie lachten.

Kurze Zeit darauf war Willem gegangen, um sich in der Mitarbeiterkantine zu verpflegen. Zwar hatte er Léon angeboten, mitzukommen, aber der hatte abgelehnt. Schließlich würde er nun wieder in die Oberwelt zurückkehren. Sie hatten sich mit einer Umarmung verabschiedet.

Als der Niederländer gegangen war, fühlte er sich plötzlich sehr allein und hilflos.

Nur eine Nacht, hatte er sich gesagt, und die war jetzt vorüber. Seine kurze Flucht hatte bereits wieder ein Ende, *time to face the music*, die schiefgewordene Harmonie der Sphären. Endlich alle Karten auf den Tisch legen. Sich aussprechen, das sicher. Und sich aussöhnen, das vielleicht.

Trotzdem blieb das nagende Gefühl, dass etwas weiterhin im Argen lag, dass er etwas übersah. Nur wusste er nicht was. Klar war einzig, dass er nicht länger hier unten bleiben konnte.

Eins nach dem anderen, dachte er. Sich erst einmal wieder zusammensetzen. Was sagte Kathrin, wenn er in dieser nervösen Stimmung war, das Gefühl hatte, weder vor noch zurück zu können? Dusch erst mal, das beruhigt. Das würde helfen, ihn aus dem Dornengestrüpp seiner Gedanken zu befreien.

Also, Léon, sagte er sich, du duscht erst, dann isst du was, und dann klopfst du bei Kathrin an, sagst, ihr müsstet reden.

Doch auch nachdem er auf dem Gang die Mitarbeiterdusche gefunden hatte – das Piktogramm zeigte eine Strichfigur, die unter einem Halbkreis stand, aus dem lauter Fäden auf sie zuschossen, wie jemand, der von einem UFO hochgebeamt wird oder der sich in den Tentakeln einer riesigen Qualle verfangen hat – und seinen Körper unter dem viel zu heiß eingestellten Duschstrahl von Schmutz, Schweiß und Schande befreit hatte, wollte sich das ungute Gefühl in seinem Bauch nicht legen.

Er stellte sich vor, wie das Schiff das Wasser aus dem Meer hochgepumpt und chemisch behandelt hatte, um ihm das Salz zu entziehen, und wie es dann durch die Leitungen gejagt wurde, die die Grey wie Venen und Arterien durchzogen, alles nur, um ihn reinzuwaschen.

Mein Lebensmensch. So hatte er Kathrin einmal genannt, in einem Moment der Schwäche, wie ihm jetzt vorkam. Jeder hatte ein Leben, und jeder hatte einen Menschen, der dazu passte, das war die Idee. Zwei Einzelanfertigungen, unfertig ohne einander. Zwei halbe Menschen, die allein nicht recht wussten, wie sie durchs Leben kommen sollten. Eine alte platonische Vorstellung, aber hartnäckig. Sie waren eher wie zwei Teile eines gigantischen Puzzles: Auf den ersten Blick scheinen sie ineinanderzupassen. Doch wenn man es versuchte, merkte man, dass das nur mit Gewalt und Gezwänge ging, weil beide an eine gänzlich verschiedene Stelle des Bildes gehörten.

Kathrin war sein Anker, stand mit beiden Beinen, wie es hieß, auf dem Boden, selbst wenn es hier keinen echten Boden gab, nichts, um Wurzeln zu schlagen, auch wenn man den Seegang auf der Grey Gott sei Dank nicht spüren konnte.

Er wusste nicht, ob er es ohne sie schaffte.

Als er wieder auf seinem Zimmer war, rubbelte er sich mit dem Handtuch so lange trocken, bis seine Haut aufschürfte, aber auch das änderte nichts an seinen Gefühlen. Um sich zu beruhigen, krümelte er sich eine kleine Tüte zusammen, *Wake'n'Bake*, Nervennahrung, und blies den Rauch dem ausgeschalteten Rauchmelder entgegen, wie es ihm Willem gezeigt hatte.

Er dachte an eine Kommilitonin, die ihm anvertraut hatte, vom Kiffen eine Psychose bekommen zu haben. In der Psychiatrie habe sie die eigenen Fäkalien in einer Tupperware unter dem Bett aufbewahrt, weil sie dachte, der Geheimdienst könne sonst ihre Gedanken kontrollieren. Mit einem ganz eigenen, übertriebenen Lachen hatte sie davon erzählt, das wohl dazu dienen sollte, Traumatisches harmlos klingen zu lassen, so als wäre es eine nette kleine Anekdote, mehr nicht.

Verdammt, Léon, reiß dich zusammen. Reiß dich verdammt nochmal zusammen. Einfach nicht mehr daran denken. Und erst einmal etwas essen, und vor allem trinken. Eine leichte Mahlzeit schaffte Boden. Wenn er erst einmal gegessen hatte, würde die Welt wieder anders aussehen, wirst schon sehen, Léon.

Einfach immer weitermachen, nie die Spannung lockern. Wie Wile E. Coyote von den *Looney Tunes*, der so lange erfolgreich durch die Luft rennen konnte, wie er nicht hinuntersah.

Inzwischen fand er den Weg zurück in die zivilisierten Schiffsabschnitte um einiges zügiger. Aus einer verkaterten Gleichgültigkeit gegenüber dem Urteil anderer heraus nahm er diesmal den Weg über die Autobahn, ungeachtet der Schiffsangestellten, die ihn musterten, weil er keine Uniform trug. Er war selbst erstaunt, dass er die Tür, die zur Autobahn führte, überhaupt fand. Das Wissen schien sich über Nacht in seinen Körper eingeschrieben zu haben, seine Hand fand wie automatisch die Klinke.

Viel Verkehr gab es nicht um diese Uhrzeit, bis auf die Arbeitskräfte aus der Wäscherei, die ständige neue verdreckte Stoffmengen aus der Ober- in die Unterwelt trugen, den ewigen Kreislauf von Chaos und Ordnung befeuerten.

Niemand hielt ihn auf, um zu fragen, was er hier tat. Es war, als hätte die andere Seite der Grey ihn akzeptiert, aufgenommen und verschluckt wie die Borg in Star Trek: *Resistance is futile.* Vielleicht war die Arbeitslast der Leute hier einfach zu groß, als dass sie die Zeit finden könnten, sich über ihn zu wundern.

Jetzt, wo er Zugang zum Mitarbeiter-WLAN hatte, hob er den Blick nur vom Smartphone, wenn er einem Mitarbeiter oder, nachdem er eine Schleuse passiert hatte, die vom Ende der Autobahn in den öffentlichen zugänglichen Kundenbereich führte, einem Passagier ausweichen musste.

Sein Daumen ließ die Schlagzeilen des Tages vorüberrollen. Kanada hatte die Aufnahme von Klimamigranten aus den USA ausgesetzt. In den westantarktischen Siedlungen auf Marie-Byrd-Land gab es eine Hungersnot. Und in Niedersachsen war die Besetzung einer CO_2-Endlagerstätte gewaltsam niedergeschlagen worden.

So weit, so bekannt. Der Planet eierte weiter, angeknackst und klimaversehrt wurstelte er sich durch, und jeder musste selbst zusehen, wo er blieb. Die einzige Nachricht, die ihn interessiert hätte, nämlich «Paar (28, 34) findet auf Kreuzfahrt wieder zusammen», war nirgends zu finden.

Kathrin hatte nicht auf seine Nachricht geantwortet. Vermutlich hatte sie ihr Handy ausgeschaltet. Wollte sicherstellen, dass jede Chance, sich von ihm erweichen zu lassen, von Anfang an im Keim erstickt war. Hatte ihr Handy in den Flugmodus gestellt, um solche Grübeleien zu unterbinden.

Als er in der Eingangshalle ankam, setzte er sich auf einen beplüschten Sessel und tippte ihre Nummer ein. Sie konnten nicht ewig weiterschmollen und sich aus dem Weg gehen. Jemand musste den Anfang machen und einen Schritt auf das Gegenüber zugehen. Nur schon, weil er auf sein Zimmer zurückwollte.

Aus dem Augenwinkel sah er die Rezeption, an der er gestern gewesen war. Als er den Kopf wandte, merkte er, dass die Rezeptionistin ihn anstarrte. Keine Ahnung, was deren Problem war.

Er tippte auf das grüne Telefon-Symbol und wartete auf ihre Stimme. Es klingelte einmal, dann erklang eine absteigende Moll-Melodie. «Die gewünschte Nummer ist ungültig», verkündete eine Roboterstimme.

Er musste sich verwählt haben. Er tippte die Nummer selbst ein, wobei er darauf achtete, dass die Vorwahl stimmte, und versuchte es erneut, doch mit demselben Ergebnis: Ihre Nummer existierte angeblich nicht oder nicht mehr.

Das konnte nicht sein. Der Fehler musste bei ihm liegen, er musste die Nummer aus Versehen geändert haben – allerdings fragte er sich, wie das überhaupt möglich war. Ihre Nummer war die einzige, die er auswendig kannte, und so sehr er seinem Gedächtnis sonst auch misstraute, in der Hinsicht hatte es ihn nie betrogen.

Er tippte «Wo bist du? Was ist los?». Einen Atemzug kreiste der Daumen über dem Sende-Knopf. Dann steckte er das Handy in die Hostentasche und zwang sich, aufzustehen. Nein, er würde sich nicht auf solche Spielchen einlassen. Er würde jetzt einfach etwas essen gehen und danach bei ihr anklopfen. Sie waren schließlich erwachsen.

Doch bereits auf der Treppe, die die Passagiere hoch zu den Verpflegungsoptionen leitete, spürte er, wie es in seiner Hosentasche vibrierte. Er blieb mitten auf der Treppe stehen, merkte, wie sich seine Bauchmuskeln anspannten.

Auf dem Bildschirm stand «Wahlau». Er nahm den Anruf sofort entgegen, ohne genauer hinzusehen.

«Hallo Léon.»

Die Stimme am anderen Ende hatte einen ähnlichen Klang wie die Kathrins, allerdings mit einem unerträglichen Zuckerguss, wie ihn nur Leute entwickeln können, die regelmäßig Menschen fristlos entlassen. Veronika Schindelmayr-Wahlau. Ihre Mutter. Auch das noch.

«Wie gut, dass ich dich erwische. Du, die Kathrin hat sich gestern nicht bei uns gemeldet.»

Na und, hätte er am liebsten gesagt, was tut es zur Sache, wenn sie sich einmal nicht bei euch meldet, um zu bestätigen, dass noch alles beim Alten ist, das Schiff auf Kurs, das Bankkonto nicht eingefroren, der Pass noch gültig, und ja, wir erholen uns prächtig.

Stattdessen rang er sich ein «Hat sie nicht?» ab.

«Weißt du zufällig warum? Das sieht ihr nicht ähnlich.»

Ihr Wiener Akzent. Das war ihr Kapital, ihre Falle, damit ließ sie auch ihre Geschäftspartner immer wieder glauben, sie sei harmlos, urgemütlich und etwas langsam, nur um ihnen dann hinterrücks ihre eigenen Vorstellungen aufzudrücken.

«Nicht wirklich. Ich dachte, ihr regelt das unter euch.» Das stimmte tatsächlich. In den letzten Tagen hatte Kathrin jeweils mit ihrer Mutter telefoniert, wenn er unter Dusche gestanden war. Du musst dir das nicht auch antun, hatte sie jeweils gesagt, und beim Eintippen der elterlichen Nummer ein Gesicht aufgesetzt, als müsse sie in eine Diamantenmine hinabsteigen. Wenigstens telefonierten Kathrins Eltern mit ihr, dachte er. Von seinen Eltern hörte er nie etwas, keine Nachricht, kein Anruf, keine Briefe, ganz so, als gäbe es ihn nicht. Er musste schon zu ihnen aufs Land rausfahren, wenn er sich versichern wollte, dass er wirklich ihr Sohn war und sie noch da waren.

«Du hältst dich da lieber raus, gell?» Veronikas feindseliges Lächeln war zigtausende Kilometer entfernt, und doch sah er es klar vor sich. Sah auch vor sich, wie sie es plötzlich in sich zusammenfallen ließ, als sie sagte: «Gib mir Kathrin doch bitte mal.»

Er kam sich vor, als wäre er eine Fliege, die in einem Suppentopf gelandet ist. Es wird immer heißer, lauter Zeug schwimmt an einem vorbei, und dabei ist die Brühe auch noch zu trüb, um sehen zu können, wie weit sie hinabreicht.

Sie sei gerade am Joggen, sagte er. Ganz gelogen war das nicht. Wer weiß, vielleicht war sie ja gerade auf der Rennstreckte unterwegs, lief im Kreis vor ihm und der Welt davon.

«Ach sooo, deswegen ist ihre Nummer plötzlich ungültig. Sie muss das Handy in den Flugmodus gestellt haben, natürlich! Aber komisch, dass dann gleich die Nummer ungültig wird?»

Vielleicht habe sie kein Netz, sagte er.

«Wieso sollte sie kein Netz haben?»

«Man hat halt nicht immer Netz auf so einem Schiff.»

Gedämpftes Getuschel, zwei Stimmen, die aufgeregt aufeinander einredeten. Er hätte es ja gesagt, immer hätte er es gesagt, hörte er seinen Beinahe-Schwiegervater im Hintergrund.

Dann wieder ihre Mutter. Die honigsüße Feindseligkeit war verschwunden. Veronika klang besorgt. «Hab ich dich richtig verstanden, ein Schiff?»

«Wie meinst du?»

«Wo seid ihr?»

«Auf der Jane Grey.»

«Die Jane Grey? Was ist das?»

«So heißt unser Kreuzfahrtschiff.»

«Wie bitte, wovon redest du?»

Eine Pause. Eine zornige Stimme donnerte im Hintergrund. Ein kurzes Rauschen, dann war der andere Leon zu hören. Der große Leon, der mächtige, der erfolgreiche, *PharmaCon*-VR und Vorbild einer ganzen Generation junger *gogetter*, die ihr Glück in der Pharmabranche suchten, Leon Wahlau höchstpersönlich ließ sich dazu herab, mit dem Versagersöhnchen eines kleines Gärtnereibesitzers telefonisch in Kontakt zu treten, zum ersten Mal seit fünf Jahren.

Wären die Umstände andere gewesen wären, Léon hätte sich fast schon geehrt gefühlt. Es als Signal gedeutet, dass er von den Wahlaus endlich akzeptiert würde. Er hörte sich lachen, er konnte es nicht kontrollieren, es lachte aus ihm heraus, es war einfach zu absurd, das alles, obwohl ihm gleichzeitig die Röte ins Gesicht stieg. Stand er hier auf dieser verkackten Treppe und ließ sich von zwei Anwärtern für die «200 reichsten Europäer»-Liste ins Kreuzverhör nehmen, nur weil ihre Tochter, die vermutlich nachher mit ihm Schluss machen würde, sich mal an einem Morgen nicht meldete.

«Was gibt es da zu lachen?», fragte Wahlau. Sein Ton war scharf.

Es tue ihm leid, stammelte Léon, er habe schlecht geschlafen.

«Was hast du mit ihr gemacht? Wo ist sie?»

«Was?»

«Was macht ihr auf einem Schiff? Wieso wissen wir davon nichts?»

«Wovon redest du, wir ...»

«Wir, wir, wir! Es geht hier um dich. Was hast du mit ihr gemacht?»

Er habe gedacht, sie wüssten von der Reise, stammelte Léon, sie hätten sie doch auch bezahlt, übrigens sei das sehr großzügig von ihnen, und er sei sicher, sie komme in einer Stunde vom Joggen zurück, länger als zwei, drei Stunden gehe sie nie laufen.

«Machst du dich über uns lustig? Das Geld war für die *Summer School* in Oxford.»

«Was?»

«Was, was, was?», äffte der Verwaltungsrat ihn nach. «Du weißt genau, wovon ich rede. Sie hat uns belogen. Ihr habt uns belogen. Wo ist sie? Gib mir meine Tochter, du verdammter Kiffer.»

Anstatt zu antworten, drückte er auf den roten Knopf auf seinem Bildschirm. Er wusste nicht recht, wieso. Er hatte es nicht gewollt, es war einfach passiert, eine Fluchtreaktion, ein uralter Instinkt, seit Jahrtausenden in seinen Genen, wenn auch statt gegen Raubtiere nur gegen Raubtierkapitalisten gerichtet in diesem Fall. Nur einen Augenblick später vibrierte das Handy erneut, es kam ihm vor wie eine Polizeisirene. Er nahm den Anruf nicht entgegen, sondern schaltete sein Handy komplett aus, als könne er die Wahlaus damit bannen.

Nun war auch er kurzfristig unerreichbar geworden. Wenigstens das verband ihn noch mit Kathrin.

Und dennoch. Was zur Hölle war das eben gewesen? Wie ein schlechter Traum war es ihm vorgekommen. Hatte das Gespräch überhaupt wirklich stattgefunden? Vielleicht lag er ja noch im Bett. Er zwickte sich mehrfach, ohne Erfolg.

Die halbe Welt war wahnsinnig geworden. Erst floh Kathrin, dann glaubten Willem und Frank, ihn über sein Beziehungsverhalten belehren zu müssen, und nun waren seine Beinahe-Schwiegereltern ernsthaft der Ansicht, er habe Kathrin entführt oder sogar noch Schlimmeres.

Seltsam war es trotzdem, dass sie ihnen nichts von der Kreuzfahrt erzählt hatte. Vielleicht hatte sie es nicht getan, weil ihre Eltern von ihr erwarten würden, dass sie ihren Sommer produktiver verbringen würde. Ja, das musste es sein. Ockhams Rasiermesser. Die einfachste Erklärung war die beste, und die einfachste Erklärung war nun einmal, dass er ein unfähiger Trottel war, nicht fähig, die eigene Freundin richtig zu kennen oder für sie da zu sein.

Er holte tief Luft, schloss die Augen, zählte bis zehn, und atmete aus.

Sie müssten miteinander sprechen. Er wollte ihr alles erzählen, wirklich alles. Das wäre die einzige Lösung. Es war Zeit, zu ihr zurückzukehren.

Schon fand er sich vor der 1107 wieder. Eine gute, eine schöne Tür: Bronzene Ziffern in Serifenschrift.

Vielleicht war Kathrin ja da. Und wenn nicht, könnte er sich wenigstens frischmachen, könnte auf den Balkon, wieder zu klaren Gedanken und damit zu Kräften kommen. Es war weniger als einen Tag her, seit er dort gesessen und sich selbst bemitleidet hatte. Seither war er tief gesunken, wortwörtlich, aber er würde sich wieder daraus befreien.

Er schickte seine Faust auf die Reise, die Knöchel hämmerten gegen die Holzmaserung. Er klopfte einmal, zweimal, dreimal, viermal, rief Kathrins Namen.

Keine Antwort.

Dumpf hörte er eine Frauenstimme von der anderen Seite. Mit wem sprach sie? Léon drückte die Ohrmuscheln gegen das Sperrholz: Er hatte sich nicht getäuscht, da sprach wirklich jemand. Allerdings war es nicht Kathrin.

«Tokyo ist eine der vielfältigsten Städte der Welt», flötete eine Stimme. «Trotz der modernen Hochhausfassaden werden Sie überall Spuren der Geschichte finden. Freuen Sie sich auf eine einzigartige Mischung aus Neu und Alt, und tauchen Sie in eine der schönsten Metropolen der Welt ein.» Daraufhin eine blecherne J-Pop-Girlgroup.

Kathrin sah also fern, bereite sich auf den Landgang vor. Er versuchte, ein Lebenszeichen von ihr herauszuhören, einen Atemzug oder ein Knistern, doch vergeblich, der Fernseher war zu laut eingestellt.

Trotzdem war sie auf der anderen Seite der Tür, da war er sich sicher. Sie hatte ihn kommen gehört. Hatte ihn gehört und beschlossen, ihn auf dem Flur stehen zu lassen wie einen Vertreter – blieb nur die Frage, was er in ihren Augen vertrat. Besser nicht darüber nachdenken.

«Kathrin? Kathrin, ich weiß, dass du da drin bist. Ich komme jetzt rein, okay?»

Er rieb sich das Gesicht, bis die Haut warm wurde, und fuhr sich durch die Haare. Dann zog er die Chipkarte aus seiner Brusttasche, vorsichtig mit Daumen und Zeigefinger wie einen toten Schmetterling, hielt sie an das Türschloss und wartete auf grünes Licht, Sesam öffne dich.

Ein Piepsen. Die kleine Glühbirne blinkte rot auf.

Hm, machte er, rieb die Karte am Stoff seiner Hose, und versucht es noch einmal, vergeblich. Die Tür wollte sich nicht öffnen. Ein Gefühl von Schwere. Etwas zog ihn hinab, als müsse er durch alle Etagen der Grey hindurch ins Bodenlose fallen.

Er versuchte es noch einige Male, in der verfehlten Hoffnung, dass die Ursache bei ihm lag, nicht bei einem gleichgültigen Universum, und er schlichtweg die Karte falsch an den Leser gehalten hatte; aber es war hoffnungslos, das Resultat blieb dasselbe.

Schließlich ging er dazu über, an der Türklinke zu rütteln, als könne er sie so zum Aufgeben bewegen, und mit dem Fuß gegen das Holz zu treten, trotz des dumpfen Schmerzes in seinen Zehen. Sie solle mit dem Blödsinn aufhören, rief er, an Kathrin gerichtet, und ihn ins Zimmer lassen. Eine Frau ging kopfschüttelnd an ihm vorüber. Wie eine Szene aus einer schlechten Komödie kam es ihm vor. Nur war ihm nicht zum Lachen zumute. Erst verschwand sie, dann antwortete sie nicht mehr auf seine Nachrichten und war telefonisch nicht mehr erreichbar, und nun das. Hatte sie verfügt, dass er nicht ins Zimmer kam? Oder war es ein technischer Defekt? So oder so spürte er Panik in sich aufsteigen.

Ausgeschlossen, dass er ausgeschlossen war. Das musste ein Irrtum sein. Ein weiterer alberner Zufall in einer langen und stetig wachsenden Kette. Bald war sie so lang, dass man ihn damit fesseln und ins Meer werfen konnte.

Er fühlte sich, als stünde er vor einem dieser 3D-Bilder, die man nur erkennt, wenn man die Augen auf die richtige Weise verdreht. Nur entstand kein Bild vor seinem inneren Auge. Alles, was er sah, war ein grellbuntes, unzusammenhängendes Rauschen.

Bloß nichts überstürzen. Zumindest dieser Irrtum würde, könnte, müsste sich klären. Léon brauchte bloß zu tun, was die Reederei von Passagieren in einem solchen Fall erwartete: sich beschweren.

Obwohl der Weg zur Rezeption kaum mehr als zwei, drei Minuten dauerte, kam er ihm endlos vor.

An der Rezeption saß dieselbe Rezeptionistin wie gestern, Harriota Hoffmann. Sie hatte ihr Haar über Nacht umgefärbt, von schwarz zu korallpink. Es sah ungekämmt aus, Strähnen standen in alle Richtungen ab. Ihr dunkler Lippenstift ließ ihn an nassen Basalt denken. Diesmal trug sie keine Kopfhörer. Ihr langes Haar war wohl Schutz genug, eine Barriere zwischen Kopf und Welt.

Sie war in einen Manga vertieft, ein billig wirkendes Taschenbuch, von dem ihm ein anthropomorpher Alligator mit Schlapphut und Trenchcoat entgegengrinste. «Inspector Gator und die Ringe des Saturns» stand darauf. Ihre Chefin, die hinter ihr saß, den Rücken zum Publikum, scrollte derweil durch eine Exceltabelle. Ob Kathrin mit ihr gesprochen hatte? Oder hatten sich gar die Wahlaus bei der Reederei gemeldet und ihn als Entführer dargestellt?

Nein, das war Schwachsinn. Kiffer-Paranoia. Er zwang sich, ruhig zu atmen und ein Lächeln aufzusetzen.

Die Rezeptionistin ignorierte ihn, obwohl er direkt vor ihr stand. Träge hüpften ihre Augen von einem Panel zum nächsten.

Als er sich räusperte, klappte sie das Buch zu, als wäre es ein Tierchen, das man mit der größten Sorgfalt zu behandeln hatte. «Oh, Sie sind das.»

Léon sagte nichts, lächelte sie einfach aggressiv an. Das wirkte selbstbewusster.

«Ich nehme an, Sie sind gekommen, um sich über Ihr neues Zimmer zu beschweren? Dann bitte ich Sie, das Formular auszufüllen ...», sagte sie, wobei sie mit der Hand unter den Schreibtisch griff, ohne ihn aus den Augen zu verlieren. Streckte ihm ein fünfseitiges Dokument entgegen, einen Fragebogen, auf dem zig leere Kästen darauf warteten, seine Meinung aufzunehmen.

«Wie praktisch, wenn die Mitarbeiter schon wissen, was man will, noch bevor man etwas gesagt hat.»

Ein zerstreutes Lächeln. «Wir geben uns Mühe», sagte sie. Sie hatte nicht zugehört.

Er streckte ihr die Chipkarte entgegen. «Ich komme nicht mehr in mein Zimmer.»

«Okay.» Die Rezeptionistin schloss kurz die Augen, als könne sie sich dadurch an einen anderen Ort teleportieren.

Noch jemand, der sich auf diesem Schiff nicht wohlfühlte, dachte er.

«Darf ich?», fragte sie, und entriss ihm im selben Moment die Karte, um sie an ein Lesegerät zu halten. Das Ergebnis war dasselbe wie vorhin an der Tür: ein rotes Blinken.

Die Rezeptionistin hielt sich die Karte vors Gesicht und wiegte sie hin und her, als prüfe sie einen Geldschein auf seine Echtheit. «Ihre Karte muss sich entladen haben. Aber das haben wir gleich.»

Sie zog eine neue Karte unter dem Tisch hervor und erklärte, die Chips würden zuweilen zicken, das System habe bereits mehr als ein Jahrzehnt auf dem Buckel. Sie würde eine neue Karte mit seinem Konto verknüpfen.

Die Rezeptionistin hielt die Karte ans Lesegerät und klickte ein wenig auf ihrem Laptop herum. So könne sie sie mit Léons Konto verknüpfen. Eine fallende Melodie ertönte, die nur eins bedeuten konnte. «Seltsam.» Ihre Arme bildeten eine Brezel vor der Brust, Falten erschienen auf ihrer Stirn. Sie musterte ihn misstrauisch. Dann warf sie über ihre Schulter einen Blick auf ihre Vorgesetze. «Verknüpfung prüfen, Harriota, du kriegst das hin», antwortete diese, ohne sich umzudrehen. Sie musste den Blick gespürt haben.

Warum schaltete sich die Chefin nicht ein? Wusste sie etwas, das die Rezeptionistin nicht wusste? Oder spielten sie ihm beide etwas vor?

Was denn los sei, wollte er wissen.

«Ihr Name ist nicht mit Ihrem Zimmer verknüpft.»

«Was? Haben Sie die richtige Zimmernummer eingegeben?»

«Natürlich», sagte sie, «die 1107.»

Sie wusste es noch. Genau, wie sich noch an ihn erinnern konnte, obschon sich seither bestimmt zig Gäste bei ihr beschwert hatten. Er schien einen Eindruck auf sie gemacht zu haben, auch wenn er nicht zu sagen vermochte, welcher Art. Das war doch immerhin etwas. Wenn das so weiterginge, würde man ihn bei der nächsten Gelegenheit über Bord werfen, munter über die Planke, aber immerhin wusste diese Angestellte, dass es ihn gab. Er existierte also. Hurra.

Das könne doch nicht sein, sagte er, das müsse ein Fehler sein.

Anstatt zu antworten, drehte Harriota ihren Bildschirm um. Er zeigte eine Stockwerkkarte, auf der die verschiedenen Räumlichkeiten des Coral-Decks zu sehen waren. Ein Gewimmel verschieden langer Rechtecke, durchgängig nummeriert. Seine Zimmernummer leuchtete hellblau auf, ein wenig, wie wenn man im Kino seinen Sitz auswählte.

Am rechten unteren Ende des Bildschirmes stand:
«ZIMMER: 1107
AUSSTATTUNG: Doppelbett Comfort, Badewanne, Mini-Bar, Föhn, WLAN, TV, Balkon mit Seeblick
BELEGUNGSZEITRAUM: 15. August bis 03. September
GÄSTE: Nicht belegt»

«Das kann nicht sein», wiederholte er, das müsse ein Fehler sein. Das System hatte sich gegen ihn entschieden, hatte beschlossen, dass er nicht mehr dazugehörte. Der Algorithmus gibt, der Algorithmus nimmt, *we're sorry, but you didn't make the cut this time, Mr. Portmann.*

Entweder das oder Kathrin steckte dahinter. Aber das konnte nicht sein. So etwas würde sie niemals tun.

«Da steht ja ein Belegungszeitraum», hört er sich sagen oder eher quengeln. «Genau der Belegungszeitraum, den wir beide gebucht haben, für die Dauer dieser Überfahrt.»

Ja, sagte die Rezeptionistin. Da sei wirklich seltsam. Er solle sich keine Sorgen machen, man würde der Sache nachgehen.

Sie schien bedacht, ihr Gesicht verschlossen zu halten, so, dass keine Gefühlsregung aus Mund oder Augen dringen und verraten könnte, was sie dachte. Eine Sphinx mit rosa Haaren. Léon kämpfte gegen den Drang an, auf den Teppichboden zu schmelzen und davonzufließen. Bloß nicht einknicken. Alles hätte seine Ordnung auf diesem Schiff, das war das Versprechen gewesen. Er wusste doch, was Kathrin gebucht hatte. Wo ihr Platz war, der Raum, in dem man sie beide für die Dauer der Überfahrt aufbewahrte. Und er wusste, wer er war auf diesem Schiff. Léon Portmann, Superior-Class-Passagier. Seine Identität konnte ihm niemand nehmen und in sein Ich niemand vordringen, *cogito ergo sum.* Bei sich war er sicher. Er brauchte bloß seiner inneren Stimme zu vertrauen, dann konnte ihm nichts geschehen.

Er spürte, wie sich sein Kiefer verspannte. Dann solle sie dem jetzt nachgehen, zischte er.

Das sei leider nicht so leicht, sagte die Rezeptionistin. Er müsse sich – und das tue ihr leid – ein wenig gedulden. Sie müssten erst mit der Zentrale der Reederei telefonieren, dann wüssten sie mehr.

«Und ich soll derweil in diesem Mitarbeiterzimmer vergammeln, oder wie?»

«Es tut mir wirklich leid, Herr Portmann.»

Das könne sie doch noch nicht machen, sagte er.

Die Rezeptionistin musterte ihn. «Was ist mit Ihrer Partnerin? Vielleicht funktioniert deren Karte ja.»

Darum gehe es jetzt nicht, sagte er, und spürte, wie sich seine Adern verbreiterten und das Blut schneller durch ihn schoss. Seine Neuronen verschworen sich zu einem gemeinsamen Manöver, einem Sperrfeuer gegen die feindliche Außenwelt.

Was das denn jetzt mit seiner Partnerin zu tun habe, fragte er. Und wie es denn zum Beispiel wäre – nur eine kleine Idee, ein unschuldiger Vorschlag – einmal nachzusehen, wo er denn sonst noch auftauche in diesem ach so wunderbaren System. Das würde doch beweisen, dass der Fehler nicht bei ihm lag.

«Wie Sie wünschen.» Das Klackern langer Finger, die seinen Namen buchstabierten, Léon, der Löwe, vier Buchstaben auch im Griechischen. Vielleicht schlummerte er doch ihn ihm, der König der Tiere, irgendwo zwischen Leber und Milz. Es fühlte sich gut an, wütend zu sein, der Zorn der Gerechten.

P-O-R-T-M-A-N-N zählte er die Anschläge der Rezeptionistin leise mit, seine Kiefermuskeln gespannt wie ein Zugbrückendraht. Ein Klicken. Dann war erneut die Fehlermeldung zu hören. Die Augenbrauen der Rezeptionistin schossen hoch.

Das konnte nicht ihr Ernst sein. Das konnte nicht ihr verdammter Ernst sein.

So sehr sie es bedauere, erklärte die Rezeptionistin, und sie bedauere es durchaus: Er sei im System nicht auffindbar.

«Wie soll das gehen? Gestern war ich doch auch in Ihrem System!»

Die Rezeptionistin schien nun endgültig genervt von ihm. «Wenn Sie nicht im System sind, kann ich nichts machen, die Tür funktioniert anders nicht», sagte sie. «Uns sind die Hände gebunden.»

Léon krallte die Hände in die Theke. Es sei doch egal, ob er im System sei oder nicht. Die Rezeptionistin sehen ihn doch vor sich, *in the flesh.*

«Wie soll ich denn bitte hier sein und gleichzeitig nicht hier sein? Meinen Sie, ich hätte mich mitten auf dem Meer an Bord geschlichen? Eines Abends plötzlich aus dem Nichts manifestiert?»

«Natürlich nicht, Herr Portmann», sagte die Rezeptionistin.

Was denn mit seiner Freundin sei, fragte er. Ob sie die etwa auch nicht finde in ihrem ach so zuverlässigen System. Oder ob der Fehler rein zufällig nur ihn betreffe.

Die Rezeptionistin riss die schwärzlich bemalten Lippen zur Antwort auf, aber ehe sie die passenden Worte formen konnte, kam ihr ihre Chefin zuvor. Sie hatte sich bereits vor einer Weile umgedreht und der Diskussion gelauscht. Jetzt baute sie sich am Schalter auf. Die Make-up-Schicht auf ihrer Haut war so dick und starr, dass sie einer Wachsfigur glich. Ambrageruch wehte von ihr herüber und verstopfte seine Nasenlöcher wie feuchter Beton.

«Das reicht», sagte sie. «Die anderen Gäste warten. Wir kommen auf Sie zu, Herr Portmann.»

Léon explodierte. Er brüllte so laut, dass sich nicht nur die Leute hinter ihm, sondern auch die Familien, die weiter hinten durch den Saal gingen, missbilligend nach ihm umsahen. Sollten sie doch. Man spielte hier ein Spielchen mit ihm und es war an der Zeit, dass man ihm zumindest die Regeln erklärte. Wo er denn in der Zwischenzeit hin solle, fragte er, ins Mitarbeiterzimmer etwa, und überhaupt, sagte er, das sei eine Frechheit, eine Sauerei sondergleichen, wie man ihn behandle. Er brachte den anderen Leon ins Spiel, der genug Mittel habe, um Druck zu machen, und drohte mit einer schlechten Rezension auf dem Reiseportal. Suchte hilfesuchend den Blick der Rezeptionistin, von der er sich Hilfe erhoffte, aber die tat, als wäre sie in einen Stapel Dokumente vertieft.

Die Chefin ließ sich von dem nicht rühren. Einmal zuckten ihre Augen, als wolle sie diese rollen, sie fing sich aber gerade noch. Ansonsten war da nur diese starre Maske, diese planierte Pulveroberfläche, so unentzifferbar wie kretische Hieroglyphen oder seine Vorlesungsmitschriften nach einem halben Jahr.

Als er durch war mit seiner Tirade, er stützte sich auf die Theke, als drohte er umzufallen, und schnappte nach Luft, als hätte er zwei Minuten unter Wasser verbracht, sagte die Chefin in einem Tonfall, der keinen Zweifel ließ, dass sie es ernst meinte: «Sie gehen jetzt besser oder ich rufe den Sicherheitsdienst.»

Léon sah zur Rezeptionistin und bemühte sich, so hilflos wie möglich auszusehen. Aber sie verschränkte bloß ihre mit lauter Leberflecken übersäten Arme. Einen Augenblick spielte er mit dem Gedanken, nach der Vorgesetzten der Vorgesetzten zu fragen, in den oberen Zweigen der Hierarchie zu stöbern, bis hin zu Valérie d'Ivia höchstselbst, ließ es dann aber sein. Aller Wahrscheinlichkeit nach würde die Chefin behaupten, sie unterstände niemandem außer dem Meer.

Wie ein trotz Niederlage begnadigter römischer Gladiator schlurfte er aus der Eingangshalle in Richtung Fahrstuhl, um frühstücken zu gehen. So hilflos und in sich gekehrt war er, dass er nicht bemerkte, dass ihm jemand nachstellte.

Um sich von der Tatsache abzulenken, dass er nicht weiterwusste, aß er im Texmex-Restaurant *Compañeros* einen veganen *Breakfast Burrito* mit Kidney-Bohnen-Füllung, wobei ihm der Burrito auf halber Strecke auseinanderfiel. Dazu trank er eine Bloody Mary. Die Vitamine würden ihm guttun, der Alkohol ihn beruhigen.

Kathrin hatte nie ins Compañeros gewollt; auf die Weise hatte ihre Abwesenheit zumindest einen Vorteil, redete er sich ein.

Die Einrichtung des Lokals glich einer Art Vergnügungspark: Piñatas in allen möglichen Farben hingen von der Decke, Sombreros und Werbe-Blechschilder von den Wänden und Plastikkakteen in Plastiksand standen in den Ecken. Im Hintergrund lief eine Art *Easy-Listening*-Mariachi-Musik.

Die Absurdität, mitten auf dem Polarmeer in einer pseudolateinamerikanischen Kunstumgebung zu sitzen und Esswaren in sich zu stopfen, die vom anderen Ende der Erde stammen, entging ihm nicht; und doch, viel absurder als die vergangenen 24 Stunden war auch das nicht.

Die Tatsache war, dass er nicht weiterwusste. Nicht nur Kathrin hatte sich von ihm abgewandt, sondern das ganze System, in dem sie beide sich bewegten. Bis zum nächsten Zwischenhalt – und das wäre erst übermorgen der Fall – gab es nichts, was er tun konnte, außer abzuwarten. Weder fünf Jahre Beziehung noch sein königlicher Status als Kunde schienen etwas zu nützen; er war auf sich selbst zurückgeworfen, den unverlässlichsten Partner, den er sich vorstellen konnte.

Am liebsten wäre er schlafen gegangen, hätte sich in seine Höhle verkrochen, bis sich die Probleme von selbst lösten. Stattdessen zückte er sein Handy und öffnete noch einmal seine Messenger-App. Keine neuen Nachrichten, weder von seinen Freunden, noch von Kathrin oder jemanden aus seiner Familie. Es war, als ob er nicht existierte, bloß ein Traum war.

Wie in einem dieser Egoshooter kam es ihm vor, wenn man getötet wurde, und dann nur noch im *Spectator Mode* über die Karte fliegen kann, um zuzusehen, wie die anderen spielten. Er ließ den Blick durch den Raum schweifen: Zufriedene Kernfamilien mit ein bis zwei Kindern, Rentnerinnen und Rentner in beige bis bunter Freizeitkleidung. Er war der Einzige, der allein hier saß.

Er öffnete seinen Chat mit Kathrin. «Wo bist du», tippte er ein, «ich vermisse dich.» Dann löschte er die Nachricht wieder.

Nachdem er aufgestanden war, verbrachte er mehr Zeit als ihm lieb war, damit, mit den Spitzen seiner Birkenstock-Sandalen eine Kuhle in den Teppichboden vor dem Restaurant zu bohren, bevor er sich schließlich dafür entschied, sein Buch aus dem Mitarbeiterzimmer zu holen, um auf dem Außendeck lesen zu gehen.

Als er sich umdrehte, um Richtung Fahrstuhl zu gehen, sah er, dass der Dicke von gestern aus dem Pompadour ein paar Meter weiter hinten auf dem Gang stand und ihn musterte. Als sich ihre Blicke kreuzten, starrte der Mann auf seine Schuhe, ausgelatschte kastanienbraune Kunstleder-Loafer.

Nachdem Léon ein paar Schritte gegangen war, hörte er, wie jemand hinter ihm rasselnd atmete. Es klang, als wäre seine Lunge mit Flüssigkeit gefüllt.

Blick über die Schulter: Es war der Dicke. Das auch noch. Sie gingen wohl in dieselbe Richtung, aber das letzte, worauf Léon jetzt Lust hatte, war ein Gespräch, und das war es, worauf der Mann es anzulegen schien, denn er ging immer schneller, wich dabei jedoch weiter seinem Blick aus.

Was zur Hölle wollte der Kerl von ihm? Sich für gestern entschuldigen? Vielleicht hatte ihn auch Kathrin vorgeschickt, eine Art menschlicher Schutzschild, den sie zwischen sich und Léon stellen konnte. Der Begriff «orchestrierte Maßnahme» fiel ihm ein. Nur stolperte und stockte das Orchester, ihm fehlte, schien es, der Dirigent.

Da war schon der Aufzug. Léon beschleunigte seine Schritte, und schaffte es gerade noch in die Kabine, ehe sich ihre Türe schloss. Bevor der Aufzug nach unten verschwand, sah er noch, dass der Mann vor der Tür stehen geblieben war. Sie tauschten einen Blick aus.

Alles am Gesicht des Mannes war schlaff, jeder Muskel darin schien seinen Kampf gegen die Gravitation bereits vor Jahrzehnten aufgegeben zu haben, was dem Mann den Eindruck eines Bernhardiners verlieh, der zu viel vom eigenen Schnapsfläschchen genascht hatte.

Als Léon unten im Empfangsbereich aus dem Fahrstuhl stolperte und sich anschickte, den langen Marsch zurück in sein Zimmer anzutreten, sah er, wie jemand über ihm keuchend die Treppe hinunterkam. Durch die Lücken zwischen den Treppenstufen sah er das Gesicht des Mannes, das einer Verbotstafel glich, feuerrot und kreidebleich zugleich. Als er merkte, dass Léon ihn erspäht hatte, blieb er mitten auf dem Treppenabsatz stehen, stemmte die Hände gegen die Oberschenkel, und rang nach Luft. Er musste ihm nachgerannt sein. Er musste ihm wirklich nachgerannt sein.

Ohne zu überlegen, schritt Léon rückwärts durch die Empfangshalle in Richtung Tür, ohne den Kerl aus den Augen zu verlieren. Er spürte, wie sein Herz schneller zu klopfen begann.

Der Mann bewegte sich nicht weiter vorwärts, sondern setzte sich auf die Treppenstufe und spielte betont uninteressiert auf seinem Handy herum.

Ja, genau, dachte Léon, genau. Womöglich war er ein Privatdetektiv im Auftrag der Wahlaus. Oder er spionierte ihn im Auftrag der Reederei aus, um einen Vorwand zu finden, damit man ihn kielholen konnte. Léon wusste es nicht. Er wollte es auch gar nicht wissen. Er wollte bloß noch in sein Zimmer und die Tür abschließen.

Da war schon die Tür zum Maintenance-Deck. Léon schob die Plastikpalme zur Seite und trat ins Treppenhaus. Dann schob er die falsche Pflanze wieder vor die Tür, die er einen Spalt offenließ, ging in die Hocke und spähte durch die Blätter.

Tatsächlich: Der Mann, der sich inzwischen von seiner sportlichen Anstrengung erholt zu haben schien, setzte sich in Bewegung und steuerte direkt auf Léon zu, wie ein Haifisch, der Blut gerochen hatte.

Das genügte. Mehr brauchte er nicht zu sehen. Léon schlug die Tür zu und rannte los, das Treppenhaus hinab und den Schlauch entlang, der nach unten zum Maintenance-Deck führte. Seine Muskeln wollten nicht richtig feuern, und sein Burrito lag ihm schwer im Magen. Trotzdem trieb er sich weiter an. Stellte sich vor, wie der Mann ihm Handschellen anlegte und ihn in eine schiffseigene Gefängniszelle steckte – gab es so etwas überhaupt?

«Ich habe den Sauhund, Herr Wahlau», hörte er den Mann in seinem Kopf sagen, «er wollte fliehen, aber ich habe ihn erwischt.»

Kalter Schweiß benetzte seine Stirn wie Tau auf einer frühmorgendlichen Wiese. Aus den Lautsprechern plärrte Sly & The Family Stone, *I Want To Take You Higher*, der Beat machte ihn noch nervöser. Er war sich sicher, den Mann hinter sich röcheln zu hören. Dass er ihn nicht sehen konnte, machte es noch schlimmer. Bullauge um Bullauge tanzte vorüber. Als er hinter sich blickte, sah er, dass der Mann nähergekommen war. Er war erstaunlich fit.

Léons Beine brannten, und sein Herz pumpte so stark, dass er es bis in den Hals hinauf spürte. Trotzdem blieb er nicht stehen.

«Jetzt warten Sie doch mal!», rief der Mann hinter ihm, als er gerade durch die halboffene Schiebetür schlüpfte.

Endlich erreichte er die Klappe, die zu Maintenance II führte, und kraxelte die Leiter ins Dunkle hinunter.

Einem Einfall gehorchend, blieb er auf einer ihrer mittleren Sprossen stehen, anstatt zu seinem Zimmer weiterzugehen, und rang um Luft. Durch das Sperrholz war gedämpft das «Boom laka-laka-laka» der Band zu hören.

Wäre sein Verfolger nicht gewesen, er hätte es sogar genießen können, hier zu stehen. Er hatte etwas Entspannendes, dieser dunkle, enge Raum, wie eine Art Gebärmutter, die einen vor den Zumutungen der Welt beschützte.

Léon musste an den Stand eines Künstlers bei einem Festival in der alten Seidenfabrik am Stadtrand denken, dessen Installation einem die Möglichkeit gegeben hatte, «die Radieschen von unten anzusehen», wie der Künstler erklärt hatte. Man konnte in einem Sarg Platz nehmen, der dann unter eine Pappmascheeinstallation geschoben wurde, die einen Erdboden voller Wurzeln simulierte. Léon hatte sich darin so wohl gefühlt, dass es sich anfühlte, als würde er aus einem schönen Traum gerissen, als der Künstler ihn wieder aus der Installation herauszog und ihn halb ironisch, halb besorgt fragte, ob alles in Ordnung war, er sei fünf Minuten lang in der Kiste gewesen.

Polternde Schritte über ihm rissen ihn aus seinen Gedanken. Ein gut gealterter, sorgfältig herangezüchteter Raucherhusten. Léon tastete die Klappe ab und fand einen Griff, den er umklammerte, als hinge das Schicksal des Kontinents davon ab.

Und tatsächlich: Er spürte, wie von der anderen Seite ebenfalls gezogen wurde. Schon öffnete sich die Klappe, und ließ einen millimeterdünnen Streifen Licht hinein. Léon verstärkte seine Anstrengung und zerrte so stark an der Klappe, dass sich das Eisen in seine Handfläche bohrte.

«Herrgott nochmal», zischte der Mann über ihm.

Schließlich Schritte, die sich entfernten.

Léon wusste nicht, wie lange er noch so in diesem engen Treppenhaus dastand, die Klappe in der Hand, aber der Mann kehrte nicht mehr zurück.

Als er etwas außer Atem in das Mitarbeiterzimmer trat, saß Willem mit angewinkelten Beinen auf seiner, Léons, Pritsche und spielte wieder *The Fall*. Allzu viel Gefühl für die Privatsphäre anderer Menschen schien er nicht zu besitzen.

«Entschuldige», sagte er, «ich dachte, du wärst schon weg.»

Auch hier war es also, als ob er nicht dazugehörte, gar nicht richtig existierte. Als ob er eine Zeichnung wäre, die langsam wegradiert würde, bis nur noch einzelne Umrisse auf dem Papier zu erkennen waren, Druckstellen.

Er bleibe noch ein wenig, sagt Léon.

Willem pausierte sein Spiel und sah zu ihm hinunter. «Also stimmt es.»

Er habe so etwas munkeln gehört, erklärte er. Unter den Mitarbeitenden machten Gerüchte schnell die Runde. Hast du schon die Story von dem angeblichen Superior-Class-Passagier gehört, der plötzlich aus dem Nichts vor der Rezeption stand und ein Mitarbeiterzimmer wollte?

«Die einen sagen, du seist ein Industriespion. Andere tippen auf Hochstapler.»

So war das also. Das halbe Schiff musste es mitbekommen haben. Vielleicht hatte auch Willem ihm nachgestellt. Wahrscheinlich spionierte die ganze Jane Grey ihm nach, munkelte man sich auf den Gängen die neusten Entwicklungen im Fall Portmann zu, war er der Protagonist stumpfsinniger Storys, die ein wenig Abwechslung in die eintönige Schiffsexistenz bringen sollten, Hauptfigur wider Willen. Es gab kein Entkommen, keine Rückzugsmöglichkeit.

Die Einzige, die ihm hätte helfen können, war Kathrin, aber die ließ sich nirgends blicken. Ließ ihn einfach in der Falle zappeln.

Er verstand es nicht. Es ergab keinen Sinn. Selbst wenn sie nicht mehr mit ihm zusammen sein wollte, würde sie ihm so etwas nicht antun. Das war nicht die Kathrin, die er kannte. *But then again*, hatte er sie wirklich gekannt?

«Und was sagst du?», fragte er Willem.

«Ich glaube, du bist vor allem ein armes Schwein.»

Er sei vor allem ein müdes Schwein, sagte Léon. Willem solle gefälligst runter von seiner Pritsche.

«Klar.»

Eine ganze Weile verbrachten sie beide in sich gekehrt auf ihren Betten.

Willem schien ein mächtiger Magier zu sein. Ständig war zu hören, wie sein Charakter den Gegnern finster klingende Zaubersprüche entgegenbrüllte, und sie unter Ächzen fielen. Trotzdem kam es Léon vor, als wartete der Countertenor darauf, dass er mit ihm ein Gespräch begann. Immer wieder linste er zu ihm hoch. Aber Léon hatte keine Lust, ihm von seinem Morgen zu erzählen. Anscheinend wusste Willem sowieso schon alles. Am liebsten wäre es ihm gewesen, wenn der Niederländer verschwunden wäre. Aber er machte keine Anstalten dazu.

«Ich spiele als Nekromant», sagte Willem schließlich in die Stille hinein. Vielleicht fühlt er sich einsam, dachte Léon. Als Totenbeschwörer war man nie einsam, und selbst der Tod war nicht das Ende.

Nekromant wäre er auch gerne, murmelte Léon, vielleicht könnte er dann seine tote Beziehung wieder zum Leben erwecken. Er bereute sofort, es gesagt zu haben.

Ja, wie das eigentlich sei, fragte Willem. Ob ihn seine Freundin etwa nicht ins Zimmer zurücklasse.

«So ist es.»

«Hast du denn noch einmal mit ihr gesprochen?» Und dann, weil Léon nicht antwortete: «Oder will sie gar nicht mit dir reden.»

War das eine Feststellung? Eine Warnung? Eine Frage? Er könne sie nicht erreichen, sagte Léon. Darauf kam es jetzt auch nicht mehr an.

«Oh. Das muss schwierig für dich sein.»

Willem schien zwar ehrlich mit ihm mitzufühlen, aber dennoch hatte Léon das nagende Gefühl, dass der Niederländer den Satz ganz anders meinte.

«Weißt du was?», sagte Willem schließlich. «Ich lade dich zum Essen ein.» Ob er die Mitarbeitermensa kenne?

Die Mitarbeitermensa stellte sich als hell erleuchteter Saal heraus, ein Stockwerk unterhalb ihrer Schlafkammer und damit noch tiefer im Schiffsbauch gelegen. Portmann hätte schwören können, dass es technisch gar nicht möglich war, dass es ein Stockwerk gab, das noch weiter unten lag, aber wahrscheinlich täuschte er sich.

An der Seite war eine Essensausgabe, an der sich bereits eine lange Schlange von Mitarbeitenden aufreihte. In der Mitte des Raumes waren mehrere Sitzbänke um Tische herum aufgestellt, die mit karierten Plastikdecken überzogen waren. Bis auf wenige Plätze war alles mit Mitarbeitenden besetzt, die in gekrümmter Haltung ihr Mittagessen einnahmen. Viele hatten gehetzte Blicke, als täten sie etwas Verbotenes, und riskierten, dabei ertappt zu werden. Ein Geruch nach scharfen Gewürzen und angebrannter Butter hing in der Luft.

Der Saal hatte hellblau gesteifte Wände, an denen gerahmte Fotos hingen, die die Mitarbeiterinnen und Mitarbeiter des Monats zeigten. Léon hielt Ausschau nach bekannten Gesichtern und entdeckte den Mann, der ihn heute Morgen verfolgt hatte. Das Foto war bereits etwas vergilbt und schien mindestens fünf, wenn nicht gar zehn Jahre alt. Der Mann sah schlanker und gesünder aus. Ein Lächeln umspielte seine Lippen.

Wer das sei, fragte er den Holländer.

«Erich Bodiger, der Schiffs-Sicherheitszuständige. Warum?»

Sein Verdacht hatte sich also als wahr erwiesen, dachte Léon. Hatten die Wahlaus den Mann aufgescheucht oder waren es die Diamond Lines selbst gewesen? So oder so hatte er nichts zu befürchten. Er war unschuldig.

Er sehe, Léon habe ihn schon getroffen, sagte Willem, während sie sich in die Schlange vor der Essenausgabe einreihten. Eine ziemlich traurige Gestalt, dieser Bodiger, vormals sei er Detektiv gewesen oder Polizist oder Derartiges, bis ihn etwas auf das Schiff getrieben habe, was, darüber wolle er nicht reden. So oder so sei ihm aber anzusehen, dass er auf der Grey nicht glücklich sei. Ein Eigenbrötler.

«Was darf's sein?», unterbrach die Kantinenfrau ihr Gespräch. Ihr Gesicht war mit einem rötlichen Ekzem bedeckt, ihre Augen stumpf.

«Das fragt sie immer», erklärte Willem, «dabei gibt's auch hier immer nur eine Option.»

Die Frau klatschte klebrigen Reis auf ihre Teller und goss eine grellgelbe Currysauce darüber, in der Tiefkühlgemüse schwamm, Futter für Arbeitstiere.

Sie setzten sich an zwei freie Plätze ganz hinten im Raum, wobei es so eng war, dass sich ihre Schenkel berührten. Rechts von Léon saß ein breitschultriger Arbeiter, der beim Essen ständig seinen Ellbogen in seine Seite rammte.

«Na dann», sagte Willem, und krempelte die Ärmel seines Hemds hoch. Als er nach der Gabel griff, fiel Léon ein Tattoo ins Auge, *Stick and Poke*, das verwaschen auf seinem Handgelenk prangte. Es war dasselbe Symbol, das er bereits beim Barkeeper und auf der Kappe des Rentners im Restaurant gesehen hatte, das Strichmännchen in der Taucherglocke.

Was das Tattoo bedeute, fragte er, wobei er versuchte, es möglichst nebensächlich klingen zu lassen.

«Keine Ahnung. Nichts. Das hat mir eine Kollegin gestochen, hier auf dem Schiff. Ich fand, dass es schön aussah.»

«Also hat es keine Bedeutung?»

«Nicht alles muss eine Bedeutung haben.»

Er hatte es so beiläufig gesagt, dass sich Léon sicher war, dass mehr dahintersteckte. Womöglich war es ein politisches Symbol oder derlei, etwas, wozu man in der Öffentlichkeit nicht stehen wollte. So oder so hätte es keinen Zweck nachzufragen, Willem würde nicht darauf eingehen.

Léon stocherte in seinem Curry herum. Sein Bauch war noch immer voll vom Burrito, und außerdem war das Essen so scharf gewürzt, dass es auf seiner Zunge brannte, wahrscheinlich wegen der vielen indonesischen und indischen Angestellten, die den Großteil der Belegschaft ausmachten.

Der Holländer dagegen schien zufrieden; er aß schmatzend, einen versonnenen Ausdruck im Gesicht. «Und», fragte er Léon plötzlich, «bist du nun einer?»

«Was denn?»

«Ein blinder Passagier. Ich fände das ja großartig.»

Ob das sein Ernst sei, fragte Léon.

«Mein voller Ernst.»

«Und wie soll das gehen?»

«Ganz einfach: Du bist vor ein paar Tagen auf Nowaja Semlja dazu gestiegen.»

Tatsächlich hatten sie vor drei Tagen auf der Insel geankert. «So ein Schwachsinn.»

«Komm, sei ehrlich. Ich erzähl's auch niemandem.»

Er sei kein blinder Passagier, sagte Léon, lauter werdend.

«Wieso stellt dir dann der Alte nach?» De Lampreta grinste triumphierend.

«Ich war bis gestern noch in dem verdammten System.»

Wozu zur Hölle war der Holländer plötzlich so erpicht darauf, ihm ein Geständnis zu entlocken? War er einfach neugierig? Oder hatte ihn gar die Kapitänin höchstselbst auf Léon angesetzt? So oder so hatte Léon genug. Er spürte, wie die Wut auf ihn zurollte. Wie eine Springflut überkam sie ihn, urplötzlich, und überschwemmte alles. Die Zumutungen der vergangenen Stunden fielen ihm wieder ein: der missglückte Rettungsversuch und seine Demütigung. Kathrins plötzliches Verschwinden. Wie er in der Piratenbar gesessen hatte und sich dabei vorgekommen war wie ein Schaf, das sich mit dem Kopf in einem Maschendrahtzaun verfangen hat. Die Behandlung, die man ihm an der Rezeption hatte zuteilwerden lassen, und schlussendlich die possenhafte Verfolgungsjagd von eben.

Was ihm eigentlich einfalle mit seinen haltlosen Anschuldigungen, bellte er Willem am, so laut, dass ihn die halbe Mensa ansah, und was sein verficktes Scheißproblem sei.

Der streckte ihm die Handflächen entgegen, als müsse er sich vor einem Schlag schützen. «Beruhig dich. Ich hab's nicht so gemeint.»

Nein, sagte Léon, dessen Stimme sich überschlug, er wolle sich nicht beruhigen. Er verstehe nicht, was los sei. Das ergebe alles keinen Sinn, wie ein böser Traum komme es ihm vor, und er wolle einfach wieder auf sein verdammtes Zimmer zurück und Kathrin wiedersehen.

«Klar, Kumpel», sagte Willem. Seine Miene war plötzlich finster geworden, als ob ein Licht in ihm ausgegangen war.

Auf dem Weg zurück in ihr Zimmer sprachen sie nicht mehr.

Wieder weckte ihn ein Rattern und Tuten neben seinem Ohr, wieder gab es beim Aufwachen diesen herrlichen Augenblick, in dem er kurz glaubte, er wäre noch zu Hause in seiner WG auf seinem Futon, anstatt mutterseelenallein auf einem Schiff mitten auf dem Polarkreis.

«Ist ja gut», murmelte er, und brachte sein Smartphone zum Schweigen, indem er mit der flachen Hand darauf schlug.

Was für ein Wochentag war überhaupt, fragte er sich, während er seine Glieder streckte, und feststellen musste, dass er sich einen Nerv eingeklemmt hatte und seinen Nacken kaum bewegen konnte.

Sein Smartphone brachte die Antwort: Es war 11:30 Uhr am 21. August, einem Mittwoch. Nicht, dass ihm dieses Wissen etwas genutzt hätte.

Er musste den Wecker auf eine spätere Zeit umgestellt haben, als er gestern Nacht auf sein Zimmer zurückgekehrt war. Der gestrige Nachmittag war komplett für die Katz gewesen. Er hatte ihn zugekifft erst auf einem Liegestuhl im Poolbereich, dann in einem Whirlpool im Erwachsenenbereich und schließlich im Kinosaal verbracht, wo eine Retrospektive der wichtigsten Actionfilme von Garri Danilow gezeigt wurde.

Danilow, wie er als Siedler der zweiten Generation für die Unabhängigkeit Westantarktiens in den Krieg zieht. Danilow, wie er als Wikinger gegen Außerirdische kämpft. Und Danilow, wie er gegen einen Verbrecherring kämpft, der die Tochter der sibirischen Premierministerin entführt hat.

Zwischendurch war er immer wieder an der Rezeption vorbeigeschlendert, in der Hoffnung, dass entweder die Rezeptionistin oder ihre Chefin ihn zu sich riefen und von seinem Elend erlösen würden. Vergeblich: Sie würdigten ihn keines Blickes.

In der Kammer war es, abgesehen vom blauen Licht seines Smartphones, stockfinster. Vorsichtig kletterte er hinab, stellte den linken Fuß auf den Boden – und zog ihn sofort zurück. Seine Fußsohle hatte etwas Schleimiges, Feuchtes berührt, das sich sogleich daran angeschmiegt hatte. Ein salziger Geruch stieg davon hoch.

Er schüttelte den Fuß, um das fremde Objekt abzuschütteln, aber es klebte wie ein Tiefseekrake an seiner Haut. Schließlich schrammte er unter Verwünschungen mit dem Fuß über die Leitersprosse, um den Gegenstand – oder war es ein Lebewesen? – abzureiben, wobei eine kühle Flüssigkeit austrat.

Endlich hatte sich das Ding gelöst und glitt geräuschlos auf den Boden.

Léon blieb auf der Leiter stehen, die Brust gegen die Matratze gepresst, und holte tief Luft. Dann zwang er sich, mit dem Handy in den Raum hineinzuleuchten: Der Boden war mit unzähligen dunkelgrünen Fäden überzogen. Seetang. Die Algen bedeckten den Boden so dicht, dass kaum eine Lücke dazwischen blieb und es unmöglich war, zur Tür zu gelangen, ohne auf sie zu treten.

Willem, ganz bestimmt. Vielleicht war das ein geschmackloser Initiationsritus unter Kreuzfahrtschiffmitarbeitern. Oder vielleicht hatte er sich bloß für die gestrige Auseinandersetzung rächen wollen. Es blieb nur die Frage, wann er den Seetang platziert hatte. Als Léon um ein Uhr nachts zurückgekehrt war, war Willem noch nicht im Zimmer gewesen, obwohl der Auftritt mit seiner Band längst vorüber gewesen sein musste.

Léon leuchtete zur Pritsche des Niederländers herüber. Sie war verlassen. Sogar Decke und Kopfkissen hatte er mitgenommen. Übrig blieb nur noch die kahle Schaumstoffmatratze.

Willem musste sich mitten in der Nacht ins Zimmer geschlichen, seine Sachen gepackt und den Raum mit Seetang gefüllt haben.

Hatte er ihn also auch vertrieben. Erst Kathrin, jetzt Willem. Als ob er unter einer ansteckenden Krankheit litt, die ihn zum Paria machte. Es kam ihm vor, als ob die Menschen um ihn nach Belieben auftauchten und verschwanden, aufflackerten wie Hologramme, nur um dann wieder in sich zusammenzufallen.

Ein schweres Gefühl in seinem Bauch, wie er es zuletzt gehabt hatte, als ihn die Lehrerin in der ersten Primarschulklasse aus Versehen in der Turnhalle eingesperrt hatte, weil er beim Umziehen so lange gebummelt hatte. Bis am frühen Abend hatte er hinter der abgeschlossenen Glastür gestanden und unter Tränen dagegen gehämmert, bis ihn der Hausmeister endlich fand und ihm mit den Worten, er sei ein rechter Dummkopf und Buben würden nicht weinen, in die Freiheit entließ.

Als er endlich im Hausflur stand – er hatte zu Fuß gehen müssen, da kein Bus mehr fuhr – hatte seine Mutter auf der grauen Stoffcouch gelegen und sich eine Sendung über das ehemalige britische Königshaus angesehen. Er schien ihr nicht gefehlt zu haben.

Das ließ ihn an Nataša denken, seine älteste und beste Freundin aus dem Nachbardorf, seit sie zusammen jeden Morgen im Bus das Tal hinunter zur Schule gefahren waren. Nataša, deren Mutter in Schleichingen als Kindergärtnerin arbeitete, und mit der er oft in den Wäldern der Umgebung mit Stöcken bewaffnet auf die Jagd nach Mördern gegangen war, von denen sie sicher waren, dass sie darin hausten, auch wenn sie nie welche fanden. Seit die Grafikerin mit ihrer Partnerin nach Dublin ausgewandert war, sahen sie sie sich nur noch alle paar Jahre, und doch skypten sie fast jeden Monat miteinander.

Sie war der einzige Mensch, mit dem er über den Streit sprach, den er manchmal mit Kathrin hatte, und der von seiner Unfruchtbarkeit wusste. Immer wieder hatte sie ihm vorgeschlagen, doch reinen Tisch zu machen, vergebens.

Einen Moment stellte er sich vor, wie es wäre, mit ihr zu telefonieren, sie um Hilfe zu bitten. Die Vorstellung ließ ihn schaudern. Nein, ganz bestimmt würde er ihr davon nicht erzählen. Er konnte ihr das nicht zumuten. Er fiel sonst schon allen zur Last, Kathrin, seinen Eltern, die ihn trotz der fehlenden Einnahmen von ihrem Erspartem unterstützten, seinen Freunden, die ihn ertrugen, obwohl sie längst alle viel weiter waren, das Studium abgeschlossen, die Familie gegründet, die Beförderung erhalten.

Außerdem würde sie ihm vielleicht gar nicht glauben. Es klang ja auch absurd. Schlimmer noch: Vielleicht würde sie, zumindest zwischen den Zeilen, bestätigen, was er fürchtete: dass nämlich alles seine Schuld war.

Das Gefühl, mitten unter Menschen und doch allein auf der Welt zu sein. Als ob er in einen gläsernen Kubus eingeschweißt war. Wenn er ehrlich war, hatte er das auch gehabt, wenn er mit Kathrin zusammen gewesen war, vor allem in den vergangenen eineinhalb Jahren. Aber anstatt darauf zu hören und nachzudenken, was es bedeuten könnte, hatte er sich gesagt, dass es einfach sein Fehler war.

Er nahm einen tiefen Luftzug, rubbelte sich die Tränen ab und presste die Lippen zusammen. Vielleicht war das ja gerade der Fehler: dass er den Fehler immer nur bei sich suchte. Dabei war er nur einer von viereinhalb Milliarden Menschen. Er konnte nicht allein an allem schuld sein. Ja, verdammt. Nicht er war angeknackst, sondern die Welt. Dass Kathrin ihre Eltern angelogen hatte und verschwunden war, hatte mindestens genau so viel mit ihr zu tun wie mit ihm. Dass das System ihm die Rückkehr ins Zimmer verweigerte, konnte an Sparmaßnahmen und einer fehlenden Wartung der IT-Infrastruktur liegen.

Genug mit dem Selbstmitleid. Léon kam auch allein klar.

Er hielt den Atem an und sprang auf den Boden. Sein Gewicht ließ noch mehr Flüssigkeit aus den Algen heraustreten, und mit jedem Schritt traf er auf weiteres glibbriges Pflanzengewebe. Der Weg zum Lichtschalter kam ihm dreimal so lang vor wie sonst, als hätte etwas den Raum verzerrt.

Die Neonröhre ging mit einem Flackern an und bestätigte, was ihm sein Smartphone bereits angedeutet hatte: Die Algen waren überall. Selbst unter den Betten lagen sie. Er sah an sich herunter: Seine Füße waren vollständig in grünen Schleim eingehüllt.

Er schob er mit dem Fuß einen Teil des Seetangs unter die Pritschen, um sich eine kleine Gasse zu schaffen, die bis zu seinem Rucksack reichte. Dann suchte er seine Duschsachen zusammen.

Das Frühstücksbuffet im Pompadour war bereits so gut wie leergeräumt, als er ankam. Nur noch eine Handvoll Passagiere saß im Saal. Trotzdem hatte Léon sich beim Eintreten nach Kathrin oder dem Schiffssicherheitsleiter umgeblickt. Aber seine Freundin blieb verschwunden, und dieser Bodiger schien ihm nicht mehr nachzuspionieren. Vermutlich wusste er so oder so bereits genug über ihn, stand kurz davor, ihn zu verhaften.

Er nahm sich am Buffet, was er noch bekommen konnte – eine einsame Semmel, etwas Margarine, Kirschenmarmelade und Lupinen-Gouda – und setzte sich an den Katzentisch. Diesmal störte ihn niemand.

Der Kellner war derselbe wie stets. Auch wenn Léon ihn unsympathisch fand, freute es ihn, wenigstens ein vertrautes Gesicht zu sehen. Der Mann schlenderte hin und her, die Hände hinter dem Rücken verschränkt. Léon versuchte, ihn auf sich aufmerksam zu machen, um bei ihm einen Kaffee zu bestellen, aber er schien ihn nicht zu bemerken. Dabei bestellte niemand sonst etwas.

«Entschuldigen Sie», rief er ihm entgegen, als er dicht an ihm vorüber ging, aber der Kellner ging einfach weiter.

Oh nein, mein Freund, dachte Léon. Nicht mit mir. Nicht heute. Er erhob sich, folgte dem Mann und stellte sich ihm in den Weg. Dabei blendete er die altbekannte Stimme in seinem Kopf aus, die ihm sagte, dass er wie der letzte Trottel wirken musste.

«Entschuldigen Sie, gerne einen Kaffee», sagte er.

Der Kellner hob kaum merklich die Brauen, blinzelte. Der sei gerade ausgegangen.

Léon blickte sich um. Auf vielen der Tische lagen stehengelassene Kaffeetassen, teils leer, teils halbvoll. An einem der

Tische saßen einige der Rentnerinnen und Rentner vom letzten Mal. Der Mann mit der Mütze starrte ihn an.

«Wie denn, auf dem ganzen Schiff?», fragte er.

Das wisse er nicht, sagte der Kellner, im Pompadour aber ganz sicher.

Das könne nicht sein Ernst sein.

Die Nase des Kellners kräuselte sich. Es tue ihm leid, sagte er, wobei er durch Léon hindurchsah. Dann drehte er sich um und verschwand, ohne auf Léons Protestrufe zu achten.

Léon trat an seinen Tisch zurück und ließ sich auf den Stuhl fallen. Wie ein löchriger Mehlsack kam er sich vor, dessen Inhalt langsam herausrieselte.

Nichts stimmte mehr. Nicht nur das große Ganze, selbst die kleinsten Details der Bord-Experience hatten sich verschoben. So abwegig der Gedanke auch war, es kam ihm zunehmend so vor, als ob sich das ganze Schiff gegen ihn verschworen hatte, ein großer Organismus, der den Fremdkörper abzustoßen versuchte. Wer weiß, vielleicht würde er am Schluss zur Perle.

Man wollte ihn kleinkriegen, immer mehr in die Ecke drängen, schien ihm. Erwartete der Kellner wirklich, dass er ihm glaubte, dass es keinen Kaffee mehr gab, wenn überall rundherum Tassen mit schwarzem Gebräu zu sehen waren? Es ergab keinen Sinn.

Andererseits hatte sehr vieles seit Kathrins Verschwinden keinen Sinn ergeben. Und: Welches Motiv sollte der Kellner haben, um ihm den Kaffee zu verweigern? Selbst wenn sich herumgesprochen haben sollte, dass er nicht im System war, wäre es absurd, wenn sich das in seinen Getränkewahlmöglichkeiten am Frühstückstisch niederschlagen würde.

Bloß nicht durchdrehen, Léon, bloß nicht durchdrehen. Es war so schon schlimm genug.

Tatsächlich war der Mangel an Kaffee nicht die einzige schlechte Nachricht an diesem Morgen: Als er lustlos auf der Semmel herumkauend sein E-Mail-Postfach checkte, in der Hoffnung, Kathrin hätte sich wider Erwarten gemeldet und ihm mitgeteilt, dass alles nur ein Missverständnis war, einer ihrer «Kurzschlüsse», wie sie sie zuweilen nannte, sah er, dass der große Leon ihm geschrieben hatte:

«Léon,

Kathrin meldet sich weiterhin nicht bei uns. Ich hoffe inständig, dass es ihr gut geht. Aber bis mir das Gegenteil bewiesen wird, gehe ich vom Schlimmsten aus.

Wenn du glaubst, dass es etwas nützt, meine Anrufe zu ignorieren, irrst du dich. Die Polizei und die Botschaft sind bereits informiert. Du kannst dich nicht vor uns verstecken.

Ich verlange, dass du uns umgehend informierst.

Leon Wahlau»

Er stellte sich vor, wie er in Tokyo von Bord ging, immer noch ohne Kathrin, und von einer Gruppe aggressiv freundlicher Polizisten mit Handschellen empfangen wurde, kaum dass er das Gate verließ. Sah schon die Schlagzeilen vor sich: «Léon P., der Kreuzfahrt-Killer», «Warum mordete Léon P.?», «Kreuzfahrt-Killer beteuert Unschuld», «Kreuzfahrt-Killer verurteilt».

Die Wahlaus hatten eine Armada von Anwälten zur Verfügung, die ihn nur zu leicht als Täter darstellen könnten. Das läge ja so oder so nahe. Das Narrativ war klar. Der unzufriedene Versager-Freund, der aus Neid und Eifersucht die Partnerin ermordet. Der langhaarige Waldschrat mit den depressiven Eltern, das Monster aus dem Karstgebirge.

Es gab keine Gerechtigkeit, und was die Wahrheit war, war vor allem eine Frage von Geld und Macht. So viel immerhin hatte er aus all den geisteswissenschaftlichen Seminaren mitgenommen – und so oder so entsprach es dem Weltbild, mit dem er aufgewachsen war. Den kleinen Leuten half im Zweifelsfall keiner.

Scheiße, Kathrin, wo bist du, dachte er, und bohrte sich die Fingernägel in die Handfläche.

Ihm war, als würden ihn alle anstarren, die ganzen Rentner im Raum. Vielleicht hatten sie schon davon gehört, vielleicht stand sein Name längst auf allen Online-Portalen. Vielleicht sah man ihm an, dass er schuldig war. Zwar nicht des Mordes, aber doch der Tatsache, sie belogen zu haben – und sich selbst. Vielleicht war das auch, weshalb Willem den Seetang im Raum verteilt hatte: um ihn zu warnen. Weil er nämlich auch schon davon gehört hatte. Oder im Gegenteil, weil er auf seiner Seite war und ihn vor den Wahlaus warnen wollte oder davor, weiter nach Kathrin zu forschen?

Es war zum Verzweifeln. Zu viele apokalyptische Visionen auf halbleeren Magen und nichts, was er tun konnte: Klopfte er noch einmal bei ihrem Zimmer an, würde man es schlimmstenfalls als Zeichen werten, dass er schuldig war. Der Täter kehrt immer an den Tatort zurück, hieß es schließlich. Und ohne die Rezeptionistin könnte er sowieso nicht hinein.

«Junger Mann?», fragte ihn jemand. Er sah hoch. Es war die blauhaarige Seniorin, mit der er neulich am Tisch gesessen hatte. «Ist alles in Ordnung?» Sie wirkte besorgt.

Einen Moment sagte er nichts. Dann sah er, dass Blut von seinen Händen auf das Tischtuch getropft war und es rot bekleckerte. Er hatte sich, ohne es zu merken, die Fingernägel so tief in die Haut gebohrt, dass sie gerissen war.

Er verbrachte die nächste Stunde mit seinem Laptop und einem Seitansalamisandwich in der «Cyber-Lounge», einer kleinen Kammer mit Aussicht auf das Schiffsheck und halbwegs schnellem Internetanschluss, gedacht für alle jene, die trotz Urlaub arbeiten wollten. Sonderlich wichtig schien diese Klientel der Reederei nicht zu sein. Das Zimmer war trotz Glasfront beengend, die Luft stickig und die Staubkörner, die durch das Sonnenlicht tanzten, zeugten davon, dass die Putzequipe die Gegend nur selten aufsuchte.

Im Versuch, sich abzulenken, sah er sich eine Weile Memes über *The Somber Prophecy* an, das 15 Jahre alte Fantasy-RPG, über das er sich mit Willem unterhalten hatte. Die Memes, kleine, hastig erstellte Text-Bild-Kombinationen, machten sich vor allem über die holprigen Dialoge und die glitchy Animationen des Videospiels lustig, Widersprüche im Code, die für Risse in der Spielwirklichkeit sorgten.

Lange hielt die Ablenkung durch die Memes nicht hin. Dazu war Léon zu unruhig, und das nervöse Getippe eines Anzugsträgers, der mit im Raum saß, lenkte ihn zusätzlich ab. Wer trug schon einen Anzug auf einer Kreuzfahrt? Zudem führte der Typ per Headset eine hektische Unterhaltung über den Kurswert der *PharmaCon*-Aktie, «die ist dermaßen überbewertet, ich sag dir, es ist Zeit, short zu gehen», raunte er. Manchmal kam es Léon vor, als lebte jeder für sich allein, abgeschlossen in seiner eigenen unteilbaren Monade, unzählbar viele beseelte Pünktchen, die erfolglos versuchten, in einem großen Ganzen aufzugehen. Jeder suchte sich seine Fiktionen aus. Seine war es wohl gewesen, dass er ein guter Partner gewesen war. Jeder lebte in seiner eigenen Welt, und die seine war gegen ihn.

Bald 15:00 Uhr. Jetzt war es gut 24 Stunden her, dass er nichts von ihr gehört hatte. Wie lange war wohl die Frist, bis man jemandem als vermisst melden konnte? Nicht, dass er

Kathrin nicht schon seit Stunde Null vermisste. Es war, als ob er ein Ballon war, der jeden Moment in die Stratosphäre abzudriften drohte, und sie die Hand, die ihn bisher daran gehindert hatte.

Soviel zum Versuch, nicht an sie zu denken. Seit er hier saß, hatte er bestimmt vier Mal auf sein Smartphone gesehen. Immer noch keine Nachricht von ihr, dafür eine Nachricht auf seiner Mailbox von den Wahlaus, die er sich nicht anzuhören traute. Was war nur los mit dieser Familie?

Ein bitterer Geschmack auf seiner Zunge: Sie schienen tatsächlich zu denken, dass er ihr etwas angetan hatte, schienen es wirklich zu glauben. Was, wenn ihr wirklich etwas zugestoßen war? Er merkte, wie ihm der Gedanke die Brust zuschnürte. Vielleicht hatte sie sich etwas angetan. Vielleicht hatte sie von langer Hand geplant, zu verschwinden, und es wie einen Unfall aussehen zu lassen.

Er sah sie vor sich, wie sie mitten in der Nacht in den Ozean glitt und sich vom Wasser verschlingen ließ. Gute Argumente gab es keine für diese Hypothese. Sie hatte nie angedeutet, unglücklich zu sein, und es ging ihr gut. Sie war erfolgreich, hatte hervorragende Karriereaussichten, viele Freunde und eine Familie, bei der vielleicht zweifelhaft war, ob sie sie liebte, aber die doch immer für sie da war. In materieller Hinsicht zumindest.

Und was, wenn er bloß die Zeichen übersehen hatte, sich durch einen Mangel an Einfühlungsvermögen schuldig gemacht hatte? Kathrin war noch nie jemand gewesen, der leicht zu lesen war, und er nicht der talentierteste Leser. Ihre Gefühle standen ihr kaum je ins Gesicht geschrieben, und wenn, dann in einer Schrift, die er nicht entziffern konnte. Es war, als ob ihm der Rosetta-Stein dafür fehlte.

Womöglich war sie weit unglücklicher, als er geahnt hatte. Mit Kathrin konnte es einem gut passieren, dass sie einen am

Vorabend gut gelaunt zu einer Radtour ins Umland einlud, «das Wetter soll herrlich werden», nur um einem dann morgens um halb sechs abzusagen, weil sie Zeit für sich brauchte.

Fünf Jahre waren sie jetzt ein Paar, und doch blieb etwas in ihr, das sie ihm nicht zeigte. Eine schwarze Kugel, deren Inhalt nur sie kannte, und die sie manchmal dazu trieb, sich in ihrer Wohnung einzuschließen, wenn er sie mit einem spontanen Besuch überraschte, und sich durch das Sperrholz der Tür hindurch zu entschuldigen, heute gehe es einfach beim besten Willen nicht, es tue ihr leid.

Vielleicht war es auch diese Kugel, die Kathrin dazu trieb, ständig nach neuen Kicks zu suchen, die sie dazu brachte, jedes Jahr mindestens einmal durch ein Gummiband gesichert von einem Staudamm zu springen oder mit dem Bike alpine Geröllhalden hinunterzubrettern.

Er öffnete die Suchmaschine und tippte «Jane Grey + Verschwunden» ein. Die Suchmaschine spuckte etwa zwölf Ergebnisse aus. Das erste war ein Zeitungsartikel über die wirtschaftliche Situation der Diamond Lines, seit das Mittelmeer wegen einer Frontex-Seeblockade für den privaten Schiffsverkehr gesperrt war, um die Routen von Klimaflüchtenden besser kontrollieren zu können. Der zweite führte ihn ins Forum von *www.kreuzfahrten-ecke.at*, wo sich der User *bremerstadtmusikant* darüber beschwerte, dass die Bands an Bord zu wenig Begeisterung versprühten.

Vielleicht hatte er sich bloß wieder einmal in etwas reingesteigert, dachte Léon, als er das dritte Suchergebnis anklickte. Es war ein Eintrag auf *www.sonnendeck-forum.de*, etwa zwei Jahre alt, der vom User *minotaurus61* stammte. «Habt ihr das gesehen? Was denkt ihr dazu? :-O», schrieb er, wobei er auf eine News-Seite verlinkte, die Léon zwar nicht kannte, die aber derart mit Werbeanzeigen überfrachtet war, dass sie keinen allzu vertrauenswürdigen Eindruck machte.

«Er wollte nur kurz in den Pool – was dann passiert ist, lässt einem das Blut in den Adern gefrieren», lautete die Überschrift. Der Artikel handelte von einem Martin P., der vier Wochen vor Veröffentlichung des Artikels von der Jane Grey verschwunden war.

«Er wollte den Morgen mit ein paar Schwimmzügen beginnen. Irgendwo vor Murmansk auf der Jane Grey, die sich auf der Heimreise nach Hamburg befand. Frühmorgens stand er auf, seine Frau schlief noch. Ob er je am Pool ankam, ist bis heute unbekannt. Ebenso, was genau passierte: Wurde Martin P. Opfer eines Verbrechens? Stürzte er sich ins Wasser? Oder fiel er bei einem tragischen Unfall über die Reling? Knifflig: Bis heute gibt es keine Leiche und auch keine Zeugen. Die Frau wurde kürzlich aus der U-Haft entlassen.»

Er bohrte sich die Knöchel seiner Finger in die Schläfen, bis er den Punkt erreichte, an dem es zu schmerzen begann. Das also auch noch. Wenn sie wirklich verschwunden wäre, wäre er nicht der Einzige, der sich das niemals verzeihen könnte. Wahrscheinlich wäre er der Hauptverdächtige. Er hasste sich sogleich für den Gedanken, aber er lag auf der Hand. Mord aus Leidenschaft, aus Eifersucht, Langeweile, Gier, was auch immer die Anwälte der Wahlaus ihm in die Schuhe schieben könnten, sie würden es tun. Bye-bye, Englischlehrerkarriere.

Womöglich hatte sie deswegen nicht gewollt, dass er mitkam. Sie wollte ihn schützen, das war es, wollte jeden Verdacht von ihm ablenken. Aber sie hatte es ihm nicht sagen können, weil er sie sonst von ihrem Suizidversuch abgehalten hätte. Sie hatte ihn nicht dabeihaben wollen, gerade weil sie ihn noch liebte, zumindest ein wenig.

Ein zentnerschweres Gewicht lag auf seiner Brust, als hätte jemand seine Hemdtaschen mit Steinen vollgestopft. Das Ganze ging viel zu gut auf. Jetzt war er es, der am liebsten in das kalte arktische Wasser gesprungen wäre. Ein eisiges Bad, um sich aus diesem unheilvollen Grübelzyklus zu befreien. Vielleicht hatte sie einen Abschiedsbrief hinterlassen, der jetzt ungelesen auf dem Nachttisch lag, einer, der alles erklärte, und der gerade in dem Moment von der Putzequipe bei der Räumung des Zimmers vernichtet wurde.

Um sich abzulenken, scrollte er weiter durch den Foreneintrag. Die User waren sich, so schien es, uneinig, wie die Nachricht zu bewerten war. «Ich bin vor ein paar jahren selbst mit der grey gereist. so ein schönes schiff! das ist ja schrecklich!!», schrieb *honigbienchen43*. «Das war bestimmt selbstmord», belehrte sie jemand namens *süßwassermatrose*, «leider passiert das immer wieder.» Er unternehme deshalb lieber Flusskreuzfahrten, schrieb er weiter, ein Klick auf sein Profil und seine bisherigen Posts verriet, dass das auch tatsächlich stimmte. *Honigbienchen43* schien sich über seine Antwort zu empören, «Da ist jemand gestorben und du schreibst sowas», schrieb sie. *Süßwassermatrose* reagierte nicht darauf.

Weitere Stimmen zweifelten am Wahrheitsgehalt der Nachricht oder spekulierten, vielleicht habe sich der Mann versteckt und sei dann in Murmansk von Bord gegangen. «Der hat einfach genug gehabt, glaube ich», mutmaßte *diemuldentalerin*. Andere brachten ihre Hoffnung zum Ausdruck, dass der Fall noch gelöst werden könne – eine erneute Internetrecherche zeigte, dass dem bisher nicht so war. Jedenfalls gab es keine weiteren Nachrichtenartikel zum Thema.

Er scrollte sich weiter durch die Foreneinträge, ohne sie richtig zu lesen. Die meisten waren innerhalb weniger Tage zustande gekommen, bis auf den letzten, der gut drei Monate später erstellt worden war und von einem User namens *everyman* stammte: «Der ist bissel zu früh dran.»

Zu früh wofür? Spielte *everyman* bloß auf das Alter des Verschwundenen an, war es nichts weiter als Zynismus? Er klickte sein Profil an. *everyman* war schon seit gut zehn Jahren im Forum aktiv. Allerdings war der Eintrag unter dem Newsartikel sein bisher letzter, *everyman* war danach anscheinend gebannt worden.

Wie aus seinen vorherigen Posts hervorging, arbeitete *everyman* angeblich für die Diamond Lines, als Techniker. Jedenfalls hatte er über die Jahre immer wieder Posts mit Titeln wie «Ich bin Techniker für die Diamond Lines, stellt mir eure Fragen» gemacht, die rege kommentiert worden waren. Viele der User stellten ihm Fragen zu den Spezifikationen der verschiedenen Schiffe, etwa, ob die in den Katalogen angegebenen Maximalgeschwindigkeiten auch wirklich stimmten, und er schon einmal erlebt habe, dass sein Schiff «wirklich so schnell» gefahren war. Andere wollten wissen, auf welchen Schiffstypen er bereits unterwegs gewesen sei. Neben der *Regina* meist auf der Grey, wie sich herausstellte. Vor ein paar Jahren hatte er auf Wunsch der anderen User eine verwackelte Aufnahme der Autobahn reingestellt, mit dem Vermerk, er könne deswegen Probleme bekommen.

Dann jedoch, im selben Jahr, aus dem auch sein letzter Eintrag stammte, begannen seine Foreneinträge bizarrer zu werden. Im Bereich «Lesetipps», in dem die User einander sonst Kreuzfahrt-Krimis und Kreuzfahrt-Ratgeber empfahlen, postete er wiederholt Bücher von C. C. Salarius, neben *PHÖNIX NATUR* auch Werke wie *Dialektik der Apnoe* oder *Aus der Mitternachtszone.* Meist blieben seine Posts ohne Kommentare, obschon sie immer ausführlicher wurden. In durch keinen Absatz unterbrochenen Textblöcken schrieb *everyman*, die Bücher von Salarius hätten sein «leben verändert», ihm «die augen geöffnet», ihm gezeigt, dass die Menschheit einen Neuanfang brauche und «die leere siegt». Was das bitte mit dem Thema Kreuzfahrt zu tun habe, wollten die wenigen, die seine Posts kommentierten, von ihm wissen, und ob mit ihm alles in Ordnung sei. Der Moderator warnte mehrfach, seine Posts wären *off-topic* und würden gegen die Forenregeln verstoßen. Schließlich verbannte er ihn.

Eine kurze Stichwortsuche ergab, dass *everyman* noch eine Weile unter dem Namen *tentoxxa* weitergepostet hatte, doch auch diese Posts versiegten nach kurzer Zeit.

Immer langsam mit den jungen Pferden. Er zwang sich, tief ein- und auszuatmen, dann sortierte er, was er wusste. Es gab einen obskuren Autor, dessen Ziele er nicht verstand, und der von mindestens zwei Schiffsangestellten gelesen wurde. Der Autor war mit einem Symbol verbunden, das er nun schon ein paar Mal auf dem Schiff gesehen hatte. Das war alles. Ein wirklicher Zusammenhang mit Kathrins Verschwinden war nicht zu erkennen. Und doch merkte er, wie sich seine Stimmung aufhellte. Immerhin eine Spur, wenn auch unklar war, ob sie irgendwohin führte.

Er nahm ein paar Bissen von seinem Sandwich und sah sich verstohlen um, ob ihn jemand beobachtete. Aber es war niemand mehr da. Der Anzugsträger musste gegangen sein, ohne dass Léon es bemerkt hatte. Er war allein mit seinem Laptop und mit dem Polarmeer, das sich hinter dem Heck bis zum Horizont erstreckte, fahles Blau unter dem Hellgrau des arktischen Himmels.

Léon tippte «C. C. Salarius» ein und spürte, wie sich die Wärme in seinem Bauch ausbreitete, als die Suchmaschine ihre Ergebnisse ausspuckte. Viele waren es allerdings nicht, nur vier Seiten. Die meisten der Links führten zu den Webseiten von Online-Buchhändlern, die Salarius' Werke verkauften, meistens waren sie jedoch gerade nicht auf Lager.

Auf der englischsprachigen Wikipedia-Seite gab es zudem einen spärlichen Eintrag, der darüber informierte, dass Salarius ein neuseeländischer Autor war, der mit einem Pseudonym arbeitete, nach eigenen Angaben promovierter Philosoph, wobei seine Werke von der akademischen Philosophie bislang nicht zur Kenntnis genommen worden seien. Mehr biografische Angaben waren nicht zu finden, auch ein Foto oder eine Homepage schien es nicht zu geben. Sowohl der neuseeländische wie der deutsche Verlag, in dem Salarius' Werke erschienen waren, hatte keine Webseite. Vermutlich handelte es sich um kleine Ein-Personen-Betriebe oder Selbstverlage.

Auf der zweiten Seite mit Suchergebnissen fand er etwas, was vielversprechender wirkte: eine Social-Media-Fan-Gruppe, «C. C. Salarius Inofficial Fan Site». Sie hatte gut dreihundert Mitglieder. Weil Léon kein Mitglied war, konnte er jedoch keine Posts sehen. Er überlegte sich gerade, ob er eine Mitgliedschaft beantragen sollte, als ihm unter den kleinen Profilfotos der Mitglieder eines ins Auge stach: Eine sportlich wirkende blonde Frau, die sich mit dem Rücken gegen eine Schiffsreling stützte, und das von einer Sonnenbrille verdeckte Gesicht dem Licht entgegengereckt. Er erkannte sie, auch wenn er das Foto noch nie gesehen hatte und es nicht von ihm stammte. Es war Kathrin.

Sofort klickte er auf ihr Profil und sah, dass es wirklich sie war. Sie hatte ihr Profilfoto erst gestern Abend geändert und alle ihre bisherigen Posts entweder gelöscht oder sie so eingestellt, dass sie vor ihm verborgen wurden.

Also war sie noch am Leben. Und sie war auf dem Schiff, denn das Foto zeigte eindeutig die Reling der Grey. Einen Augenblick fühlte er Erleichterung aufflammen, bevor sie wieder von dem alten Paranoia-Gefühl verdrängt wurde. Wer hatte das Foto gemacht? Getaggt war niemand. Und ein Selfie konnte es nicht sein, da beide Arme im Bild sichtbar waren. Er öffnete das Bild, zoomte auf die Sonnenbrille, in der Hoffnung, irgendetwas zu erkennen, allerdings erfolglos: Zwar schien sich ein Wesen in der Linse zu spiegeln, doch war die Auflösung nicht hoch genug, als dass er mehr hätte erkennen können. Überhaupt die Auflösung. Es kam ihm oft so vor, als ob sein Leben wie ein 240p-Video ablief, 480p, wenn es hochkam, während andere in 8K operierten, alles glasklar sahen, auch, was sie mit ihrem Leben anfangen wollten.

Er rieb sich erneut die Schläfen, obwohl sie längst von der Reibung brannten, dann registrierte er sich im Kreuzfahrt-Forum und schrieb *tentoxxa* eine Privatnachricht, er würde sich sehr für die Werke von Salarius interessieren, für diese Möglichkeit einer anderen, besseren Welt, und ob er ihm weiterhelfen könne. Als nächstes bewarb er sich bei der Salarius-Gruppe um eine Mitgliedschaft. Man musste dazu einen Fragebogen ausfüllen, erklären, was einen zu C. C. Salarius geführt habe. Eine ganze Weile kaute er auf seiner Unterlippe herum. Dann schrieb er: «Die Suche nach etwas, das sich nicht weiter hinterfragen lässt.»

Am übernächsten Morgen kam es zum ersten Mal seit mehreren Tagen wieder zu einem Zwischenhalt. Die Grey ankerte vor der Bolschewik-Insel, der zweitgrößten Insel im Archipel Sewernaja Semlja, wo sich eine kleine, hauptsächlich für reiche sibirische Helikoptertouristen gedachte zollfreie Luftkursiedlung befand, die rund um die ehemalige Arktisforschungsstation Kap Baranow herum errichtet worden war.

Der Morgenhimmel war irritierend weiß, als Léon über die Aluminium-Gangway aus dem Schiff hinaustrat. Ein leichter Nieselriegel benetzte seinen neuen Windbreaker. Er hatte ihn sich gestern extra für diesen Landgang im Souvenir-Shop der Grey gekauft, zusammen mit mehreren T-Shirts, jetzt, da er keinen Zugang zum Rest seiner Kleidung hatte.

Auf dem Rücken der Jacke war ein Eisbär mit Kulleraugen abgebildet, der die spitzen Zähne zu einem Grinsen verzogen hatte und eine Diamond-Lines-Kapitänsmütze auf dem Kopf trug, Meta-Merchandise sozusagen. Sie hatten die Jacke nur noch in XL vorrätig gehabt; an Léon wirkte sie wie ein Poncho.

Er war als Allererster überhaupt vom Schiff gegangen, hatte sich bereits um sechs Uhr in der Empfangshalle vor den Ausgang gestellt, in der Hoffnung, so Kathrin abzufangen, sollte sie wider Erwarten ebenfalls von Bord gehen wollen. Vielleicht wollte sie sich ja hier am Ende der Welt absetzen, auf diesem Eiland, das erst im 20. Jahrhundert überhaupt entdeckt und noch immer verhältnismäßig wenig vom Menschen beeinflusst war, wenn man von den klimatischen Veränderungen absah, die es überhaupt erst bewohnbar machten.

Er verließ den Pier, setzte seine Füße auf die krümelige, wohl immer wieder gefrorene Erde des Eilands, und konzentrierte sich darauf, den Schiffsausgang zu beobachten. Er fröstelte mit seinen Sandalen und seinem Kurzarmhemd. Mehr als zehn, vielleicht zwölf Grad konnten es nicht sein.

Schon strömten die anderen Passagiere in bunten Funktionsjacken über die Gangway, die Arme untergehakt, fröhlich schnatternd, ohne den einsamen Endzwanziger zu beachten, der am Rand stand. Ein Meer von Köpfen, von jung bis alt. Kinder mit ihren Eltern – er glaubte, auch die alleinerziehende Mutter vom Anfang wiederzuerkennen – und Rentnerinnen und Rentner. Weiter hinten entdeckte er die blauhaarige Seniorin, die sich gestern nach seinem Befinden erkundigt hatte. Sogar einige der Mitarbeiterinnen und Mitarbeiter des Schiffs, vermutlich diejenigen, die in der Hierarchie hoch genug standen, durften sich einen Ausflug gönnen. Er sah sie, wie sie in ihren Uniformen zusammenströmten, erleichtert, die Stahlkiste verlassen zu können, auf der sich der Großteil ihres Lebens abspielte.

Nur Kathrin war nirgends zu sehen. Natürlich. Was hatte er auch erwartet? Als ob sich das Rätsel ihres Verschwindens nach so vielen Tagen von alleine lösen würde. Hallo Kathrin, wie schön, dich wiederzusehen, hattest du schöne Tage ohne mich?

Vielleicht war es ihr gelungen, weit vor ihm unbemerkt das Schiff zu verlassen. Oder vielleicht hatte sie ihn erspäht und wartete im Schiffsinneren, bis er nicht mehr vor dem Ausgang stand. Es gab viele Möglichkeiten, ihm erneut zu entwischen, und nur wenige für ihn, sie zu finden. Die Grey war groß und voller Verstecke.

Er zwang sich, den Gedanken beiseitezuschieben. Konzentrier dich, Léon. Denk an deinen Plan. Wenn Kathrin wirklich etwas zugestoßen war, blieb ihm nur, sich an eine Instanz außerhalb des Schiffs zu wenden. Das Schiff war eine eigene Welt, die einer eigenen Gesetzbarkeit unterstand, war es doch meistens in internationalen Gewässern unterwegs. Nicht jedoch, wenn es gerade ankerte.

Ein Durcheinander von Rufen auf Deutsch, Englisch, Spanisch, Chinesisch, Japanisch, Russisch. Die anderen Passagiere versammelten sich um mehrere Guides, die Wimpel mit dem Logo der Diamond Lines hochhielten. Schon marschierten sie gruppenweise los, um sich die Insel erklären zu lassen. Léon blieb zurück und sah ihnen nach, wie sie in Richtung der Siedlung schritten und zunehmend kleiner wurden.

Als sie nicht mehr zu sehen waren, setzte auch er sich in Bewegung.

Mehrere sanft steigende Pfade führten zur Siedlung hoch, die oben auf der Ebene lag. Er wählte denjenigen, der direkt zur Forschungsstation führte. Der nasse Kies knirschte unter seinen Sandalen, und er versuchte, die Kälte, die an seinen Zehen nagte, zu ignorieren.

Vegetation gab es kaum welche, nur einige blasse Flechten, die sich an die Felsen klammerten, unter denen letzte Schneereste klebten, und fahlgelbe Blumen, nicht größer als seine Hand. Ein paar Küstenseeschwalben suchten in der schwärzlichen Erde nach Nahrung.

Nach ein paar Minuten stillen Spaziergangs war er oben angelangt, wo er in einigen hundert Metern Entfernung die Reisegruppen wiedersah. Sie umstanden das Casino, einen mit kyrillischen Neonleuchtschriften ausgewiesenen Bau im Stil eines römischen Tempels. Mehrere der Gruppen verschwanden in seinem Innern, Léon wusste nicht, war es, um drinnen Roulette zu spielen oder um die grotesk hässliche Architektur zu bestaunen.

Auch sonst glich der Ort einer Fortführung des Kreuzfahrtschiffs mit anderen Mitteln: Weiter hinten war eine Duty-Free-Mall zu sehen, ein Glaskasten, der einem überdimensionierten Gewächshaus glich, daneben ein Kurhotel, das einer Kreuzung zwischen Hüpfburg und französischem Chateau glich. Ganz hinten war die Stadtmauer zu sehen, eine Befestigung aus weißem Kunststoff, die die Siedlung vor den inzwischen selten gewordenen Eisbärattacken beschützen sollte.

Die Forschungsstation, vor der er stand, passte nicht recht zu dem Ensemble neuerer Gebäude. Sie bestand aus bungalowartigen Blechgebäuden, die auf hohen Betonpfählen ruhten, und auf deren Dächern Antennen angebracht waren. Die Station war mittlerweile nicht mehr in Betrieb, sondern zum Museum umgebaut worden; schließlich gab es kaum mehr etwas in der Arktis zu erforschen. Stattdessen war sie zum Ziel von Kreuzfahrttouristen wie ihm geworden, die hier oben etwas von der Kälte spüren wollten, die der Welt abhandengekommen war.

Er ließ die Forschungsstation links liegen und ging in Richtung der Wohnzone, die abgesondert oben am Fuß eines kleinen Bergs lag. Er war der Einzige, der auf dem schlammigen Fußpfad unterwegs war. Die Sohlen seiner Sandalen machten bei jedem Schritt ein schmatzendes Geräusch. Für Touristen gab es normalerweise keinen Grund, hierhin zu kommen. Aber er hatte einen. Gestern Abend hatte er sich extra im Internet die Wegbeschreibung angesehen.

Fünfzehn Minuten später stand er verschwitzt und unterkühlt auf dem Abhang und sah hinunter. Unter ihm lag die Touristenzone mit ihrem eklektischen Mix von Gebäuden; davor, im hellen Wasser der halbkreisförmigen Bucht, die Grey.

Es war das erste Mal seit Anfang der Reise, dass er das Schiff im Ganzen betrachtete. Beim letzten Zwischenhalt auf der Halbinsel Nowaja Semlja gemeinsam mit Kathrin hatte er sich nicht einmal danach umgedreht.

Wie riesig das Schiff war. Eine schwimmende Stadt in Weiß, so hoch, dass die obersten Stockwerke nur wenige Meter tiefer lagen als der Hügel, auf dem er stand. Er sah den Pool-Bereich, in dem er mit Kathrin gewesen war, und erkannte den großen runden Party-Outdoor-Bereich in der Schiffsmitte. Wo wohl ihre Kabine lag? Keine Chance: Es gab zu viele Fenster und Balkone, und nichts, was ihr Zimmer von den anderen unterschied.

Als er den Blick über die orangen Rettungsboote schweifen ließ, die oberhalb der Mitarbeiterbereiche angebracht war, stutzte er: Waren es nicht ursprünglich zehn pro Seite gewesen? Doch, ganz eindeutig: In der Mitte klaffte eine große Lücke, so auffallend wie ein fehlender Eckzahn. Es war keine Täuschung. Ein Boot fehlte wirklich.

Er stellte sich vor, wie Kathrin und ihre Mithelfer, deren Gesichter in seiner Vorstellung verschwommen blieben, das Boot mitten in der Nacht betraten, es in die Wellen der Karasee hinunterließen und die Taue kappten, um für immer ab- und unterzutauchen.

Zwar gab es auch andere Erklärungen: Vielleicht war das Boot ganz einfach hinuntergefallen. Oder jemand anderes hatte es benutzt. Nur: Weshalb schien es niemand an Bord bemerkt zu haben? Vielleicht wollte die Grey die Sache unter Verschluss halten. Oder schlimmer noch: Vielleicht gehörte auch die Besatzung der Grey zum Salarius-Kult. Jede Rettung wäre zu spät, und gegen das ganze Schiff hätte er keine Chance.

Seltsamerweise fühlte er dennoch nichts. Es war, als ob er gar nicht da war, als ob er sich von außen sah wie einen Videospielcharakter, dessen Bewegung und Handlungen er zwar kontrollieren konnte, doch dessen Schmerz er nicht fühlte. Er nahm das fehlende Boot einfach zur Kenntnis; ein Indiz, dass seine schlimmsten Befürchtungen der Wahrheit entsprachen, so unrealistisch sie ihm bis vor Kurzem noch vorgekommen waren.

Kathrin hatte im Namen eines wahnsinnigen Neuseeländers alles gekappt, was sie mit den 34 bisherigen Jahren ihres Lebens verband, und hatte jetzt irgendwo in Nordsibirien ein neues Leben angefangen. Blieb in ihm nur noch als Teppich aus Erinnerungen.

Wenn dem wirklich so war, wenn seine Vorstellungen nicht nur Projektionen waren, sondern sich tatsächlich so abgespielt hatten, dann war nicht nur Kathrin ein Opfer, sondern auch er. Und als solches müsste er sich schützen. Diese Erkenntnis war es, die ihn dazu inspiriert hatte, online nachzusehen, ob es auf der Bolschewik-Insel eine Polizeipräsenz gab, und wie das russische Wort für Polizei lautete.

Sie war es auch, die ihn jetzt in Richtung Wohnviertel getrieben hatte, wobei Viertel eine Übertreibung war, bestand es doch nur aus zwei zwölfstöckigen Plattenbau-Apartmentblöcken in Polarblau, die vor dem schwärzlichen Berg wie außerirdische Artefakte wirkten.

Einige ihrer Bewohner sahen der komischen Gestalt im Plastik-Poncho rauchend von ihren Balkonen zu, wie sie das bungalowartige Ziegelgebäude ansteuerte, das sich zwischen den beiden Gebäuden befand.

Da war sie endlich, die Polizeistation. Léon öffnete den Reißverschluss seiner Jacke und schüttelte den Regen ab, strich sich das durchs Haar und trat ein.

Auf der Station roch es nach Kohlsuppe. Sie war spärlich eingerichtet: ein Linoleum-Boden in einer undefinierbaren Farbe, darüber mehrere nackte Glühbirnen. Rechts war ein

Schalter aus Sperrholz, davor kotzgrüne Polsterstühle. Links vor der Fensterfront saßen zwei Polizistinnen und ein Polizist an ihren Schreibtischen, alle mit demselben Kurzhaarschnitt, und verfolgten ein Eishockey-Spiel auf ihren Computerbildschirmen. Sie sahen nicht auf, als er in Richtung Schalter schritt, wo ein hagerer Polizist saß, der nicht älter als zwanzig schien und schwarze Koteletten trug, die ihn wie ein Mitglied einer Biker-Gang wirken ließen.

«Da?», machte der Mann. Er schien nicht überrascht, Léon hier zu sehen.

Léon fragte den Mann in sehr gebrochenem Russisch, ob er Deutsch oder Englisch spreche. Er hatte sich den Satz am Morgen immer wieder halblaut vorgesagt, um ihn auswendig zu lernen.

Der Mann schüttelte den Kopf.

Damit hatte Léon gerechnet. Er zückte sein Smartphone und tippte in die Übersetzungs-App ein, dass er Kreuzfahrtpassagier sei und seine Freundin seit mehreren Tagen spurlos verschwunden sei. Deshalb wolle er eine Vermisstenmeldung erstatten. Er drückte auf «Abspielen» und ließ sich den Satz von einer russischen Roboter-Stimme vorlesen.

Der Mann sah ihn mit dem Blick eines Ziegenbocks an, den man nach seiner Meinung zur Entwicklung der Aktienmärkte befragt hatte. Léon, genug geprüft von seinen Versuchen, sich auf der Grey Hilfe zu holen, war auch darauf vorbereitet. Er erkannte einen schlechten Schauspieler, wenn er ihn sah.

Noch einmal drückte er auf «Abspielen», wobei er den Mann genau beobachte. Diesmal schien er Léons Aussage verstanden zu haben, wie ein leichtes Zucken seiner Augenlider zeigte. Also streckte Léon ihm die Übersetzungsapp hin, damit er ihm antwortete.

Der Mann blinzelte das Smartphone verständnislos an.

«Hineinsprechen, Sie müssen hineinsprechen», sagte Léon, und verdeutlichte seine Aussage mit einer Handgeste.

Der Mann nickte, und murmelte etwas ins Mikrofon.

«Tut mir leid», ertönte die Roboterstimme. «Was sollen wir tun?»

Endlich einmal jemand, der Klartext redete. Wie gesagt, sagte Léon, sie sollen eine Vermisstenanzeige erstellen, am besten eine internationale. Er glaubte nicht, dass ihm eine solche Anzeige Kathrin wiederbrachte. Doch die Hauptsache war, dass er alles in seiner Macht Stehende tat, dass er immer weiter machte. Und selbst wenn die Wahlaus schon eine aufgesetzt hatten, würde er damit zeigen, wie besorgt er um Kathrin war – was ja auch stimmte.

«Sowas haben wir nicht», ertönte die Roboterstimme.

«Aber Sie sind doch die Polizei.»

Ja, das seien sie, sagte der Beamte, aber so einen Fall hätten sie noch nie gehabt.

«Bitte. Ich brauche Ihre Hilfe.»

«Das ist nicht unsere Zuständigkeit. Wir kümmern uns nur um die Insel.»

Léon sagte, das Schiff liege gerade vor Anker, und unterstehe damit sibirischem Recht.

Der Mann verzog den Mund. «Noch für drei Stunden.»

«Eben.»

Der Beamte schickte hilfesuchende Blicke zu seinen Kolleginnen und Kollegen, aber sie schienen nicht gewillt, einzuschreiten.

«Wenden Sie sich an jemanden auf dem Schiff», sagte er schließlich, und Léon spürte, wie es ihm beim Gedanken kalt den Rücken herunterlief. Das war das Letzte, was er wollte. Er dachte an den Sicherheitsbeamten, der ihm nachgestellt hatte, dachte an seine Verbannung aus der Kabine. Die steckten doch alle unter einer Decke.

Das habe er schon, log er, «und man hat mir mitgeteilt, ich solle mich an Sie wenden, wenn wir ankern.»

«Verstehe», sagte der Polizist.

«Können Sie mir helfen?»

«Nein.»

Léon spürte, wie sich sein Kiefer schon wieder verspannte. Am liebsten hätte er den Kerl am Kragen gepackt und geschüttelt, aber das wagte er nicht. Seine Kameradinnen und Kameraden würden einschreiten, ihm kalte Handschellen anlegen und er würde die Nacht hier in einer Zelle verbringen müssen, während die Grey ohne ihn weiterzöge.

Andererseits könnte er die Rückkehr einfach komplett bleiben lassen, dachte er. Könnte sich hier auf der Insel unter einem anderen Namen niederlassen, seinen Pass verbrennen, Russisch lernen und als Concierge im Luxushotel oder Kellner im Restaurant arbeiten. Es wie Kathrin machen und alles hinter sich lassen. Auch wenn sie sich nie wiedersehen würden, würde zumindest das sie verbinden.

Denn überhaupt, was erwartete ihn zu Hause? Bestenfalls ein durchschnittliches Leben als Englischlehrer, vierzig Jahre oder mehr bis zur Rente, während die Jugendlichen sich hinter seinem Rücken über ihn lustig machten, weil er weder Partner noch Partnerin hatte, sondern noch immer seiner Kathrin nachtrauerte, obwohl sie längst von aller Welt vergessen worden war. Eine unscheinbare, graue Existenz. Das war der Best Case. Im schlimmsten Fall würde er verhaftet und sein Leben lang für ein Verbrechen büßen, das er nie begangen hatte, erst im Gefängnis und später als für immer gezeichneter angeblicher Mörder.

Er spürte einen Arm auf seiner Schulter. Als er sich umdrehte, stand eine der Polizistinnen hinter ihm. Sie lächelte ihn beinahe mütterlich an. Er hielt ihr das Smartphone hin, und sie sprach hinein.

«Bitte gehen Sie», sagte sie, «Sie sind uns unangenehm.»

Wer, so wie das einige der Passagiere und Passagierinnen taten, das Schiff nicht verlassen hatte, sondern auf der Reling die Polarsonne genoss, und wer dabei den Blick im rechten Moment nach unten auf die Gangway gesenkt hätte, der hätte am Nachmittag einen langhaarigen Mann mit Ziegenbärtchen und einer überdimensionierten Regenjacke mit gesenktem Kopf Richtung Schiffseingang schlurfen sehen können.

Wer gleichzeitig wie er ins Schiff zurückkehrte, und auf ihn geachtet hätte, der hätte zusätzlich wahrgenommen, dass der Mann es vermied, Blickkontakt mit irgendeinem Wesen aufzunehmen, und dass ein süßlicher Hanf-Geruch von ihm ausging. Er schien in sich gekehrt, fast, als lebe er in seiner eigenen Welt; doch tatsächlich sah Léon niemand von der Reling zu, noch waren andere Menschen auf dem Pier, weshalb der Einzige, der seine Rückkehr auf die Grey miterlebte, er selbst war.

Nachdem ihn die Beamten aus der Polizeistation verscheucht hatten, war Léon einem Fußpfad gefolgt, der ihn noch weiter weg von der Touristen- und der Wohnzone auf den kleinen Berg gebracht hatte, und dann hatte er sich mit zittrigen Fingern einen Joint gerollt, wobei es ein Wunder war, dass er ihn überhaupt zum Brennen brachte, trotz der Brise, die ihm immer wieder die Kapuze runterriss, und trotz des Nieselregens. Aber wo ein Wille war, war auch ein Weg.

Danach hatte er, hungrig geworden, in der Mall eine Filiale der Fast-Food-Kette *Teremok* aufgespürt, mehrere Blinis verschlungen und mit einer großen Pepsi heruntergespült.

Jetzt lag er in seiner Höhle im Schiffsbauch, die noch immer leicht nach Seetang roch, seinen Laptop auf den Knien, und öffnete *The Somber Prophecy*. Er wollte herausfinden, ob es den Glitch, von dem ihm Willem erzählt hatte, wirklich gab, oder ob auch er nur eine Illusion war, wie so vieles, was ihm in den vergangenen Tagen begegnet war.

Er öffnete das Programm und spürte, wie ein Prickeln seine Wirbelsäule herunterschoss, als die Titelmelodie erklang, die an eine Wagner-Ouvertüre erinnerte. Schon war der Start-Screen zu sehen, der schwarz in grau eine Karte des verwunschenen Kontinents zeigte, auf dem das Game spielte. Das ließ ihn nostalgisch werden. Er dachte an die Sommer seiner Pubertät, die er zum Großteil im elterlichen Arbeitszimmer vor dem Computer verbracht hatte. Objektiv betrachtet mochte er keine allzu glückliche Jugend gehabt haben. Dennoch war sie schön gewesen, zumindest in seiner Erinnerung.

Er drückte auf «Start» und entschied sich beim Character-Customization-Screen erst für eine Kriegerin, die zur *Race* der Minotaurier gehörte, um dann doch auf eine Dunkelelfe umzuschwenken. Wenn er sich richtig erinnerte, konnten die länger unter Wasser atmen.

Schon erschien die *Cutscene*, die er in- und auswendig kannte: Die Hauptfigur erwacht in vollkommener Dunkelheit und merkt nach kurzer Zeit, dass sie sich in einem Sarg befindet. Panisch hämmert sie mehrfach gegen dessen Deckel, bis der bricht. Ein erschrockener Totengräber hält die Kutsche an, auf der sich der Spieler befindet, und entschuldigt sich bei der Hauptfigur, man habe sie für tot gehalten, nachdem sie zwei Wochen lang im Seuchenhaus in Quarantäne gelegen habe. Ein Wunder sei es, dass man noch lebe, schließlich überlebe niemand den Purpurnen Tod. «Die Götter müssen dir gewogen sein, Fremde.»

Natürlich hatte die Hauptfigur durch die Krankheit nicht nur alle ihre Kräfte verloren, sondern auch ihre Identität vergessen, und natürlich würde gegen Ende des Spiels ans Licht kommen, dass sie wahlweise die uneheliche Tochter oder der uneheliche Sohn des Kaisers war.

Léon brachte das Tutorial, bei dem einem der Totengräber auf dem Friedhof beibringt, wie man gegen Untote kämpft, schnell hinter sich, und rannte stracks in den Nebel hinein, der anfangs, bis man nämlich in der dritten Mission der Hauptkampagne einen Fluch gebrochen hatte, den Großteil der Karte umgab, ohne sich um die Anfangsmissionen zu kümmern, die ihm das Spiel empfahl.

Er kannte die Spielwelt in- und auswendig. Es sollte also ein Leichtes sein, zum See zu gelangen. Normalerweise würde man ihn erst nach dem ersten Viertel der Hauptkampagne finden, da sich auf einer Insel im See auch die Reichshauptstadt befand, aber das war ihm egal. Er wich sämtlichen Gegnern aus, die auf dem Weg zur Karte spawnten, war er doch noch auf Level 1 und trug bloß sein Totenhemd plus den alten Säbel, den ihm der Totengräber geschenkt hatte.

Als er an einem Baum vorbeikam, an dem mehrere aufgeknüpfte Banditen von Fliegenschwärmen umgeben vor sich hin baumelten, wusste er, dass er auf dem richtigen Weg war.

Ein paar Schritte weiter nach Osten, schon wechselte die Musik zum Thema des Kaiserreichs, der Nebel lichtete sich ein wenig, und das Seebecken erschien. Weiter hinten war die Reichshauptstadt zu sehen, ein Ensemble aus schwarzen Marmorgebäuden. Am Horizont erstreckten sich mehrere vor sich hin rauchende Vulkane.

Er ließ seine Figur mehrere Stunden am Ufer warten, bis es im Spiel Mitternacht war, legte dann den Säbel ab und ließ seinen Charakter in den See steigen, wobei er sich über die schlechte Animation des Wassers und die abgehackten Bewegungen seiner Figur beim Schwimmen amüsierte.

Er musste lange nach der Stelle suchen. Als er kurz davorstand, die Mitte zu erreichen, und hinunterzutauchen, passierte etwas Seltsames: Mit einem Röcheln brach seine Figur mitten im Schwimmen zusammen. Langsam sank die Leiche auf den Grund, dann informierte ihn ein schwarzer Screen, dass er gestorben sei.

So etwas sollte eigentlich nicht passieren dürfen, da die Figuren unbegrenzt lange schwimmen konnten. Es musste ein Bug sein. Zum Glück hatte er kurz vorher gespeichert. Doch als er noch einmal versuchte, starb seine Figur erneut mitten im Tauchgang.

Beim dritten Anlauf ging er anders vor: Er wartete nicht bis Mitternacht am Ufer, sondern stieg direkt ins Wasser, und wartete erst, als er bereits in der Mitte des Sees war. So schien sich der Bug umgehen zu lassen. Er speicherte noch einmal, regelte die Helligkeit auf die höchste Stufe, und tauchte dann hinunter. Nervös nahm er wahr, wie der blaue Balken, der anzeigte, wieviel Luft er hatte, rasend schnell kleiner wurde. Vielleicht hätte er sich vorher einen Taucher-Trunk besorgen sollen, der es erlaubte, zwei Minuten unter Wasser zu atmen.

An Algengewächsen und einem geborstenen Wrack mit mehreren Skeletten vorbei schwamm er gen Grund – und erblickte tatsächlich drei Raubfische, die in einer Dreiecksformation um einen Felsen kreisten. Willem hatte also die Wahrheit gesagt.

Léon schwamm auf die Fische zu, die sofort zähnefletschend auf ihn zuschossen. Unheilvolle Chormusik erklang. Der Luftbalken war fast aufgebraucht, aber zum Glück verbrauchten die Figuren auf der niedrigsten Schwierigkeitsstufe während des Kampfes keine Luft. Er traktierte die Fische mit bloßen Fäusten, während sie nach seinen Beinen schnappten. Blut strömte ins Wasser, und seine Figur gab ein mechanisches, gleichzeitig fast schon lustvoll klingendes Ächzen von sich. Zwar hatte er alle seine Fähigkeitspunkte am Anfang absichtlich in den Faustkampf gesteckt, aber die Fische waren trotzdem kaum zu besiegen: Er starb vier Mal, und musste wieder von vorne anfangen, zunehmend genervter werdend.

Beim fünften Mal glückte ihm der Kampf. Einer nach dem anderen trieben die Fische an die Wasseroberfläche, und sein Charakter blieb allein zurück. Nun war der Moment der Wahrheit. Und tatsächlich: Der Felsen, über dem er gegen die Fische gekämpft hatte, fing an, seltsam zu zucken, sich durch den Seeboden zu senken und wieder hochzutauchen.

Léon schwamm auf ihn zu, und wollte ihn ansprechen. Der Luftbalken allerdings, der pausiert hatte, lief jetzt weiter ab, sodass seine Figur just in dem Moment, als sie direkt vor dem Felsen war, röchelnd verendete. Verdammte Scheiße.

Weil er nicht nach dem Kampf gespeichert hatte, musste er erst den ganzen Kampf noch einmal durchstehen, wofür er erneut mehrere Versuche brauchte. Als er es erneut geschafft hatte, speicherte er sofort, doch die paar Sekunden, die er dafür brauchte, kosteten ihn wertvolle Luft.

Sein Balken war praktisch leer, als er noch einmal auf den Felsen zuschwamm, doch auch diesmal starb er, bevor er es schaffte. Es war beinahe, als wollte das Spiel ihn davor warnen, den Felsen zu erreichen. Léon probierte es noch einige Male, aber es war unmöglich: Er hatte zum falschen Zeitpunkt gespeichert und die Luft reichte schlichtweg nicht aus. Es hatte keinen Zweck. Nicht einmal das kriegte er hin.

Er knallte den Laptop zu und hätte ihn am liebsten auf den Boden geworfen. In dem Moment schob sich das Mitarbeiterzimmer wieder in sein Bewusstsein, und mit ihm das Schiff, Kathrin, die Wahlaus und seine aussichtslose Lage. Léon beschloss, ins Compañeros zu gehen, und sich einen

Frozen Margherita zu bestellen. Wenn er schon auf sein Verderben zusteuerte, wollte er dabei wenigstens angesäuselt sein.

Was seine Spielfigur anging, würde er sie erst aufleveln müssen, um es dann noch einmal zu versuchen. Ehrliche Arbeit, der typische Gamer-Grind. Das war der einzige Weg. Wenn es doch im echten Leben auch nur so einfach wäre.

Der Schlaf wollte und wollte nicht kommen. Womöglich lag es am Frozen Margherita, womöglich an den nervösen Schwingungen, die vom Schiff ausgingen, am wahrscheinlichsten aber an ihm selbst. Jeder Mensch war seines Glückes Schmied, und wer nicht einschlafen konnte, strengte sich eben nicht genug an.

Und doch: Alles störte ihn. Das Blinken des Rauchmelders fühlte sich an, als würde ihm jemand mit der Taschenlampe unaufhörlich ins Gesicht leuchten, und auf dem ansonsten menschenleeren Gang waren ständig Schritte zu hören, fast, als würde man ihn belauern. Sein Kreuz schmerzte von der dünnen Matratze, und außerdem fürchtete er, dass Willem auftauchen könnte, um ihm noch den letzten Rückzugsraum zu nehmen. Die Zimmer-Karte hatte er ja vermutlich immer noch.

Er wälzte sich wohl mehrere Stunden hin und her, nur um jedes Mal, wenn er kurz davorstand, endlich zu entschlummern, wieder aufzuschrecken, weil er glaubte, dass jemand die Tür öffnete. Schließlich gab er auf. Es hatte keinen Wert. Lieber machte er einen Spaziergang an der frischen Luft.

Unterwegs in die oberen Gefilde der Grey musste er an die nächtlichen Spaziergänge von Kathrins Wohnung zurück in seine WG denken, von der einen Stadtseite auf die andere, an den erleuchteten Schaufenstern von Billig-Kleidergeschäften und Dönerbuden vorbei über das dunkle Band des Flusses und am alten Grenzbahnhof entlang den Hügel hoch. Im ersten Jahr ihrer Beziehung hatte sie oft darauf bestanden, dass er nach dem gemeinsamen Abendessen wieder in seine Studentenhöhle zurückkehrte, so, als verwandle sie sich nachts in ein Ungeheuer, das er nicht zu Gesicht bekommen durfte.

Erst mit der Zeit gab sie seinem Drängen nach, und schließlich übernachtete er Woche für Woche zwei bis drei

Tage bei ihr, bevor er wieder auf seine eigene Flussseite wechselte. Doch im vergangenen Jahr war ihre stillschweigende Vereinbarung allmählich erodiert. Meist schützte sie vor, sie schlafe schlecht, wenn er neben ihr lag, es sei zu heiß, zu laut oder schlichtweg zu anstrengend, sich das Bett mit jemand anderem zu teilen. So war er in den vergangenen Monaten wieder öfters spätabends nach Hause getrottet, immer noch Student, immer noch Höhlenbewohner, wenn auch mit ersten Fältchen auf der Stirn.

Schon stand er auf dem Außendeck und fröstelte im Licht der Sterne, der Mond ein dummes großes Bleichgesicht. Die salzige Brise, die ihm durchs Haar strich, tat gut. Sie verhinderte, dass man stehen blieb, trieb dazu an, die Reling entlangzugehen. Es war das erste Mal seit Kathrins Verschwinden, dass er hier oben war, und er merkte, wie es ihn entspannte. Die Nacht forderte nichts von ihm. Sie machte weder Versprechungen noch Hoffnungen, sondern war einfach nur kalt, darin aber immerhin ehrlich.

Außer ihm schien niemand hier zu sein. Die anderen Passagiere schliefen wohl alle tief und fest, erholten sich von einem anstrengenden Tag voller Konsum- und Freizeitentscheidungen. Es war herrlich. Als Siebzehnjähriger hatte er einmal heimlich den Wecker auf drei Uhr morgens gestellt, um mitten durch die Nacht hindurch zu spazieren, von Dorf zu Dorf den Berg hinunter in Richtung Stadt. Er hatte sich dabei eingeredet, er sei der letzte Mensch, eine Vorstellung, die noch immer etwas Tröstliches hatte, auch wenn er nicht wusste, weshalb. Vielleicht, weil ihn so niemand verurteilen könnte. Es war auch nicht schwer zu glauben gewesen damals auf dem Spaziergang: Die Fenster waren dunkle Münder, die Dorfstraßen wie leergefegt.

Léon lehnte gegen die Reling, schloss die Augen, und stellte sich vor, dass er die Grey für sich allein hatte, und sie ohne sein Zutun über die Meere glitt, eine Gebärmutter aus Stahl, die ihn vor all den Zumutungen der Welt schützte. Vermutlich könnte er eine halbe Ewigkeit hier überwintern, so voll, wie die Warenlager sein mussten.

Er folgte der Rennbahn, die Kathrin immer genommen hatte, und passierte den Poolbereich. Die Sonnenliegen waren zusammengeklappt worden, die Schirme weggesperrt, der Pool mit Planen abgedeckt. Die Reederei suchte so wohl zu verhindern, dass jemand nachts darin umkam.

Léon ging einige Schritte weiter Richtung Heck, als er plötzlich Schritte hörte. Weiter vorne, am Ende des Schiffs, war eine Gruppe sonst stummer Gestalten aufgetaucht. Er konnte sie bei der schwachen Beleuchtung kaum ausmachen. Es mussten gut dreißig Menschen sein. Sie schienen ihn nicht bemerkt zu haben.

Vorsichtig näherte er sich einige Schritte und drückte sich gegen die Wand eines Schuppens, wie in den Stealth-Videospielen seiner Jugend, in denen es darum ging, in den Schatten zu verschwinden, etwas, das ihm auch im wahren Leben leicht fiel: An den WG-Partys ihrer Freunde, an die Kathrin ihn immer mitgeschleppt hatte, war sie jeweils von Grüppchen zu Grüppchen gestreift, hier ein Lachen, dort ein Schulterklopfen hinterlassend, während er am Buffet gestanden, auf sein Handy gestarrt hatte und durch die neusten Katastrophenmeldungen der News-Portale gescrollt war, wie um sich zu beweisen, dass es ihm verglichen zum Rest der Welt so schlecht doch nicht ging, auch wenn ihre Freunde, Kind erfolgreicher Eltern wie Kathrin selbst, kaum je auf ihn eingingen, wenn er etwas sagte.

Die Gruppe bildete jetzt eine Traube, wobei sie ihm den Rücken zukehrte. Sie versammelten sich um zwei Menschen, die auf einer Art Podest standen. Niemand sprach ein Wort, sie blieben stumm wie Fische. Die beiden Anführer rissen die Arme über den Kopf und ließen sie kreisen, und die Gruppe tat es ihnen gleich. Sie rissen die Oberschenkel hoch und stapften mit den Füßen, und die Gruppe folgte. Geisterhaft hoben sich ihre Bewegungen von der Dunkelheit ab. Es wirkte, als ob eine KI, die man mit Videoaufnahmen von Aerobic-Kursen gefüttert hatte, selbst ein solches produziert hatte. Als ob Léon dem Traum des Schiffes selbst beiwohnte.

Er konnte nicht anders, er musste näher heranrücken, auch wenn es eine dumme Idee war. Der Wind trug ihm den Ambra-Geruch entgegen, den er bereits zur Genüge kannte. Vielleicht handelte es sich dabei um Gift, ein Nervengas, eine toxische Mischung, um Menschen gefügig zu machen oder langsam in den Wahnsinn zu treiben. Oder vielleicht war es bloß ein schiffseigenes Parfüm, eine Art Diamond-Lines-Pheromon, das die Schiffangestellten von den Passagieren unterschied.

Nun, da er näher an die Gruppe getreten war, sah er, dass sie alle schwarze, hautenge Kleidung trugen, Neopren vermutlich. Noch immer waren sie alle so still, dass sie seine Schritte leicht hätten hören können, unmenschlich still. Sein Herz schlug so laut, dass er es zu hören glaubte. Am liebsten hätte er es ausgeschaltet. Er zwang sich, nicht zu laut zu atmen.

Es kam ihm vor, als bekomme er ein Ritual mit, das nicht für Sterbliche wie ihn bestimmt war. Dabei waren es vielleicht nur Sportler. Ja, das musste es sein. Nacht-Fitness, Dark Aerobic, Luna Zumba, sowas in der Art, ein neuer Internet-Trend.

Nur hatte es nicht den Anschein, als wären sie hierhergekommen, um Sport zu treiben. Es sah eher aus, als würden sie sich auf etwas vorbereiten. Überall wurde koordiniert, wurden Menschen zu einer gemeinsamen Bewegung zusammengeführt, zu einem Schwarm, nur er blieb außen vor.

Die Gestalten hatten inzwischen die Hände an ihre Hüften gelegt und tanzten eine Art Mischung aus Stepptanz und Linedance, wobei sie weiter Richtung Meer blickten. Ihre Bewegungen waren perfekt synchronisiert und wirkten unnatürlich. Sie bewegten sich eine Spur zu abgehackt, zu ruckartig, und er hätte schwören können, dass es einem Menschen nicht möglich war, die Beine so hoch zu schwingen, wie sie das taten. Unwillkürlich musste er an die Glitches in *The Somber Prophecy* denken. Fehlte nur noch, dass sich ihre Glieder urplötzlich in die Länge zogen oder ihre Leiber im Boden versanken.

Auf einmal wirbelten die Wesen im Tanz herum, und im Mondlicht blitzten ihm ihre Gesichter entgegen. Sie waren kahl und aschfarben. Sämtliche Haare schienen ihnen ausgefallen zu sein. Es war unmöglich zu sagen, ob sie ihre Haut bloß bemalt hatten oder sie sich wirklich verfärbt hatte. Sie erinnerte ihn an ein Foto, das er einmal gesehen hatte, von einem rechtsextremen amerikanischen Spinner, der 20 Jahre lang Silberwasser getrunken hatte, weil er glaubte, sich so angesichts der drohenden Apokalypse vor Infektionen schützen zu können, und dessen Haut dadurch einen irreversiblen Indigoton angenommen hatte.

Die Gruppe schien ihn nicht erspäht zu haben, sondern starrte an ihm vorbei.

Plötzlich fiel ihm eine der Personen ins Auge. Ihre Art, die langen Arme pendeln zu lassen, war unverkennbar, ebenso wie die schmalen Lippen und das Septum-Piercing in ihrer Nase. Es war Kathrin, ganz eindeutig. Ein bitteres Gefühl trat auf seine Zunge, wie nach dem Erbrechen. Sie gehörte jetzt zu den anderen, war wirklich übergelaufen, hatte sich der Leere überantwortet, dachte er.

Das konnte doch alles gar nicht sein. Das war nicht real, dachte er. Im selben Moment drehte sich die Gruppe wieder um. Wie auf ein Signal, das er nicht hören konnte, Infra- oder Ultraschall, schlugen sie die Hacken zusammen und klettern dann auf die Reling. Schon standen sie oben wie Vögel auf einer Stange und starrten auf das Meer, als würde es zu ihnen sprechen. Panik stieg ihn ihm auf. Wollten sie springen? Selbst wenn nicht würde ein Stoß ausreichen, um sie stürzen zu lassen. Die Schiffschraube würde sie zerfetzen.

Ohne zu überlegen, stand er auf und formte mit den Händen einen Trichter. Sein ganzer Körper spannte sich an, um einen Resonanzboden zu formen. Dann rief er Kathrins Namen, rief ihr zu, er sei es, Léon, sie solle sofort runterkommen, er habe sie gesucht und sie müssten reden.

Die Gruppe erstarrte. Die Frau, die er für Kathrin hielt, sprang von der Reling auf den Boden und machte einige Schritte auf ihn zu. Ihre Blicke trafen sich. Sie schien ihn nicht zu erkennen. Unverwandt starrte sie ihn an, starrte durch ihn hindurch, als versuchte sie, sich zu besinnen. Ihre Gesichtszüge sahen ohne Haare seltsam verfeinert aus, reduziert auf das, was sie ausmachten, was alle ausmachte: Nase, Augen, Ohren, Mund.

Er sei es, rief er, und ob sie ihn nicht erkenne, aber sie reagierte nicht, sondern sah ihn weiterhin an. Im selben Moment sprang der Rest der Gruppe von der Reling herunter und bildete eine dichte Traube um Kathrin, um sie vor seinen Blicken zu beschirmen. Als wäre sie ein Art Allerheiligstes.

Sie solle aufwachen, rief er, solle zu ihm zurückkommen, aber das tat sie nicht. Stattdessen marschierte die Gruppe auf ihn zu. Als er zurückwich, fiel er um. Auf dem Boden liegend sah er, wie sie wortlos auf ihn zu rannten. Schon hatten sie ihn eingekesselt.

Ihre Hände fanden wie von allein zueinander und bildeten eine Kette aus Leibern, die er nicht würde durchbrechen können. Ihre Augen fixierten ihn, als sei er ein Schmetterling, den es aufzuspießen galt. Es roch so stark nach Ambra, das ihm davon schwindlig wurde. Es gab kein Entkommen.

Einige der Fratzen, die sich über ihm auftürmten, kamen ihm bekannt vor. Er glaubte, Willem zu erkennen, die Kapitänin sowie die Rezeptionschefin und die Mutter vom Pool zu sehen. Er sah zu ihnen hoch und stammelte etwas, wollte sich entschuldigen, vielleicht würden sie ja verstehen, dass er es nicht böse gemeint hatte, aber es hatte ihm die Sprache verschlagen.

Immer enger schnürte sich der Gürtel von Leibern um ihn. Seine Bauchmuskeln verkrampften sich und er merkte, wie er zu hyperventilieren begann. Jemand packte ihn unter den Armen und riss ihn hoch. Schon pressten sich die fremden Körper so dicht gegen seinen, als wollten sie sämtliches Wasser aus ihm herausdrücken. Dazu gaben sie eine Art Summen von sich, eine einzige, tiefe Note, die er tief im Bauch spürte. Bald konnte er nicht mehr sagen, wo er aufhörte und die anderen begannen. Sie waren zu einer einzigen Masse verschmolzen.

Er hatte das Gefühl, vor lauter Fleisch keine Luft mehr zu bekommen und hörte sich um Atem ringen. Er würde ersticken. Sie wollten ihn ersticken. Ersticken und über Bord werfen. Léon nahm alle Kraft zusammen, riss den Mund auf und versuchte zu schreien, aber es war, als ob selbst das nicht mehr ginge, als ob er komplett verstummt wäre – kein Geräusch kam aus seinem Mund.

Léon riss die Augen auf. Er lag auf seiner Pritsche, die Decke musste auf den Boden gefallen sein. Er zitterte am ganzen

Leib. An seinen Beinen spürte er eine brennende Flüssigkeit: Er hatte sich im Schlaf eingepisst.

Zumindest war das die wahrscheinlichste Erklärung.

Auch nachdem er seinen besudelten Körper in der Mitarbeiterdusche so lange abgeschrubbt hatte, bis sich die Haut rötete, und dann mangels Alternative in seine nicht mehr besonders frische Cordhose gewechselt hatte, blieb ein Gefühl der fundamentalen Unreinheit bestehen.

Zurück im Zimmer hielt er sich die vollgepinkelte Hose vor die Nase. Er hätte schwören können, neben der Urin- auch eine Ambra-Note zu riechen. Der Geruch der Salarius-Anhänger. Andererseits wusste er nicht, ob er seiner eigenen Nase trauen konnte. Sein Geruchssinn war noch nie der beste gewesen. Er wusste nicht, ob es überhaupt noch etwas oder jemandem gab, dem er trauen konnte.

War das Erlebte wirklich nur ein Traum gewesen? Konnte es nicht vielmehr sein, dass es wirklich geschehen war? Vielleicht hatten sie ihn, nachdem er bewusstlos geworden war, in sein Bett getragen, damit er sich einreden würde, dass es bloß ein Traum gewesen war? Alles war möglich. Kathrin war das beste Beispiel: Was vor drei Tagen noch eine Frau aus Fleisch und Blut gewesen war, ein Exemplar der Gattung *Homo sapiens sapiens*, das zumindest ihm die Welt bedeutete, verkam schleichend zur Chimäre, zu zusammenhangslosen Erinnerungsfetzen, Zweifel und Verfolgungswahn. Dass auch ihre Nummer ungültig geworden war und sich die Spuren aufgelöst hatten, die sie im Netz hinterlassen hatte, tat sein Übriges dazu.

Wenn er wenigstens hätte sagen können, was er sich davon erhoffte, sie zu finden. *Closure* vielleicht. Einen Knoten, um die einzelnen Fäden ihrer Geschichte davon abzuhalten, vollkommen auszufransen, auch wenn sie vorüber war.

Kathrin könnte er verlieren, auch wenn ihm der Gedanke schwer wie eine Kanonenkugel im Bauch lag. Ihre Beziehung war vermutlich nicht mehr zu retten. Aber selbst wenn ihre Geschichte nun endete, wollte er der Co-Autor dieses Endes bleiben. Indem Kathrin sich ohne Ankündigung aus dem Spiel genommen hatte, hatte sie die Partie zwischen ihnen jäh unterbrochen, ihn allein vor dem Spielbrett zurückgelassen, lauter Regeln im Kopf, ohne jedwede Möglichkeit, zum nächsten Zug zu gelangen. Wenn es ihm nicht gelang, sie zu finden, gäbe es keine Geschichte ihres Zusammenseins mehr, sondern bloß eine Aneinanderreihung von Fragmenten und einzelnen Szenen, ohne dramatischen Bogen, der sie zusammenhielt.

Und außerdem würde er wohl als Mörder verurteilt. Bei dem Gedanken hätte er sich am liebsten wieder einen Joint gedreht. Aber der Versuchung widerstand er diesmal lieber – auch, weil sein Haschisch langsam knapp wurde. Stattdessen stieg er hoch in die Touristen-Gefilde, auch wenn er sich dort zunehmend so fehl am Platz vorkam wie ein Bergmann, der aus einem Minenschacht direkt in eine Opern-Gala aufsteigt.

Eine Viertelstunde später stand er auf dem Außendeck. Er hatte denselben Weg genommen wie in seinem Traum. Der Himmel war voller kleiner Wölkchen, und die Brise trieb ihm die Tränen in die Augen. 10:30 Uhr. Es herrschte viel Betrieb. Alle paar Sekunden keuchten Jogger an ihm vorbei, Kinder kreischten und überall brieten Körper vor sich hin. Beinahe konnte er sie brutzeln hören.

Bei dem Gedanken bekam er Hunger. Sein Bauch war so leer, wie sich sein Leben derzeit anfühlte. Wenigstens dieser Leere ließ sich abhelfen.

Er ging zu einer Bretterbude, die Analog-Backfischbrötchen verkaufte, und bestellte zwei Brötchen und eine große Zitronenlimo. Dann ließ er sich in eine der wie zufällig platzierten Strandliegen fallen und schlang seine Mahlzeit herunter, ohne sie wirklich zu schmecken. Eine Küstenseeschwalbe, die womöglich seit der Bolschewik-Insel mit dem Schiff mitzog, landete vor ihm auf dem Boden und pickte die Krümel auf. Er ließ sie gewähren.

Als das nagende Hungergefühl verschwunden war, zog er sein Smartphone hervor, nahm den Flugmodus raus und loggte sich ins Schiffs-WLAN ein. Benachrichtigungsfenster ploppten auf wie Luftblasen aus der Tiefe eines Sumpfs. Die Wahlaus hatten erneut drei Mal angerufen. Er beschloss, ihre Nummern zu blockieren. Es machte so oder so keinen Unterschied. Sie würden ihre Meinung von ihm und seiner grundsätzlichen Schuld nicht mehr ändern.

Als Nächstes checkte er seine E-Mails. Das meiste war uninteressant. Eine Erinnerung, dass ihm noch wenige Tage blieben, um sich an der Uni wieder einzuschreiben, und er sonst exmatrikuliert würde. Eine Kettenmail, die ihm seine Tante geschickt hatte, irgendwas mit Vergiftungen durch Klimaanlagen. Er löschte sie, ohne zu lesen. Die dritte Mail war vielversprechender: *Tentoxxa* hatte ihm geantwortet. Er schrieb:

«hi. ehrlich gesagt beschäftige ich mich seit einer weile nicht mehr mit salarius. ich würds dir auch nicht empfehlen. eine zeit lang war ich voll auf dem trip und das hat mir nicht gutgetan. salarius ist fucking weird. er glaubt, dass die evolution bisher ein irrtum war. vor allem das, was er ‹den urfehler› nennt, nämlich als die ersten fische an land gegangen sind. er will, dass wir alle ins meer zurückkehren, in die ursuppe, und dass wir die sprache hinter uns lassen. das ist für ihn wie eine zweite chance. mir ging es damals nicht so gut und das hat für mich toll geklungen. dabei ist das bullshit. er sagt, dass man mit genug training wieder unter wasser leben kann, auch als säugetier, wie delfine oder so. die apnoetaucher seien bereits auf dem weg dazu. alles lügen, wenn du mich fragst.

und zu der anderen frage. nein ich bin nicht mehr auf der grey. ich bin aus der branche ausgestiegen. das ist so eine crazy scheinwelt, und wenn du lange genug drin bist, verlierst du den kontakt zur realität. ich hab auch mit den falschen leuten abgehangen.

ich hoffe, ich konnte dir damit weiterhelfen. vergiss salarius am besten.»

Léon legte das Handy in den Schoß, sank tiefer in die Strandliege und starrte den Himmel an. Ihm war, als ob die Wolken über ihm archaische Urwesen formten, Quastenflosser und Tiefseeschnecken. Darum ging es also bei Salarius. Der Vorschlag kam ihm so absurd vor, dass niemand ihm ernsthaft anhängen konnte. Und trotzdem war er sich zunehmend sicher, dass Salarius, Kathrins Verschwinden und die Art, wie man ihn auf der Grey behandelte, zusammenhingen. Er war die Fugenfüllung, der Superklebstoff, der die disparaten Versatzstücke seiner Wahrnehmung zusammenhielt.

Er öffnete *BLIP*, eine alternative Suchmaschine, die versprach, mehr Ergebnisse zu liefern als der Rest, und tippte Salarius' Namen ein. Immerhin 145 Ergebnisse. Bei den meisten davon handelte es sich um Einträge in diversen Foren und Subreddits. Auch auf 4chan wurde Salarius mehrfach erwähnt. Dennoch schien er ein Nischenthema zu sein.

In den Foren – das Spektrum reichte von Programmier- und Videospielforen über solche, die sich mit dem Okkulten beschäftigten, teils ironisch, teils ernsthaft, bis hin zu Polit-Foren, die eindeutig abseitigen politischen Positionen zuzuordnen waren, dem Anarcho-Primitivismus etwa, dem Posadismus oder dem Neo-Monarchismus – wurde Salarius hauptsächlich als *weird shit* abgefeiert, wobei sich nicht eruieren ließ, wie ernst den Userinnen und Usern damit war. Die meisten schienen sich auf die altbekannte Internet-Methode zu stützen, stets offen zu lassen, ob ihre Äußerungen nur ironisch gemeint waren oder nicht. Viele User posteten Memes, die Urzeit-Fische oder Einzeller zeigten. *Reject humanity, return to primordial soup.*

Der Konsens schien zu sein, dass Salarius' Bücher von einem Troll geschrieben worden waren, der seine Leserschaft verwirren wollte, irgendeinem im Keller hausenden *neckbeard*, der sich einen Spaß daraus machte, die ohnehin schon vor sich hin taumelnde Welt außerhalb seines Lochs noch weiter zu verwirren.

Andere User behaupteten, dass es tatsächlich mehrere Suizide gegeben habe, die durch Salarius' Schriften verursacht worden waren. Zwei finnische Teenager, die sich die Taschen mit Steinen gefüllt hatten und in einen See gesprungen waren, sowie ein Franko-Kanadier, dessen Sprung von Bord während einer Atlantik-Überfahrt mit den *Moldavite Lines* anscheinend von Salarius inspiriert worden war. Zumindest wäre das Buch in seinem Zimmer gefunden worden. Natürlich gab es nirgendwo einen Beleg für diese Behauptung, und doch fühlte Léon, wie ihn der Verdacht elektrisierte – ein Stoß, der von den Zehenspitzen bis in den Kopf schoss und ihn in seiner Strandliege gerade aufrücken ließ.

Konnte es sein, dass Kathrin bei ihren Recherchen auf Salarius gestoßen war? Dass sie ihn als abstruses Beispiel für die Weltverachtung hatte anführen wollen, mit der sie sich beschäftigte, nur um in den Bann seiner Ideen zu geraten? Das nächste Extrem, in das sie sich stürzen konnte, ein geistiges, nachdem all die Versuche, einem körperlichen High nachzujagen, vom Bungeejumping und Höhlentauchen bis hin zum Skydiving, ihr nicht gegeben hatten, was sie suchte? Hatte sie deshalb eine Passage auf diesem Schiff gebucht, weil es nur so von Anhängerinnen und Anhängern von Salarius' Ideen wimmelte, die gemeinsam im Polarmeer verschwinden oder sich auf einer felsigen Insel absetzen wollten, ohne dass es jemand mitbekommen sollte?

Dass er sich das überhaupt vorstellen konnte, zeigte nur, wie groß der Graben zwischen ihnen beiden geworden war. Sie hatten aneinander vorbeigelebt, waren einander gar nicht mehr wirklich begegnet, sondern hatten es in einer Art mildem Solipsismus vorgezogen, Fantasiebilder dessen zu erschaffen, wer die andere Person wirklich war – andernfalls hätten sie sich wohl schon vor weit längerer Zeit getrennt.

Seine falsche Kathrin, die Kathrin in seiner Einbildung, war ehrlich, neugierig und sensibel, eine zukünftige Lehrstuhlinhaberin, die einmal mithelfen würde, den Nebel zu lichten, unter dem die Menschheit lag, seitdem ein Steinzeitmensch zum ersten Mal erkannt hatte, wo er aufhörte und wo die Außenwelt begann. Die wahre, die verzweifelte Kathrin war zwar manchmal in seinem Bewusstsein aufgeblitzt, wenn sie sich in ihre Wohnung eingesperrt hatte oder sich weigerte, über die Narben auf ihrem Oberschenkel zu sprechen, die aus ihrer Jugend stammten. Aber er hatte sie jedes Mal schnell weggeschoben, sich eingeredet, dass die Wahrheit eine Einbildung und die Einbildung die Wahrheit war. Nur diese Umkehrung hatte sie beide zusammengehalten. Jetzt, da er das erkannt hatte, gab es keinen Weg mehr zurück. Er musste herausfinden, ob die nächtlichen Szenen mit ihr sich wirklich ereignet hatten oder nicht.

Er steuerte auf die Stelle vorne am Heck zu, an der ihm in der Nacht die Gruppe begegnet war. Hoffte, dort Spuren zu finden, die ihn aus seiner Ungewissheit befreien sollten, dem lähmenden Gefühl, das etwas gleichzeitig geschehen und nicht geschehen war.

Er schritt den ganzen Abschnitt rund um das Heck ab, den Blick starr auf den Boden gerichtet. Sollten ihn die anderen Passagiere doch komisch ansehen, Hauptsache, er fand eine Spur, die bewies, dass alles kein Traum gewesen war: einen Fetzen Neopren, Fußabdrücke oder Ambra-Duftspuren.

Doch es war vergeblich. Bald war er ganz am Ende des Hecks angekommen, ohne auch nur die geringste Spur gefunden zu haben. Im Gegenteil: Alles war sauber, wie kürzlich mit dem Hochdruckreiniger bearbeitet. Das beunruhigte ihn noch mehr. Die Salarius-Anhänger mussten sämtliche Überreste beseitigt haben, nachdem sie ihn auf sein Zimmer gebracht hatten. Warum sonst wirkte der Abschnitt so klinisch rein? Das musste ein Zeichen sein, dass man etwas zu vertuschen versuchte, musste es einfach.

Er folgte dem Pfad, den er gekommen war, den Blick weiter auf den Boden gerichtet. So konnte er sie kriegen. Tatsächlich: An einer Stelle war ein klarer Bruch. Auf der einen Seite erstrahlte der Boden in Schneeweiß, auf der anderen war er mit dem üblichen leichten Schmutzfilm überzogen, mit Spuren von Straßendreck und Speiseresten, Hautschuppen, Wasserflecken und Haaren. Léon kniete sich hin, um sich die Trennlinie von Nahem zu besehen. Mit dem Zeigefinger fuhr er über den plastifizierten Boden und schmierte im Dreck herum, als er über sich eine Stimme hörte.

«Was machen Sie da?»

Er sah auf. Es war das kleine Mädchen, das er damals vermeintlich gerettet hatte. Neugierig sah es zu ihm herunter und zeigte die Milchzähnchen, als amüsiere es sich über die verkehrte Welt, in der es sich befand, in der die Erwachsenen im Dreck wühlten und die Kinder sie überragten.

«Nichts.» Léon erhob sich, um die falschen Verhältnisse wieder geradezubiegen, und klopfte sich den Staub von der Hose.

«Annalena, was soll das?» Schon kam die Mutter angerannt, packte das Mädchen an der Hand und riss es so hastig an sich, als hätte es kurz davorgestanden, bei Rot die Straße zu überqueren. Auch für die Mutter schien Léon ein Paria. Als ob sein Anblick genügte, Menschen zu Stein erstarren zu lassen. Diese Erkenntnis irritierte ihn allerdings weit weniger als die Frisur der Frau. Hatte sie nicht neulich noch kurze schwarze Haare gehabt? Jetzt trug sie eine schulterlange blonde Ponyfrisur. Wenn die Haarlänge die gleiche geblieben wäre, hätte er ihr diese Veränderung vielleicht noch abgenommen. Aber dass Haare in so kurzer Zeit so lange wachsen, davon hatte er noch nie gehört. Und nach Extensions sah das auch nicht gerade aus.

Was, wenn es sich um eine Perücke handelte, um den glattrasierten Kopf zu verbergen, der sie als Salarius-Anhängerin auswies? Die Mutter war schließlich in der Nacht ebenfalls dabei gewesen. Hatte Kathrin die beiden geschickt, um ihm nachzuspionieren? War es ein verquerer Gruß aus der Ferne? Eine Warnung?

Er stürmte auf die Frau zu und rief ihr zu, sie solle warten, ob sie kurz einen Moment habe.

Die Mutter blieb erschrocken stehen und zog ihr Kind näher an sich. Aber davon ließ er sich nicht aus der Ruhe bringen. Das war vielleicht auch nur ein Trick. Vielleicht hatte sie Angst, dass er der Wahrheit auf die Schliche kommen könnte.

«Waren Sie das gestern Nacht?», fragte er, etwas außer Atem.

«Entschuldigung, wie meinen Sie?»

«Draußen, mit den anderen?»

«Tut mir leid, ich weiß nicht, wovon Sie sprechen.»

«Und was ist mit Ihren Haaren?»

«Wie bitte?»

«Was ist mit Ihren Haaren? Die hatten Sie bis vor Kurzem noch nicht.»

«Ich ...» Sie sah ihn an, als ginge eine unbestimmte Gefahr von ihm aus. Das Mädchen, das sich hinter ihr verbarg, glotzte ihn mit großen Augen an. «Spionieren Sie mir nach?»

Nein, nein, so sei es nicht, sagte Léon, und fing an sich zu verhaspeln, er habe es einfach auffällig gefunden und sich gefragt, wie das möglich sei, und außerdem suche er seine Freundin und …

Sie gehe jetzt, sagte die Frau.

«Ich meine es nicht böse – C. C. Salarius, sagt Ihnen das was? Haben Sie schon einmal ein Buch von ihm gelesen?»

«Wovon sprechen Sie?»

Das Ende der Menschheit … Die Rückkehr ins Urmeer … Ob sie keine Anhängerin davon sei? Aber er merkte bereits während des Sprechens, dass er sie vollends verloren hatte.

Sie streckte beide Arme aus und winkte jemandem, der hinter ihm stand. «Security!»

Fast im selben Moment rannte ein Mann auf ihn zu, den er schon zur Genüge kannte: Es war der Kellner aus dem Pompadour mit dem gelifteten Gesicht und dem aufgeklebt wirkenden Bleistiftschnurrbart. Diesmal trug er eine weinrote Badehose, dazu ein weißes Polo-Shirt, auf dessen Rücken «Staff» prangte. «Das reicht. Bitte kommen Sie mit mir mit», sagte er.

Léon sah hilfesuchend zur Mutter, aber die hatte sich bereits abgewandt und eilte mit ihrem Kind davon. Schon waren sie hinter einem Belüftungselement verschwunden. Es war vorbei.

Der Schnurrbartträger vom Pool fiel ihm auf einmal wieder ein. Léon hatte ihn für einen Querulanten gehalten, einen misanthropischen alten Kinderhasser. Was, wenn der Mann etwas gewusst hatte? Er sah ihn vor sich, wie die Sicherheitskräfte ihn abgeführt hatten, die Hände mit Kabelbinder zusammengebunden. Konnte es sein, dass dieser Kellner damals auch dabei gewesen war?

Léon war vor lauter Scham über seinen missglückten Rettungsversuch damals gar nicht erst auf die Idee gekommen, darüber nachzudenken, ob so eine harsche Vorgehensweise wirklich nötig gewesen war. Von dem Mann war keine Bedrohung ausgegangen – außer, er hatte die Wahrheit aufgedeckt. Wo er wohl jetzt war? Gab es so etwas wie eine schiffseigene, private Gefängniszelle? Einen Kerker im Schiffsbauch, auf dem er gefangen gehalten wurde? Oder hatten sie ihn gar im Meer ertränkt, munter über die Planke?

Der Kellner-Slash-Sicherheitsmann brachte ihn in ein Sitzungszimmer, einen fensterlosen Raum mit rundem Tisch, an dessen holzgetäfelter Wand eine gerahmte Fotografie hing, die die obersten Hierarchiestufen der Besatzung zeigte: Kapitänin Val d'Ivia, die Offizierinnen und Offiziere sowie Unteroffizierinnen und -offiziere. Sie standen in ihren Uniformen in einem skandinavisch anmutenden Hafen vor dem Schiff und sahen so stolz in die Kamera, als wäre die Grey ihr Kind, kein Schiff, sondern ein Wesen aus Fleisch und Blut.

«Sie warten hier», sagte der Kellner und schloss im Gehen die Tür ab.

Nun war es also so weit, dachte Léon. Nun würden sie ihn von Bord werfen. Beim nächsten Zwischenhalt würde er abgeführt und müsste wochenlang in einem sibirischen Gefängnis warten, bis man ihn zur Verurteilung nach Westeuropa auslieferte. Die Wahlaus hatten alles bereits in die Wege geleitet.

Schon wieder kam es ihm vor, als wäre sein Körper nicht sein eigener, als würde er sich selbst von außen betrachten, wie er auf dem Stuhl saß und auf seine Urteilsverkündigung wartete. Ein wenig so, wie wenn einem der Fuß einschlief. Nur fühlte es sich so an, als sei der ganze Körper betroffen.

Er saß sicher eine Viertelstunde da und starrte ins Leere, als ein Keuchen die Stille durchbrach. Es kam vom Flur. Dann wurde die Tür aufgestoßen, und ein Mondgesicht erschien, das er nur allzu gut kannte. Es war sein übergewichtiger Verfolger.

«Ich wusste es», presste der Mann heraus, als er Léon sah, und musste sich noch im selben Augenblick gegen den Türrahmen stützen, um Atem zu schöpfen. Bodiger machte keinen gesunden Eindruck: Dünne, blasse Beine ragten aus kurzen Adidas-Sport-Shorts. Erneut spannte sich ein Werbe-T-Shirt über seinen Bauch. Dieses Mal pries es eine Baumarktkette an. Der Schrift nach zu urteilen war sie bereits vor Jahrzehnten eingegangen.

Als sich seine Atmung einigermaßen beruhigt hatte, streckte der Mann ihm die Pranke hin. «Erich Bodiger», sagte er, «Schiffs-Sicherheitsleiter.»

«Ich weiß, wer Sie sind.»

Bodiger blinzelte. Der Ausdruck in seinem Gesicht war schwer zu deuten. Es wirkte aufgequollen, vielleicht nahm er Medikamente. «Mitkommen», sagte er schließlich.

«Weshalb?», versuchte es Léon.

Der Schiffspolizist ließ einen Seufzer ertönen, der an einen alten Boxer-Hund erinnerte. «Lassen Sie das Theater.»

Léon folgte Bodiger ins Orca-Deck, das eine Etage unter Kathrins und seinem Zimmer lag, allerdings zur Premium Class gehörte. Weil er hinter Bodiger ging, konnte er zusehen, wie der Schweißfleck auf dem Rücken von dessen T-Shirt zu einem nach eingelegten Zwiebeln stinkenden Kontinent anschwoll. Unterwegs kamen ihnen mehrere Angestellte in weißen Uniformen entgegen. Alle nickten sie Bodiger zu. Ob sie wussten, wen er da im Schlepptau hatte? Vielleicht hatte sich der Fall Portmann schon so weit herumgesprochen.

Das Zimmer des Sicherheitsleiters lag am Ende eines langen Ganges mit bordeauxrotem Teppichboden, dessen Wände mit Gemälden behangen waren, die Segelschiffe und Seeschlachten zeigten. Bodiger stieß eine Doppeltür aus Edelfurnier auf, die auf beiden Seiten von falschen Marmorsäulen gesäumt war.

«Immer herein in die gute Stube», sagte er, in einem Tonfall, der das Gegenteil nahelegte. Ein Geruch nach feuchtem Tabak, Birnenschnaps und überheizter Luft schlug ihnen entgegen. Im Hintergrund lief leise Andrea Berg.

Bodigers Zimmer sah aus, als wäre es einer anderen Epoche entrissen und von einem innenarchitektonischen Doktor Frankenstein in die Jane Grey implantiert worden: Es war in einer Art Pseudo-Rokokostil gehalten, mit verschnörkelten Verzierungen an Wand und Decke, schweren Brokatvorhängen und einem Kronleuchter, der aussah, als wartete er nur darauf, jemanden zu erschlagen. Die breiten Terrassentüren zeigten einmal mehr das Meer. Wenigstens hier gab es keine Überraschungen.

Der Sicherheitsleiter schien sich in der luxuriösen Suite nicht wohlzufühlen, weshalb er sie zumüllte. Vollgekritzelte Notizblöcke, ein oranger Plastik-Aschenbecher, der für Ovomaltine warb, sowie fleckige Tassen lagen und standen auf dem Schreibtisch. Zerknüllte Papiere bedeckten den Teppich wie Laub einen Waldboden. Zu allem Überfluss hatte er auch noch eine Gummileine quer durch den Raum gespannt, von der Unterwäsche und Socken baumelten, die entweder ausgebleicht, verwaschen oder beides zugleich waren.

Der Schiffspolizist murmelte eine Entschuldigung. Er habe nicht mit Gästen gerechnet. Dann ließ er sich auf einen Schreibtischstuhl fallen und faltete die Hände. «Wir sind hier in internationalen Gewässern», erklärte er. «Außerhalb des Gesetzes. Niemand fühlt sich zuständig. Außer mir.» Es klang auswendig gelernt.

«Verstehe», sagte Léon.

Bodiger riss eine Schublade des Jugendstil-Schreibtisches auf, zog eine Kartonschachtel heraus und klemmte sich eine wurzelartige Zigarre in den Mundwinkel. «Auch eine Krumme?», fragte er.

Was sollte das? Wollte der Mann ihn in falscher Sicherheit wiegen? Oder ging es ihm darum, Léon noch länger zappeln zu lassen, in der Hoffnung, dass ihm ein Fehler unterlief oder er sein angebliches Verbrechen gar von allein gestand?

Léon schüttelte den Kopf.

Bodiger nahm einen Regenschirm und reckte sich ächzend zur Decke, um mit der Schirmspitze einen Rauchmelder auszuschalten. Es schien sich um ein Ritual zu handeln, das alle Schiffangestellten teilten.

Der Schiffspolizist zündete seine Zigarre an, lehnte sich zurück und paffte. Seine Züge entspannten sich. Er schien lange auf diesen Moment gewartet zu haben. «Dann wollen wir mal», sagte er schließlich. Und, weil Léon nichts darauf erwiderte: «Sie haben uns alle ganz schön auf Trab gehalten mit Ihrem impertinenten Verhalten, wissen Sie das eigentlich?»

Nein, bluffte Léon, davon wisse er nichts. Überhaupt verstehe er nicht, weshalb er hier festgehalten werde, er habe nichts getan.

«Na gut», meinte Bodiger, griff nach einem Notizblock, wedelte damit vor Léons Gesicht herum und verlas die Anklage: Portmann habe sich ziemlich sicher – auch wenn ihm, Bodiger, keine Beweise dafür vorlägen – an Bord geschlichen, um ein Zimmer zu ergattern. Womöglich habe er gar die Datenbank der Diamond Lines gehackt. Für unwahrscheinlich halte er das nicht, Portmann sehe aus, als kenne er sich mit Computern aus. «Und das ist noch nicht alles!» Portmann habe weiterhin den geschätzten Kollegen Willem de Lampreta aus seinem Zimmer herausgeekelt, habe sich an der Rezeption ungebührlich verhalten und eine junge Familie wiederholt behelligt. «Da, wo ich herkomme, haben wir ein Wort für Leute wie Sie», schloss der Schiffspolizist seine Aufzählung ab. «Querulant.»

Ein Querulant. Wenn es weiter nichts war. Léon spürte, wie sich seine Muskeln entspannten. Kein Wort von Kathrin oder den Wahlaus. Ob das alles sei, hätte er am liebsten gefragt. Allerdings konnte es auch sein, dass es sich um eine Falle handelte. Psychologische Kriegsführung. Besser, er schauspielerte, bis er herausfand, ob sein Gegenüber mehr wusste, als er zugab. Das sei alles ein Missverständnis, sagte er, das müsse Bodiger ihm glauben.

«Glauben tut man an den Osterhasen oder an das Gute im Menschen», brummte der Schiffspolizist, «ein Bodiger hält sich an die Fakten.»

«Viele Fakten scheinen Sie aber nicht zu haben.»

Bodiger verschränkte die Arme. «Hab gleich gewusst, dass Sie nicht koscher sind. Schon im Pompadour habe ich mir das gedacht.»

«Das klingt, als würden Sie sich nicht von Tatsachen leiten lassen, sondern von Gefühlen.»

«Elemente wie Sie machen nichts als Ärger. Ein alter Hase wie ich erkennt das sofort.»

«Wo sind Ihre Beweise?»

«Man hat mir gesagt, ich solle ein Auge auf Sie werfen. Genau das hab ich gemacht.»

Also doch. Die höheren Hierarchiestufen des Schiffs höchstpersönlich hatten die Order gegeben, ihn zu verfolgen. Es stimmte wirklich. Waren sie doch von den Wahlaus informiert worden? Oder gehörten sie zu den Anhängern von Salarius? So oder so schien es, als ob sie den Schiffspolizisten bewusst im Dunkeln ließen.

Ob die Reederei denn nachweisen könne, dass er – beziehungsweise seine Partnerin – das Zimmer nicht gebucht habe, fragte er.

«Nein», meinte Bodiger. «Technische Schwierigkeiten. Solange sie die nicht lösen, sind Sie gleichzeitig legal und illegal hier.»

Und das finde er nicht seltsam, fragte Léon.

«Bodiger findet gar nichts. Bodiger macht nur seinen Job.»

Das große Ganze interessierte den Kerl anscheinend nicht. Er war ein nützlicher Idiot, dachte Léon, mehr nicht. Ein helvetischer Handlanger. «Und jetzt?», fragte er.

«Gar nichts, jetzt.» Bodiger seufzte. Das Einzige, was er tun könne, sei ihn zu verwarnen. «Bin schließlich nicht die Polizei.»

«Muss frustrierend sein.»

«Verdammt frustrierend.»

Der Mann tat Léon leid. Anscheinend merkte er nicht, in was für einem System er sich befand. Glaubte, für das Gute einzustehen. Dabei diente er nur der Imagepflege der Diamond Lines. Nicht nur das: Er war auch genauso machtlos wie Léon selbst. Bestenfalls ein Rädchen im Getriebe. Es war an der Zeit, Sand hineinzuschütten. Wie das denn bei Martin P. gewesen sei, fragte er. Ob Bodiger da auch einfach seinen Job gemacht habe.

«Unterstehen Sie sich.» Bodiger schien verletzt. Er habe alles getan, was in seiner Macht stand, um den Mann zu finden, sagte er. Spuren gesichert. Das ganze Schiff auf den Kopf gestellt. Ohne Erfolg. Geschichten wie diese gingen ihm nahe, verdammt nahe. «Wenn es nach mir gegangen wäre, hätte ich noch länger gesucht. Aber die Reederei wollte nicht noch mehr Aufmerksamkeit auf den Fall ziehen.»

«Hauptsache, das Image nimmt keinen Schaden?»

Bodiger blähte seine Nasenflügel auf und senkte den Blick, ohne etwas zu sagen. Die Diamond Lines seien ein guter Arbeitgeber, murmelte er schließlich, und der Fall Martin P. sei ein tragischer Unfall gewesen. «Die Diamond Lines glauben, dass er über die Reling gestürzt ist.»

Interessant, dass Bodiger nicht davon sprach, was er glaubte, sondern davon, was die Reederei glaubte. Womöglich gab es doch eine gewisse Dissonanz zwischen ihm und seinem Arbeitgeber, auch wenn er das nicht zugeben wollte. Léon beschloss, einen Vorstoß zu wagen. Das Verschwinden von Martin P. scheine Bodiger nahe gegangen zu sein, sagte er. Gerade deshalb fände er es unglaublich, dass ihm die Reederei nichts vom Verschwinden seiner Freundin gesagt habe. Das sei schließlich auch die Ursache für sein vielleicht seltsam wirkendes Verhalten.

«Wovon reden Sie?»

Léon nahm einen tiefen Atemzug. Dann schilderte er dem Polizisten, was geschehen war, wobei er sich mehrfach unterbrechen musste, weil ihm die Erinnerungen nahe gingen. Von ihrem Streit und wie er sich in ein anderes Zimmer habe verlegen lassen und ein Mitarbeiterzimmer bekommen habe. Wie Kathrin seither unerreichbar gewesen sei und dass er das Schlimmste fürchte. Davon, wie er nicht mehr auf sein eigentliches Zimmer habe zurückkehren dürfen, und wie sowohl sein Eintrag wie ihrer auf einmal aus dem System verschwunden seien. Einzig Kathrins Unwillen, ihn dabeizuhaben, das verschwundene Rettungsboot sowie seine Recherchen zu Salarius sparte er aus. Der Rest klang schon verrückt genug.

Bodiger blies einen Schwall Rauch durch die Nase aus und starrte Léon an, als wäre er eine Maschine, dessen Funktionsweise sich ihm nicht erschloss. Eine Erfahrung, die der Mann vermutlich des Öfteren machen musste. «Sie halten mich wohl für besonders blöd.»

Er lüge nicht, sagte Léon. Er wolle einfach seine Freundin wiedersehen, sagte er, wolle sicher sein können, dass ihr nichts zugestoßen sei.

Der Schiffspolizist erhob sich und schritt durch das Zimmer, die Hände hinter dem Rücken gefaltet. Dabei gab er eine Art Brummen von sich, das wohl bedeuten sollte, dass er nachdachte. «Sollten Sie recht haben – und ich glaube kaum, dass Sie recht haben – dann wäre das gar nicht gut», sagte er schließlich, mehr an sich selbst als an Léon gerichtet. «Das wäre schon der vierte Fall dieses Jahr. Die Leute verschwinden. Lösen sich auf wie Zucker in einem Kräutertee.»

Léon versuchte, das Bild wegzustoßen, das Bodigers Worte in ihm auslösten: Kathrin, wie sie auf den Grund des Meeres sank, ohne Hoffnung, je gefunden zu werden.

Bodiger fuhr sich mit der Hand durch die paar angegrauten Haare, die ihm noch geblieben waren, als wolle er Inventur machen, und erzählte. Sowohl Martin P. wie die zwei anderen Personen – Namen dürfe er keine nennen – seien eines Morgens nicht mehr an ihrem reservierten Platz am Frühstückstisch erschienen. Auch an den Workshops, für die sie sich angemeldet hatten, «Salsatanz, Aquafit, Malen nach Zahlen, was weiß ich», wären sie nicht erschienen. Das Seltsame: Ihre Zimmertüren hätten offen gestanden, sperrangelweit, sämtliches Gepäck noch dort. Beide seien sie Einzelreisende gewesen, ein Mord erscheine deswegen zum Glück unwahrscheinlich, worüber die Reederei natürlich äußerst froh sei. «Anders in Ihrem Fall. Wenn es diese Kathrin Wahlau wirklich geben sollte, sind Sie der Hauptverdächtige. Ich hoff, das ist Ihnen klar.»

Ein unangenehmes Kribbeln unter Léons Haut, als bauten Termiten darunter ihre Gänge. Das Schiff als Nicht-Ort, als Menschengefäß jenseits von Gut und Böse, vielleicht gar von Zeit und Raum. Eine blecherne Büchse, so vollgestopft, dass umso weniger auffiel, wer abhandenkam. Letztlich war die Grey der perfekte Ort, um Menschen zum Verschwinden zu bringen, für eine Mordserie oder kollektiven Selbstmord. Dazu kam, dass es der Reederei lieber war, solche Ereignisse unter den Tisch zu kehren, weil sie schlecht zusammenpassten. Die Gedanken kreisten in ihm, ein Mahlstrom, der sich selbst verzehrte. Es passte einfach alles zu gut zusammen.

«So oder so ist es meine Pflicht, der Sache nachzugehen. Alles andere wirft kein gutes Licht auf die Reederei.» Bodiger öffnete eine Schublade und zog einen großen Bund hervor, an dem gut fünfzig Schlüsselkarten hingen. «Wie lautet die Nummer Ihres angeblichen Zimmers?»

Fünf Minuten später stand er einmal mehr dort, wo seinesgleichen hingehörte, in dem seiner – oder zugegeben eher Kathrins – Vermögensklasse entsprechenden Deck. Außer Bodiger und ihm war niemand auf dem Flur. Die einzigen Geräusche neben Bodigers erschöpftem Keuchen stammten von den Geräten in der Umgebung: das Brummen der Klimaanlage, das Surren der Glühbirnen, das Rumpeln eines Staubsaugroboters, der selbstgefällig über den Teppichboden rollte.

«Superior, nicht schlecht», bemerkte der Schiffspolizist. Er hielt eine seiner Schlüsselkarten an die Tür. Sie gab ein zufriedenes Klicken von sich. Als Léon sah, dass Bodiger sich anschickte, die Türklinke hinunterzudrücken, legte er ihm die Hand auf die Schulter. So machte man das doch, das wirkte selbstsicher. Das sei sein Zimmer, sagte er, deshalb wolle er den Vortritt.

Der Schiffspolizist musterte ihn halb belustigt, halb entnervt, sein Körper ein Stöpsel, der den Eingang verschloss. «Netter Versuch.»

Da seien seine privaten Sachen drin, sagte Léon.

«Sie vorlassen, damit Sie Beweismittel wegschaffen? Genau.» Er trat ins Zimmer, Léon ihm nach.

Drinnen war es düster. Kathrin hatte die Jalousien heruntergelassen und die Vorhänge gezogen. Die Balkontür dahinter stand einen Spalt weit offen. Das war untypisch für sie. Kühle Polarluft strich Léon über die Wangen. Einen Moment stellte er sich vor, wie Kathrin auf dem Balkon stand und auf das Meer sah.

Bodiger verzog den Mund. «Was haben Sie hier drin bloß getrieben?»

Der Sicherheitsleiter hatte recht: Der Raum stank. Léon kannte den Geruch: halbverrotteter Seetang. Hatte Willem sich Zugang zum Zimmer verschafft?

Bodiger trat ans Fenster. «Es werde Licht», sagte er, und riss den Vorhang auf.

Fahles Nachmittagslicht erhellte den Raum, der – Léon spürte, wie die Hoffnung aus ihm entwich wie Luft aus einem lecken Gummiboot – komplett leer stand, und den Eindruck erweckte, seit Hamburg wäre niemand hier gewesen.

Das Bett war frisch bezogen, die Laken und Decken mit militärischer Präzision festgezurrt. Auch auf den Wasserschaden, den Léon zuletzt verursacht hatte, wiesen keine Spuren hin. Das Gepäck, das er auf dem Zimmer gelassen hatte, war verschwunden. Es war, als ob es Kathrin und ihn nie gegeben hätte.

Hatte er es sich alles nur vorgestellt? War Kathrin bloß ein Produkt seiner Einbildungskraft? Einen Augenblick kam es ihm so vor. Dann fiel ihm ein, dass es genau das war, was man ihn glauben lassen wollte. Sie hatten das Zimmer absichtlich ausräumen lassen, um ihn kleinzukriegen, an seinem Verstand zweifeln zu lassen. So sah es doch aus. *Gaslighting: The Musical.*

«Tja», sagte der Schiffspolizist, und machte ein ratloses Gesicht, «viel gibt es hier nicht zu sehen.»

Er gab einen seiner Seufzer von sich – er schien über eine so beachtliche wie vielfältige Kollektion zu verfügen – und setzte sich auf die Bettkante. «Das ist also Ihr Zimmer, ja?», fragte er.

«Wenn ich's Ihnen doch sage.»

Der Mann rieb sich die Augen, als wolle er das jämmerliche Bild abschrubben, das Léon wohl gerade abgab. Schließlich sagte er: «Sie haben fünf Minuten, um mich von Ihrer Story zu überzeugen.»

Als Erstes nahm Léon sich das Badezimmer vor. Er öffnete die Tür einen Spalt, tastete mit der Hand nach dem Lichtschalter – und zog sie sofort zurück: Eine nasse, weiche Masse befand sich auf dem Knopf. Panisch rieb er sich die Hand an der Hose ab. Hier waren die Algen also.

Er drückte mit der Ecke seines Smartphones auf den Schalter. Mit einem Surren gingen Lüftung und Licht an. Aus dem Spiegel blitzte ihm die eigene Visage entgegen, bärtig und übermüdet. Er wich seinem eigenen Blick aus. Nicht nur der Lichtschalter, auch die Wand war voller Algen, die in Fäden heruntergingen und in feuchten Schlieren die Kacheln hinunterliefen. Das Zimmer roch, als stünde er an einem Strand. Willem musste sich Zutritt in den Raum verschafft und die Algen als zweite Warnung hinterlassen haben, dass er besser aufhörte, nach der Wahrheit zu suchen.

Léons Bauchmuskeln verkrampften sich, ähnlich wie im Hafen vor dem Ablegen, als er von der Sicherheitskontrolle abgetastet worden war. Am liebsten hätte er den Raum sofort verlassen, aber das ging nicht. Er setzte sich auf die Kloschüssel. Eine plötzliche Leere befiel ihn, leer wie ein Januarmorgen. Er bildete sich das alles nicht ein. Das Schiff war tatsächlich gegen ihn.

«Alles in Ordnung da drin?», rief Bodiger aus dem Nebenzimmer.

Léon gab keine Antwort.

Es war, als ob das Meer langsam vom Schiff Besitz ergreifen wollte, als wäre die Grey mitten in der Überfahrt bereits ein Wrack, der Schiffsäquivalent eines lebenden Toten. Fehlte nur noch, dass Muscheln und Seepocken an der Zimmerdecke klebten.

War es möglich, dass nicht Willem, sondern Kathrin die Pflanzen hinterlassen hatte? War sie eine Botschaft, eine Warnung? Genauso gut könnten die Algen ihr Zimmer von allein kolonialisiert haben, weil sie verstehen wollten, weshalb Beziehungen zerbrachen, die Sprache versagte und die Menschheit den Planeten langsam, aber sicher unbewohnbar machte. Inzwischen schloss er nichts mehr aus. Alles hing mit allem zusammen. Nur verstand er nicht, wie. Er kam sich vor wie ein GPS-Gerät in einer Welt, in der alle Satelliten ausgefallen waren.

Wenigstens sah das Badezimmer abgesehen von den Algen normal aus. Keine abgehackten Körperteile in der Badewanne, keine mit Blut geschriebenen Botschaften. Was wohl Bodiger dazu sagen würde? Der Seetang war ein eindeutiges Zeichen, dass etwas nicht stimmte. Er würde es mit eigenen Augen sehen können. Er halte sich nur an Fakten, hatte er gesagt. Hier hatte er seine Fakten. Er solle sich das einmal ansehen, rief er ihm zu.

Bodiger polterte hinein, blieb wie angewurzelt stehen, und beäugte die Pflanzen. «Was zum Teufel», brummte er.

«Glauben Sie mir jetzt?»

«Ich glaube, dass Sie das Zeug hier verteilt haben, um mich zu manipulieren. Darauf falle ich nicht herein.»

Wie das bitte sein könne, fragte Léon, wobei er sich Mühe gab, nicht zu wütend zu klingen. Der Geruch rühre eindeutig vom Seetang her, und sei von Anfang an präsent gewesen, noch bevor er selbst das Bad betreten habe. Außerdem: Wie er es bitte fertiggebracht haben solle, einen Haufen Algen unbemerkt auf sich zu tragen?

«Ein guter Ermittler schließt keine Hypothesen aus. Vor allem nicht die naheliegendsten.»

«Und was, wenn jemand anders die Algen hier verteilt hat?»

«Warum sollte das jemand tun? Das ist unlogisch.»

Unfassbar. Soviel zu den Tatsachen. Der Kerl war schlichtweg zu faul, um über die eigene Nasenspitze hinaus zu denken. Der Fakt, dass man ihm befohlen hatte, Léon zu observieren, genügte für ihn wahrscheinlich, um ihn als geistig verwirrt zu disqualifizieren. Léon hatte keine Chance, hatte nie eine gehabt. « Sie glauben mir nicht.»

« Richtig beobachtet.»

Er könne ihm Fotos von seiner Freundin und ihm auf dem Schiff zeigen, sagte er, und merkte im selben Augenblick, dass es tatsächlich kein Foto von ihnen auf der Grey gab, auf dem sie beide abgebildet waren. Kathrin hatte jedes Mal abgewinkt, wenn er eines hatte anfertigen wollen, gesagt, sie hätten doch sonst schon so viele Bilder von sich. Auch das rückblickend ein deutliches Signal, das er bloß nicht hatte sehen wollen.

« Würde nichts beweisen », sagte Bodiger. « Photoshop.» Der Mann lebte in der Vergangenheit. Als ginge es hier um einen klassischen Fall. Mord im Orient-Express, Mord auf dem Nil, Mord auf der Nordostpassage, alles dasselbe. Für ihn war die Welt noch strukturiert, ließ sich noch eindeutig lesen, Täter, Opfer, Mord, Motiv. Er müsse kurz austreten, sagte der Sicherheitsleiter. Das Nikotin.

Kaum hatte Bodiger die Toilettentür hinter sich geschlossen, begann Léon, den Rest des Raums zu durchsuchen. Er legte sich auf den Boden und leuchtete mit der Smartphone-Taschenlampe unters Bett. Der Staub darunter bildete zwar interessante Knäuel, ansonsten gab es aber nichts zu sehen.

Er riss die Schublade des Schminktischleins auf, die leer war, dann den Kleiderschrank. Auch hier weiter nichts als Leere. Weder von Kathrins ordentlich gefalteter noch von seiner eher lose aufeinander gestapelten Kleidung war etwas zu sehen. Man musste sie entwendet und beseitigt haben. Er stellte sich vor, wie sie im Schiffsbauch in einem Kohleofen verbrannt wurden, um jeden Hinweis darauf zu tilgen.

Er wollte gerade aufgeben, als ihm etwas ins Auge fiel. Vom obersten Tablar des Schrankes, das sie beide nie benutzt hatten, weil es zu weit oben lag, hing etwas Weißes herunter, ein Zettel. Er stellte sich auf die Zehenspitzen, schnappte danach, und schob ihn in seine Hosentasche, weil er hinter sich die Spülung hörte.

Bodiger trat aus dem Badezimmer, wobei er sich die Hände an seinen Sport-Shorts trockenwischte. «Fündig geworden?», fragte er.

«Nein.»

«Dachte ich's mir. Dann kann ich den Fall also ad acta legen. Wenn das nur immer so schnell ginge.»

«Herzlichen Glückwunsch.»

«Danke.»

Bodiger zog ein Gesicht, als wolle er, dass Léon ihm die Absolution erteile. Offensichtlich quälte ihn sein schlechtes Gewissen. «Schauen Sie: Ich würde Ihnen ja gerne helfen», sagte er. «Aber momentan sieht alles danach aus, als ob es diese ominöse Freundin nicht gibt und Sie noch nie auf dem Zimmer waren.» Er hoffe, dass Léon dies verstehe.

Es hatte keinen Wert. Letztlich konnte er nur sich selbst trauen, so sah es doch aus, so hatte es immer schon ausgesehen. Seine Eltern hatten recht: Du kommst allein auf die Welt und du stirbst allein, hatten sie immer gesagt. Und dazwischen bist du auch meist auf dich selbst gestellt. In ihrem Fall stimmte das jedenfalls: Kaum lief die Gärtnerei nicht mehr, kaum reichte das Geld nicht mehr für ihre berühmten Grillfeste, kaum erschien Léon in der Schule mit Kleidern aus zweiter Hand und von seiner Mutter notdürftig geschnittenen Haaren, schon meldete sich die Nachbarn nicht mehr, verschwanden im Geschäft schnell hinter dem Regal und sonst hinter Lügen, verstummten in ihren Gesprächen, wenn ein Portmann sie passierte.

«Halten Sie die Ohren steif», sagte der Schiffspolizist. «Ich werd Sie im Auge behalten.»

Nach allem, was ihm widerfahren war, hätte er sich am liebsten wie ein angeschossenes Tier in seinen Bau verkrochen, doch in seine Kammer wollte er nicht zurück. Deshalb zog er stattdessen mit dem Laptop unter dem Arm durch das Schiff, eine Einpersonen-Karawane auf der Suche nach einem Wasserloch, das er schließlich in Form einer Wiener Kaffeehaus-Imitation auf dem Starfish-Deck fand. Das Café war einer der wenigen Räume auf der Grey, der nicht mit diesem unseligen Teppichboden, sondern einem Laminat besetzt war, das ein Fischgrätparkett vorgaukelte. Seiner neuen Gewohnheit folgend setzte er sich an einen Katzentisch ganz hinten in der Ecke. Dort war er weniger Blicken ausgesetzt.

Es ging bereits auf den Abend zu, aber er hatte keinen Hunger, weshalb er bei der Bedienung bloß einen Cappuccino und ein Croissant bestellte. Erst als die Kellnerin in der Küche verschwunden war, sah er sich um und merkte, dass außer ihm niemand im Café saß. Umso besser.

Er zog den Zettel, den er vorhin gefunden hatte, aus der Hosentasche. Einen Moment zögerte er, ob er ihn wirklich lesen oder ob er die Möglichkeit, die er bot, nicht weiter Möglichkeit sein lassen sollte. Solange er nicht wusste, was auf dem Papier stand, konnte noch alles darauf stehen, etwa eine Botschaft, die die Lösung böte, oder ein Hinweis, dass alles nur ein kosmischer Scherz war.

Es war eine Telefonnummer. Keine weiteren Informationen. Die Handschrift kam ihm nicht bekannt vor. Kathrins war es jedenfalls nicht. Gut möglich, dass die Nummer nicht für ihn bestimmt war. Sie könnte von ihren Vorgängern im Zimmer stammen. Trotzdem, den Versuch war es wert. Er tippte die Ziffern ein und ließ es lange klingeln. Niemand nahm den Anruf entgegen, doch dann war immerhin ein Klicken zu hören, der Anrufbeantworter, dann eine weibliche Reibeisenstimme, die er zu kennen glaubte. « Ich scheine ausgeflogen zu sein», sagte sie, ergänzt um die Aufforderung, doch bitte eine Nachricht zu hinterlassen. Stattdessen hing er auf. Was er hätte er der Maschine auch erzählen sollen? Zudem war ihm der Gedanke, ihr seine Stimme anzuvertrauen, nicht geheuer.

Er war sich sicher, dass es die der Rezeptionistin gewesen war, diese Harriota Hoffmann. Hatte sie geahnt, dass er sich Zugang zu seinem Zimmer verschaffen würde, und den Zettel für ihn hinterlassen, weil sie vor ihrer Chefin nicht offen sprechen konnte? Wollte sie ihm helfen? Ihn warnen?

«Hier ist Léon Portmann», schrieb er ihr. «Ich habe Ihre Nummer gefunden. Können wir uns treffen?»

Die Antwort kam sofort: Die Rezeptionistin schickte ihm ein großes Emoji, einen Totenschädel, der entweder bedeutete, dass sie sich totlachte, oder ihn warnen wollte, gefolgt von einer zweiten Nachricht, die bloß lautete: «experience-deck morgen 14:00?»

«Ok», schrieb er zurück. Dann klappte er seinen Laptop auf. Eine skandinavische Insel erschien, dunkles Wasser, tiefgrüne Bäume. Eine der vom Betriebssystem vorgegebenen, kuratierten Landschaften. Sie wechselten dauernd und sollten gestressten Büroarbeitern kleine Fluchtfenster bieten. Er wollte gerade sein Social-Media-Profil öffnen, als die Kellnerin den Kaffee neben ihm abstellte. Léon schrak auf. Er hatte sie nicht kommen hören. Sie sah aus, als hätte sie seit zwei Tagen nicht geschlafen, mit tiefen Augenringen und zerzaustem Haar.

Die Internetverbindungen seien derzeit langsamer als sonst, bemerkte sie mit Blick auf seinen Browser. Das Schiff würde sich auf ein Funkloch zubewegen. Léon nickte. In einem Funkloch fühlte er sich auch schon, seit Tagen. Informationen erreichten ihn nur in zerstückelten Fetzen, wenn überhaupt, und alles schien sich immer weiter von ihm zu entfernen.

«Das auch noch», sagte er.

Sie verzog den Mund. «Alles geht vor die Hunde.» Sie habe mit ihrem Mann und ihren Kindern über Video telefonieren wollen, sagte sie, zu Hause in Moldawien. Das koste eine Stange Geld für die Angestellten, aber das sei es ihr wert. Jetzt könne sie selbst das vergessen.

Das tue ihm leid, sagte Léon, aber sie hatte sich schon wieder umgedreht. Er klickte sogleich auf die Glocke mit den Benachrichtigungen. Seine Gruppenanfrage für die Salarius-Fangruppe war abgelehnt worden, ohne Begründung. Ein Gefühl wie damals in der Primarschule, als er herausgefunden hatte, dass Sabine alle zu sich nach Hause eingeladen hatte für ein Geburtstagsfest, nur ihn nicht. Selbst Thomas hatte kommen dürfen, sein damaliger bester Freund, Thomas, der Stotterer, und er hatte es ihm nicht einmal erzählt. Erst im Nachhinein hatte er es erfahren, als er in der Umkleide hörte, wie Martin Thomas fragte, ob er Sabine später auch heiraten wolle.

Vielleicht hatte dafür Kathrin etwas Neues gepostet, wenigstens digital ein Zeichen von sich gegeben? Er tippte ihren Namen in die Suchleiste ein – die ganze Seite bot sich ihm dar wie ein All-you-can-eat-Buffet – und wartete, dass unterhalb ihr Profilfoto und ihr Name erschien, damit er darauf drücken konnte. Doch das geschah nicht. Also drückte er auf Enter und sah sich die Suchergebnisse an, nach Personen gefiltert.

Der Algorithmus hatte nur zwei Profile entdeckt, eine Kathrin Wallau in Recklinghausen und eine Karin Wahlau in St. Pölten, die ihm beide kernig und gesund entgegenlächelten, wahlweise kleine Hunde oder Kinder umarmend, Zerrbilder einer Zukunft, die sie beide nie haben würden. Nur das Profil seiner Kathrin war nirgends zu sehen. Sie musste es gelöscht oder zumindest deaktiviert haben. So oder so begann sie nun auch digital zu verschwinden.

Mit Fingern, die, das fiel ihm erst jetzt auf, so kalt waren, als hätte er einen Schnuppertag im Leichenschauhaus verbracht, schloss er die Webseite. Selbst über seinen Körper verlor er langsam die Kontrolle. Am liebsten hätte er sich den Kaffee über die Hände gekippt. Stattdessen öffnete er nacheinander sämtliche Portale, auf denen sie unterwegs war. Seine Feeds waren voll mit den üblichen Verdächtigen, mit Beweisfotos, die demonstrieren sollten, dass man inmitten dieses gleichgültig-kalten Universums existierte, doch, doch, mich gibt es wirklich, und ich werde gemocht. Kathrin hatte keine Spuren hinterlassen. Als er sie suchte, war ihr Profil nicht zu finden, und mit ihm all die Fotos von ihnen beiden, die sie im Lauf der Jahre hochgeladen hatte, um ihre Beziehung zu belegen. Er scrollte durch sein eigenes Profil, weil er dachte, wenigstens dort Fotos von ihr zu finden, fand allerdings ebenfalls keine. Das kam davon, dass er immer ihr das Fotografieren überlassen hatte. Auch ihr Job-Profil, das sie mehr ihren Eltern zuliebe eingerichtet hatte, hatte sich aufgelöst wie ein Eiswürfel in der Sonne.

Wie hatte es noch einmal geheißen, die Leere gewinnt? Das tat sie. Sie gewann tatsächlich. Wenn er daran dachte, dass er sich noch vor wenigen Tagen mit so profanen Fragen gequält hatte wie der, ob er wirklich zum Lehrer taugte, ob die Jugendlichen ihn respektieren oder ihm heimlich Spottnamen verpassen würden, so, wie damals schon als Kind. « Fort, Mann », hatte ihm Janosch immer gesagt und ihn gegen die Wand gestoßen. Fort, das wollte er tatsächlich. Aber es gab keinen Weg dazu. Das Schiff war ein Gefängnis. Es dauerte noch Tage, bis sie wieder einen Zwischenhalt einlegten.

Léon wusste nicht, wie lange er so vor sich hinstarrte, als die Kellnerin neben ihn trat und ihn bat, den Raum zu verlassen. Als er ihr einen schönen Abend wünschte und sie fragte, ob sie heute Abend wenigstens frei hatte, sagte sie, das Café würde morgen schließen, wegen einer Renovation, und sie müssten nun noch alle Möbel in einen Lagerraum bringen.

Er war zu erschöpft, um zu fragen, weshalb die Besatzung es für angebracht hielt, eine Renovation mitten auf hoher See durchzuführen. Stattdessen klemmte er sich den Laptop unter dem Arm und brach zu seinem altbekannten langen Marsch in den Schiffsbauch auf.

Es war kurz vor 14:00 Uhr, als Léon am nächsten Tag durch die Empfangshalle eilte und mit dem Aufzug in das Experience-Deck hochfuhr. Sie würde draußen im Party-Bereich auf ihn warten, hatte die Rezeptionistin geschrieben.

Er kam am Schiffscasino, dem Running-Sushi-Restaurant «Shinjuku» und dem Gym vorüber, sämtliche geschlossen. Die Gegenstände, die die Räume zu dem machten, was sie waren – Roulette-Tische und einarmige Banditen, ein Fließbandtisch oder aufgereihte Kurzhantelstangen – lagen zwecklos hinter den Glasscheiben im Zwielicht. Schilder verkündeten, die Lokale wären wegen Umbaus geschlossen, doch es gab keinerlei Anzeichen dafür, dass drinnen gebaut wurde.

Erst das Wiener Kaffeehaus, jetzt das. Es war, als ob die Grey langsam aufgegeben wurde, als ob sich mehr und mehr Schiffsmitarbeiter in ein inneres Refugium zurückzogen, ein Réduit, um die Passagiere ihrem Schicksal zu überlassen. Er schien allerdings der Einzige, dem es auffiel. Dabei hätte man glauben können, dass die anderen Kunden sich beschweren würden. Immerhin wurde das vielfältige Freizeit-Angebot, das sie verleitet hatte, ihren Urlaub mitten auf dem Polarmeer zu verbringen, stetig reduziert.

Womöglich befanden sich sowohl unter der Besatzung als auch unter den Passagieren weit mehr Anhängerinnen und Anhänger von Salarius, als er anfänglich geglaubt hatte. Gut möglich, dass auch die Rezeptionistin dazu zählte, dass sie den Zettel mit ihrer Nummer nur hinterlassen hatte, um ihn in eine Falle zu locken. Auch wenn er sich nicht vorstellen konnte, worin diese bestehen sollte.

Aber es gab auch eine andere Möglichkeit: Diejenige nämlich, dass sie mehr über Kathrins Verschwinden und sein Herausfallen aus dem System wusste und ihm helfen wollte. Es gab nur einen Weg, herauszufinden, woran er bei ihr war.

Gegen das Ende des Flurs wurde die Luft kühler und frischer. Er endete in einer Flügeltür, durch die Léon in den Party-Outdoor-Bereich gelangte, eine kreisrunde Öffnung in der Schiffsmitte, «das heimliche Herz der Jane Grey», wie es in der Broschüre geheißen hatte, ein «Paradies für Partylöwen», das lange Nächte, laute Musik und überteuert-zuckrige Drinks versprach.

Der Ort hatte etwas von einem Canyon: Rundherum erhoben sich hohe Wände, die mit Balkonen besetzt waren, auf denen Passagiere hockten wie römische Senatoren in der Arena und das Treiben am Talboden verfolgten. Der Himmel wirkte so weit weg, dass Léon den Kopf in den Nacken legen musste, um ihn zu erspähen.

Vor ihm erstreckte sich ein langgezogener Pool. Eine unsichtbare Maschine generierte darin eine Welle nach der anderen. Jede davon wurde von den Menschen im Wasser, deren Oberkörper aus neonfarbigen Schwimmreifen ragten, mit Gejohle begrüßt.

Kurz bevor die Wasserwand über sie hinwegfegte, reckten sie ihr die Hände entgegen wie einer Naturgewalt, der sie sich mit Freuden unterwarfen. Ihr Geschrei wurde von einer in Weiß gekleideten Schlagerband untermalt, die sich hinten über den Pool erhob. Sie stand auf einer Bühne, die einer halbierten Hochzeitstorte glich, jedes Bandmitglied auf einer anderen Stufe. Rundherum angebrachte Lautsprecher pumpten den von Keyboardklängen untermalten Gesang auf das Deck und animierten zum Schunkeln und Klatschen. Léon merkte, wie auch er den Körper zum Takt bewegte. Es gab kein Entkommen.

Der Sänger kam ihm bekannt vor. Zwar trug er langes hellblondes Haar, eindeutig eine Perücke, und war in einen albernen cremeweißen Zweireiheranzug gekleidet, aber es war ganz eindeutig de Lampreta. Der Niederländer winkte der Menge zu, wobei er lächelte wie ein Mitglied der dänischen Königsfamilie beim Pressetermin. Dann fing er zu singen an:

«Die Eiszeit ist endlich vorbei
Und alle sind wir wieder frei
Hundertmal ging die Sonn' nicht auf
Nun nimmt sie mutig ihren Lauf
Und du und ich, wir tanzen.»

Ein Cover eines Hits der norwegisch-deutschen Schlagerband *Svalbard Seven.* Willem schloss beim Singen die Augen und wiegte den Kopf hin und her. Es sollte aussehen, als genieße er den Moment, hatte aber eher etwas Gequältes, so, als müsse er die Augen vor dem verschließen, was aus ihm geworden war, und wie weit sein Leben sich von seinem ursprünglichen Entwurf entfernt hatte. Er tat Léon leid.

Am untersten Teil der Bühne tanzten zwei Backup-Tänzerinnen in langen weißen Gewändern, wobei sie die Arme gen Himmel streckten. Es wirkte ekstatisch. Immer wieder wurde die Musik vom Tosen einer künstlichen Welle gedämpft, die von ihren Füßen auszugehen schien, so, als wären sie lebensspendende Meeresgöttinnen.

Léon versuchte, sich einen Reim auf die schlechten Reime zu machen, die versteckte Symbolik dahinter zu erkennen, aber es wollte ihm nicht gelingen. Vielleicht gab es keine. Vielleicht waren sie nur Oberfläche, sonst nichts, *what you see is what you get.*

Auch die Menschen im Becken schienen nur Oberfläche. Ein philosophisches Problem fiel ihm ein, das ihm in einem Proseminar einmal begegnet war: der philosophische Zombie. Damit war ein Wesen gemeint, das aussah wie ein Mensch, sich verhielt wie ein Mensch und auch wie ein Mensch redete, dabei aber nichts empfand. Wenn man es zwickte, krümmte es sich vor Schmerz, spürte aber nichts, weil er weder Innenleben noch Bewusstsein besaß.

Daran musste er jetzt denken, während er die sich synchron bewegende Menge beobachtete. Das war es doch, wonach sich Salarius sehnte, wonach wohl auch Kathrin gesucht hatte, ohne dass es ihm aufgefallen war: Erlösung. Erlösung vom Bewusstsein, Befreiung davon, ein Ich zu sein. Sich in eine niedrigere Lebensform zurückzuverwandeln, die zwar auf Reize reagiert, die irgendwie existiert, aber gar nicht dazu kommt, sich mit der eigenen Lebendigkeit auseinanderzusetzen. Eine zweite Chance hatte es *tentoxxa* genannt. Eine Versöhnung dessen, was zerbrochen war, und eine Auflösung sämtlicher Grenzen. Das klang nicht einmal schlecht. Besser immerhin als dieses nagende Gefühl der Einsamkeit, dachte er, nur um den Gedanken schnell beiseitezuschieben.

Wie viele der Zuschauer wohl Salarius-Anhänger waren? Er stellte sich vor, wie er die Bühne stürmte und dem Niederländer das Mikrofon aus der Hand riss, um die Menge zu warnen. Selbst in seiner Vorstellung war das Vorhaben nicht von Erfolg gekrönt: Man buhte ihn aus, hielt ihn für einen Spinner, sperrte ihn ein, zwang ihn, ins Wasser zu gehen. Munter über die Planke.

Sowieso, was hatte er mit all diesen Menschen gemein? Er war allein, sie waren allein, alle waren sie allein, Nussschalen, die auf Wellen trieben. Wenn wenigstens jemand ihm glaubte, wäre ein Anfang gemacht, und dieser jemand wartete nun schon seit einigen Minuten auf ihn. Wenn er sie nur finden könnte.

Zwischen dem Pool und den Balkonen erstreckte sich ein mit Bambus überdachter Bereich, in dem sich mehrere Bartheken aneinanderreihen. Überall hingen bunt blinkende Lichterketten und Papierlaternen. Giftgrün erleuchteter Nebel waberte über den Fußboden und verunmöglichte zu sehen, wohin man trat. So oder so war kaum ein Durchkommen. Grüppchen junger Männer und Frauen in Badekleidung standen im Kreis und forderten sich gegenseitig zum Shotkonsum auf.

Léon gab sich alle Mühe, sich an ihnen vorbeizudrücken, ohne die fremden Körper zu berühren, als er die Rezeptionistin erspähte. Sie stand bis zum Bauch im Wasser, die Arme verschränkt, und sah der Band zu. Ihr Haar, nun anscheinend wieder schwarz getönt und zu einem überdimensionierten Dutt zusammengebunden, thronte wie ein kosmisches Ei auf ihrem Kopf. Die Musik schien sie nicht zu interessieren: Sie gähnte, und ihre Augen hatten einen glasigen Ausdruck. Vermutlich hatte sie die Band schon unzählige Male auftreten sehen.

Erst, als er ihren Namen rief, leuchtete ihr Gesicht auf, und sie kraxelte vor ihm aus dem Wasser.

Was ihm als Erstes auffiel, war ihr Badeanzug. Er zeigte ein Gewimmel von Organen und Muskeln, lebensecht abgedruckt, von Labyrinth des Darmes bis hin zum Herz, das hinter den beiden Lungenflügeln hervorlugte. Einen Moment ruhte sein Blick darauf, bis er merkte, dass sie beobachtete, wie er sie anstarrte.

«Anatomisch korrekt», bemerkte sie, und griff nach einem Badetuch, um sich darin einzuhüllen.

«Haha», machte er, und hasste sich dafür. Dann sagte er, er sei Léon, und streckte ihr die Hand hin.

Sie blinzelte ihn an wie ein unbekanntes Objekt. «Wir gehen besser in den Biergarten», sagte sie.

Hinten, seitlich neben der Bühne, hatte man einen Kunstrasen ausgerollt und eine Blockhütte aufgebaut, die so angemalt war, als hätte die Sonne der Alpen ihr Holz verbrannt. Rundherum standen einige Stehtische aus alten Fässern.

«Ich hol uns was», sagte er und ließ sich am Tresen zwei alkoholfreie Weißbiere ausschenken. Besser klar im Kopf bleiben, das war jetzt essenziell. Es waren zu viele Zeichen, zu viele Unstimmigkeiten, die um ihn herumtanzten. Er fühlte sich wie jemand, der in einer fünfzehnbändigen Enzyklopädie nach einem Begriff suchen muss, ohne zu wissen, mit welchem Buchstaben er beginnt oder was er bedeutet. Vielleicht besaß die Rezeptionistin zumindest eine oder zwei Silben, die ihm weiterhalfen. Vielleicht war sie aber auch nichts weiter als ein Resonanzboden für seine Hoffnungen, eine Projektionsfläche.

«Das ist mein erster freier Tag seit zwei Wochen», sagte sie, als er die beiden Steinkrüge abstellte.

«Scheiße.»

«Jupp.»

In dem Fall fühle er sich umso geehrter, dass sie sich die Zeit genommen habe, mit ihm zu sprechen, sagte er.

«Wir sollen eigentlich keine Passagiere privat treffen.»

Warum sie ihm dann seine Nummer hinterlassen habe.

Anstatt zu antworten, drehte sie den Kopf in Richtung Bühne. «Wie findest du die Musik?», fragte sie.

«Schrecklich.»

Sie lachte. «Aber sie bringt die Leute zum Tanzen.»

«Mich nicht.»

Sie musterte ihn. Kein Wunder, schien ihr Blick zu sagen. Stattdessen nahm sie einen Schluck Weißbier und sagte: «Nach dieser Fahrt ist Schluss. Mit dem Job, meine ich.»

Anscheinend, so stellte sich heraus, finanzierte sie sich mit der Arbeit auf der Grey ihre Doktorarbeit. Linguistin war sie, mit einem Schwerpunkt auf der Kommunikation über weite Zeiträume und Entfernungen. «Im großen Ganzen geht es darum, wie wir mit Wesen sprechen können, die wir uns noch nicht vorstellen können. Mit der Zukunft, quasi.»

Sie kam ins Schwärmen, erzählte von der goldbeschichteten Pioneer-Plakette mit ihrem Siebziger-Jahre-Pärchen, «die

Frau ohne Vagina, was für eine Überraschung», das für immer zwangsvereint durch die Weiten des Alls taumelte. Von Hieroglyphen, die entwickelt würden, um diejenigen Wesen, die in hunderttausenden von Jahren auf dem Planeten leben würden, davor zu warnen, von den im Erdboden vergrabenen Atomabfällen zu naschen. Und von einem neuen Projekt, das sie besonders mochte: Eine französische Forschungsgruppe erkundete gerade, wie man der Nachwelt – «eigentlich ein seltsames Wort» – erklären konnte, dass sie das überspannte, zunehmend menschenfeindliche Klima, in dem sie lebte, den Handlungen ihrer Vorfahren verdankte, «damit sie unsere Fehler nicht wiederholt.»

Léon lauschte ihren Ausführungen, ohne zu wagen, sie durch Fragen oder Bemerkungen zu stören. Hing an ihren Lippen, während sie Jahrtausende durchwinkte und die Milchstraße aufwirbelte. Bei der Arbeit sei ihr klar geworden, wie alles mit allem zusammenhinge. «Nichts geht je verloren», sagte sie, und leerte wie zur Bekräftigung ihren Krug.

Nach einer Salarius-Anhängerin klang sie nicht gerade. Um sich ganz sicher sein zu können, fragte er: «Und was, wenn es keine Sprache mehr gibt?»

Sie legte die Stirn in Falten. Wie er sich das denn vorstelle. Es gehe kaum ohne Kommunikation. «Ich mein, selbst Pflanzen kommunizieren.»

Er sah nach links und rechts, um sicherzugehen, dass man ihn nicht belauschte. Ob ihr der Name C. C. Salarius zufällig etwas sage.

«Nein. Ist der schuld, dass du hier bist?»

Jetzt brach es aus Léon heraus. Er war zu fertig, um sich noch zurückzuhalten. Riss sich den Brustkorb auf und pflückte das Knäuel heraus, das in den vergangenen Tagen darin gewachsen war. Rollte den Faden auf, einzelne Stücke waren es, mit amateurhaften Knoten mühsam zu einer Einheit verbunden: Willems Buch, das Symbol, das er immer wieder sah, Kathrins Unwillen, ihn auf der Reise dabei zu haben, ihr Verschwinden … Seine Erzählung franste aus, bis er sie mitten im Satz abbrach. Harriota war unmerklich einen Schritt auf Abstand gegangen und beäugte ihn, wie man einen Menschen beäugt, der sich zwar in Wahnvorstellungen verstrickt hat, von dem aber keine wirkliche Bedrohung auszugehen scheint.

«Der blinde Passagier mit der blühenden Fantasie», sagte sie.

Sie bestellten sich noch eine zweite Runde. Wohl eine Stunde standen sie da, das Fass zwischen ihnen, beschnupperten sich und warfen mit Reizworten um sich, um einander aus der Reserve zu locken. Harriota vermied dabei seinen Status auf dem Schiff oder die Frage nach seiner Freundin. Stattdessen klopfte sie ab, wo er seine Kindheit verbracht hatte, wobei sie ihm immer, wenn er nicht genug erzählte, mit dem Zeigefinger gegen die Hand schnippte.

Léon erzählte vom Dorf, in dem er aufgewachsen war, davon, wie der Fußballplatz ohne Rasen hatte auskommen müssen, weil das zu viel Wasser verbraucht hätte, wie jeder Tritt gegen den ledernen Ball Staub aufwirbelte. Harriota nickte. Das schien sie zu kennen: Ihre Familie besaß ein Haus am Waldrand, berichtete sie jetzt, in einer ehemals touristischen Region, die jetzt, wo viele der Nadelbäume zu harzigen Mumien erstarrt waren, und die Touristen ausblieben, Stück um Stück zu ihrer ursprünglichen Armut zurückfand.

Zwar vertraute er der Rezeptionistin nicht wirklich, aber gerade deshalb galt es, noch mehr über sie zu erfahren. Wo sie herkam, worüber sie sich fürchtete, was sie hoffte und was ihr in den siebenundzwanzig Jahren, die sie als hastig zusammengeschnürtes Bündel aus Intelligenz, Sarkasmus, einem nur mühsam verborgenen Fortschrittsglauben und einer freimütig gestanden Liebe zu Gothic Rock, Backen, Brettspielen und Slasher-Filmen verbracht hatte, alles widerfahren war.

Gerade hatten sie es in ihrem unbeholfenen Tanz geschafft, näher aneinander zu rücken, sodass Léon jetzt auf ihrer Seite des Stehtisches stand, als er spürte, wie jemand ihn antippte.

Léon drehte sich um: Hinter ihm stand der Mann mit dem Bleistiftschnurrbart, der ihm erst als Kellner und dann als Sicherheitskraft begegnet war. « C. Flésus », sagte sein Namensschild. Man musste ihn auf ihn angesetzt haben. « Ihre Karte bitte », sagte er.

Es sei ihr neu, dass Gäste im Partybereich ihre Karte vorzeigen müssen, sagte die Rezeptionistin.

« Eine reine Vorsichtsmaßnahme. Zur Qualitätsverbesserung. »

« Davon habe ich aber nichts mitbekommen. »

« Und wer sind Sie ? »

« Wir kennen uns flüchtig. Harriota, vom Service-Desk. »

« Es ist eine ganz neue Regelung. » Der Mann wies mit den Daumen in die Richtung, in der Léon die Kommandobrücke vermutete. « Von oben. »

Von oben. Also von Val d'Ivia höchstselbst. Es war also tatsächlich sie gewesen, die er in der Nacht auf dem Außendeck gesehen hatte. Wahrscheinlich wollte sie verhindern, dass er ihre Pläne sabotieren konnte. Oder hatte Kathrin sie gebeten, ihn von den oberen Decks zu verbannen, um eine zufällige Begegnung zu verhindern ?

Und das solle er ihm glauben, sagte Léon. Er habe es doch auf ihn abgesehen. Außerdem habe er Superior-Class-Zugang. Der Mann habe ihn doch selbst im Pompadour gesehen, zigmal schon.

« Sie müssen mich mit meinem Zwillingsbruder Teo verwechseln. Der arbeitet dort. »

«Und was ist mit gestern? Auf dem Außendeck?»

«Bitte zeigen Sie mir einfach Ihre Karte.»

Léon kramte sein Portemonnaie hervor und zog all die Karten heraus, die ihn zu ihm selbst machten: sein Identitätsausweis, eine Versicherungskarte, in deren Mikrochip Hallux und Heuschnupfen eingespeichert waren, seine Kreditkarte, die Vergünstigungskarte für die Bahn und seinen Studierendenausweis, von dem ihm ein jüngerer Léon entgegenblickte, der noch aussah, als glaube er, vor einer wunderbaren Zukunft zu stehen.

Schließlich fand er seine längst nutzlos gewordene Schlüsselkarte, die weiße Cruise Card. Der Mann riss sie ihm aus der Hand, hielt sie mit Daumen und Zeigefinger und drehte sie vor und zurück, als wäre sie ein archäologisches Artefakt aus grauer Vorzeit.

Dann erklärte er – welche Überraschung, dachte Léon –, das sei nicht die richtige Karte.

Léon spürte, wie sich sein Körper anspannte. Am liebsten hätte er den Kerl am Kragen gepackt und ihn angebrüllt, aber das half ja alles nichts, das hilft nichts, dachte er, ruhig bleiben. «Wie können Sie an meiner Karte erkennen, dass ich nicht zugelassen bin? Sie haben sie nicht einmal eingescannt», sagte er.

«Das Wasserzeichen fehlt.»

Davon habe sie noch nie gehört, bemerkte die Rezeptionistin.

«Neue Vorschriften. Der Partybereich ist erst ab der Convenience-Class zugänglich.»

«Herr Portmann gehört der Superior-Class an», sagte Harriota, und außerdem gebe es unterhalb der Convenience-Class keine weitere Klasse mehr.

Der Mann verschränkte die Arme. «Was machen eigentlich Sie hier? Mitarbeiter sollten nicht mit Gästen verkehren.»

Die Rezeptionistin berührte Léons Kreuz. Ihre Hand war kühl und nass, und ein Zucken durchfuhr ihn, als ob ihn jemand mit einem Schneeball beworfen hätte.

Sie gingen besser, sagte sie, sie wolle keinen Ärger.

Sie schritten in Richtung Ausgang. Immer wieder blickte Léon über die Schultern, um den Kellner zu beobachten. Der war stehen geblieben und sah ihnen nach. Kurz bevor sie durch die Flügeltür ins Schiffsinnere zurückkehrten, sah Léon, dass er sich das Handy ans Ohr hielt und wild gestikulierte. Dann war er aus seinem Blickfeld verschwunden.

Ob sie ihm jetzt glaube, dass etwas nicht mit rechten Dingen zugehe, fragte er.

«Ich glaub, die Reederei weiß einfach nicht recht, wie sie mit deinem Fall umgehen soll», sagte sie.

Vor dem leerstehenden Gym blieben sie stehen. Harriota fröstelte in ihrem Badetuch. Sie sah ihn erwartungsvoll an.

Léon erinnerte sich an einen All-Inclusive-Urlaub auf Gotland, den er als Kind hatte über sich ergehen lassen müssen, und wie er in der nassen Badehose einmal durch den halben Hotelblock gerannt war, weil er das Zimmer nicht mehr hatte finden können, dass die Portmanns für eine Woche ihr Zuhause nannten. Überall hatte es gleich ausgesehen, die Türen alle abweisend und der Teppichboden so dick und weich, dass jeder Schritt so kraftraubend war, als stapfte er durch Tiefschnee.

Das war eine Urangst gewesen von ihm als Kind: in der Fremde vergessen zu werden und auf der Straße zu verhungern oder von wilden Hunderudeln zerrissen zu werden, weil er die Sprache nicht sprach.

«Komm, wir gehen auf mein Zimmer», unterbrach Harriota seine Gedanken.

Ihr Zimmer lag noch weiter unten im Schiffsbauch als seines, tief unter dem Wasserspiegel. Sie hatten dem Mitarbeitertreppenhaus bis ins unterste Stockwerk folgen müssen. Dann waren sie durch einen spärlich beleuchteten Gang mit flackerndem Neonlicht gegangen. Die Luft war abgestanden und schwül, und in der Ferne war ein regelmäßiges Rumpeln zu hören, das den Boden vibrieren ließ.

«Der Maschinenraum», erklärte sie, als sei es das Natürlichste der Welt.

Schließlich fanden sie sich vor ihrer Tür wieder. «Harriota Hoffmann, Rezeption» stand auf einem Papierschildchen, das daran angebracht war. So war immer klar, wer sie war und wo sie hingehörte. Groß sei es nicht, erklärte sie, als sie aufschloss, aber wenigstens habe sie es für sich allein.

Tatsächlich war der Raum noch einmal kleiner als sein eigener, vielleicht halb so groß. Er glich eher einer Abstellkammer als einem wirklichen Zimmer. Harriota schien das peinlich. Händeringend erklärte sie, weil sie als Rezeptionistin in der Schiffshierarchie weit genug oben stehe, habe man sie vor die Wahl gestellt, sich entweder mit anderen zusammen ein größeres Zimmer zu teilen oder allein ein kleines im weniger beliebten Teil des Schiffs zu beziehen.

Er hätte wohl auch das Einzelzimmer genommen, sagte Léon, mehr zu sich selbst, und sah sich um: Von der Wand hing ein zugeklapptes Bett. An dessen Unterseite war eine Tafel angebracht, an die die Schiffsangestellte zahlreiche Fotos aufgehängt hatte, wie um sich daran zu erinnern, dass sie tatsächlich ein Leben außerhalb der Grey führte: eine totenblass geschminkte Harriota in einem viktorianischen Rüschenkleid auf einer Wiese, wie sie sich mit einem Schirm gegen die Sonne schützte. Eine Schwarzweißaufnahme von einem adrett gekleideten Paar vor einem Häuschen mit dunklen Fichtenschindeln. Der Mann hatte den Hut tief ins Gesicht gezogen, als wolle er sich an das Haus anpassen, dessen Dach beinahe bis auf den Boden zu ragen schien. Und ein kleines Mädchen, vermutlich sie selbst, das zusammen mit einem kleinen Jungen vor einem Röhrenfernseher saß und *Nintendo 64* spielte, *The Legend of Zelda: Majora's Mask* war's, wie er gleich erkannte, ein Spiel, von dem es einer Internetlegende zufolge eine verfluchte Version gab, die von einem ermordeten Zwölfjährigen besessen war, der die Musik im Spiel rückwärtslaufen, immer mehr der Nebenfiguren verschwinden ließ und die vierte Wand durchbrach, indem er direkt mit den Spielenden sprach und sie bedrohte.

Von einem Haken an der Tür hing Harriotas Uniform, außerdem stand noch ein kleiner Koffer im Raum, das wars. Als er sich das Waschbecken und den Spiegel ansah, die gerade so zwischen die beiden Wände passten, merkte er, dass sie ihm mit dem Blick gefolgt war und zu lesen versuchte, was er von ihren Lebensumständen hielt.

«Sofa habe ich leider keins.»

«Macht nichts.»

«Warte», sagte sie, und klappte das Bett hinunter, «so ist's gemütlicher.»

Sie stieg auf die Matratze, er ihr nach.

Im Schneidersitz saßen sie da, die Köpfe der tiefen Decke wegen eingezogen. Er dachte daran, wie Willem vor wenigen Tagen in ähnlicher Weise neben ihm gesessen war. Die Schiffsmitarbeiter schienen einen Hang dazu zu haben, auf Matratzen zu sitzen, zwei Quadratmeter Privatsphäre, ihr letzter Rückzugsort, als würde die Grey sie zur ewigen Adoleszenz verdammen.

Wie sie eigentlich auf den Einfall gekommen sei, auf einem Kreuzfahrtschiff zu arbeiten, fragte er.

«Es war mehr ein Jux», sagte sie.

Bei einem Kneipenabend im «Noch Besser Leben» in Leipzig mit einigen Kommilitoninnen und Kommilitonen sei die Sprache auf absurde Studentenjobs gekommen. Jemand hätte von einem Bekannten erzählt, der einen Sommer lang auf einer Elbkreuzfahrt gekellnert habe, und da habe sie sich gedacht, dass das ganz lustig sein könne, und sich bei den Diamond Lines beworben.

«Das Ding ist, wenn du mal damit anfängst, willst du nicht mehr aufhören.»

«Weil es so viel Spaß macht, sich von Rentnern anschnauzen zu lassen?»

Nicht der Arbeit, erklärte sie, sondern der Kolleginnen und Kollegen wegen. Eine eigene Welt sei das, so ein Schiff, eine schwimmende Stadt voller Menschen, denen der Boden auf dem Festland zu alt und staubig war, eine Versammlung von Freaks und Losern, alle vereint unter dem Banner der Freizeit- und Urlaubsgestaltung, fernab von allem anderen. «Ein bisschen wie bei einer wandernden Schauspieltruppe früher», sagte sie. «Nirgends zu Hause, immer unterwegs.»

Nirgends zu Hause, das klang tatsächlich verlockend, dachte er. Nicht mit der Erde verbunden, sondern frei wie Treibholz, das ein Spielball der Elemente war. Loslassen können und nicht mehr denken. War es das, was Salarius wollte?

Sie schwiegen. Von fern war das Rumpeln zu hören, dazu das Rattern der Lüftung, Harriotas Atmen und, wenn er genau hinhörte, der Wasserhahn, der Tropfen um Tropfen entsalztes Meerwasser der Gravitation überantwortete.

Léon schluckte. Sein Kopf fühlte sich an, als er wäre er mit Helium gefüllt, als stünde er kurz davor, sich vom Hals zu lösen und gegen die Decke zu knallen. Mehr als ein Stück Papier hätte nicht zwischen ihre Knie gepasst, so nah saßen sie zusammen.

Harriota lächelte ihn an, griff in den Haarball, der auf ihrem Kopf lag, und zog den Gummi heraus, der ihn zusammenhielt. Im selben Augenblick explodierten ihre Haare in alle Richtungen wie Sporen aus einem Pilz. Dann landeten sie wieder auf ihrem Kopf.

Es war, als ob der Raum plötzlich unter einer elektrischen Spannung stand. Eine Art der Aufladung, die er sonst nur von Kathrin her kannte, aber Kathrin war gerade weit weg. Ehe er sich versah, hatte er sich zu Harriota gebeugt, ihr die Hand auf den Oberschenkel gelegt und kam ihr näher, um sie zu küssen, da wandte sie das Gesicht ab, sodass seine Lippen ihre Wangen streiften.

«Ähm, okay», sagte sie und lachte nervös. Sie rückte von ihm ab, sodass sie fast in der Ecke zu verschwinden drohte.

Oh Gott, hörte er sich stammeln, es tue ihm leid, das habe er nicht gewollt, sagte er, unfähig, ihr in die Augen zu sehen, er habe wohl die Signale falsch gedeutet, die sie ausgestrahlt habe. Er könne gehen, wenn ihr das lieber sei.

«Schon gut», sagte sie, und jetzt sei das schon wieder passiert. «Ich merke manchmal nicht, wenn Leute glauben, dass ich auf sie stehe.»

Wie sie das meine.

Sie zuckte mit den Schultern. «Ich mag keine körperliche Nähe, Sex und so.»

«Verstehe.»

Sie sei asexuell, erklärte sie, was aber nicht heiße, dass er ihr nicht sympathisch sei.

«Ich habe ja auch eine Freundin.»

Harriota sah ihn belustigt an. «Das hättest du dir vorher überlegen müssen. Wobei, jetzt mal ehrlich: Gibt es die wirklich?»

Wie Harriota das fragen könne. Sie habe Kathrins Namen doch selbst im System gesehen.

«Jedenfalls scheint sie dir ziemlich aus dem Weg gehen zu wollen.»

Das sei es ja gerade. Darum mache er sich Sorgen.

Bodigers Worte fielen ihm ein. Kreuzfahrtschiffe waren der ideale Ort, um sich komplett aufzulösen. Irgendwo im Meer versinken, ohne Chance, je gefunden zu werden. Er dachte an die Dunkelheit, von der er manchmal geahnt hatte, dass Kathrin sie vor ihm verbarg. Im dritten Jahr ihrer Beziehung, sie waren gerade im Urlaub im Goms, durchquerten das Hochgebirge in Richtung Val d'Ossola, fing sie plötzlich vom Bruder ihrer Mutter zu erzählen an, von Wolfgang, der sich das Leben genommen hatte. Ein Langzeitarbeitsloser, der es nie recht geschafft hatte, abzuheben, loszulegen, «seinen Weg zu gehen», wie Kathrin sagte. Léon hatte sich überrascht gezeigt, dass sie ihn nie erwähnt hatte, da meinte sie, in ihrer Familie rede man nicht darüber. Keine Todesanzeige hätten sie veröffentlicht, rein gar nichts. Das sei schrecklich, hatte er gesagt, während Kathrin neben ihm mit unbewegter Miene von Brocken zu Brocken gestelzt war. Schließlich murmelte sie etwas von der Kälte in ihrer Familie und davon, dass es schon vorher so war, als ob Wolfgang kaum existiert hätte, nicht mehr gewesen sei als ein paar Silben und einige verschwommene Erinnerungen aus der frühen Kindheit.

«Hey», fragte Harriota, «alles in Ordnung?»

Mehr oder weniger, sagte er.

«Ich will dir nicht wehtun, aber – glaubst du nicht, sie ghostet dich einfach?»

Ghosten. Wie Geister waren sie schon länger zueinander gewesen, gleichzeitig da und nicht da, so durchscheinend, dass sie immer öfter vergaßen, einander richtig anzusehen. Vielleicht war ihr Sich-Entziehen nur konsequent, ein Weg, die

Geschichte zu Ende zu bringen, ohne Fragen aufkommen zu lassen.

Nur war es, als ob Kathrin durch ihr Verschwinden umso mehr Raum in ihm einzunehmen begonnen hatte. Als ob er sie vorher gar nicht mehr richtig wahrgenommen hatte, nur noch seine Idealvorstellung von ihr, und sie sich jetzt, ganz Gespenst geworden, dafür rächte. Es war der ultimative Racheakt: keinerlei Abschluss zu bieten, für immer in der Luft zu hängen wie ein nie zu Ende gesprochener Satz.

Er habe das Gefühl, Kathrin sei verschwunden, damit er nicht verhindern könne, was sie vorhabe, sagte er.

«Oh? Und was ist das?»

«Sie wollen ins Meer zurück», sagte er, und spürte im selben Moment, wie lächerlich er klingen musste.

«Wer?»

Nun blieb ihm fast nichts anderes übrig, als seine Erzählung noch einmal aufzurollen. Diesmal ließ er nichts aus. Wie er entdeckt hatte, dass Kathrin die Seite gelikt hatte, seine Lektüre von Willems Buch, *tentoxxas* Nachrichten und seine nächtliche Begegnung.

Die Rezeptionistin rieb sich die Lider und blinzelte. Dann sagte sie: «Du glaubst das wirklich, was.» Sie schien weder irritiert noch besorgt. Viel eher schien sie ihn unterhaltsam zu finden. «Warum erzählst du mir das alles? Deiner Logik zufolge könnte ich auch zu ihnen gehören.»

«Und gehörst du zu ihnen?»

«Du hast sie echt nicht mehr alle.»

Ein seltsamer Ausdruck, dachte er, sie nicht mehr alle haben. Als wäre die Wirklichkeit eine Sammlung aus Einzelstücken, und es würde reichen, eines davon zu verlieren, um auch das Ganze zu verlieren. Ihm kam es eher so vor, als hätte jemand den Vorhang geteilt, der diese Wirklichkeit von allen anderen Wirklichkeiten abgrenzte. Als verschmelze die Welt, die sich dieser Planet des Nachts erträumte, mit der Welt des Tages. Die Konturen der einzelnen Dinge lösten sich auf, wie wenn man ein Bild in Photoshop mit dem Weichzeichner bearbeitet.

Er sah die Rezeptionistin an, wie sie ihn spöttisch musterte, und spürte plötzlich, wie die Zahnräder eines Getriebes in ihm nach langer Zeit endlich wieder ineinandergriffen. Sie war eine von ihnen. Natürlich war sie eine von ihnen. Sie gehörte dazu, aber das machte nichts. Er verspürte kein Bedürfnis, sie zu retten oder von ihrem Weg abzubringen. Das war nicht seine Aufgabe.

Nicht nur Harriota, das ganze Schiff gehörte dazu. Er war praktisch der Einzige, der nicht ins Meer wollte, war unwissentlich in diesen apokalyptischen Kult hineingestolpert. Aber sie waren nicht seine Gegner. Nie gewesen. Sie wollten ihre Menschlichkeit aufgeben und damit würden sie auch Gedanken wie die Unterscheidung zwischen Freund und Feind, zwischen Außen und Innen hinter sich lassen. Es war wie bei Tieren, wie bei Kühen auf einer Wiese bei einer Bergwanderung: Wenn man sie in Ruhe ließ, ließen sie einen auch in Ruhe.

Alles, was er zu tun brauchte, wäre, die Suche aufzugeben. Nur wusste er nicht, ob er das konnte. Was er dagegen sicher wusste, war, dass er Harriota bald wiedersehen wollte. Er vermisste sie, obwohl sie sich noch gar nicht voneinander verabschiedet hatten. Ihm gefielen ihre trockene Art und ihre Intelligenz. Er wollte mit ihr auf einer Wiese liegen, ihr stundenlang Fragen stellen und zu ihren Fragen Rede und Antwort stehen. Wollte jeden einzelnen Aspekt kennenlernen, der sie ausmachte. Zuletzt hatte er sich so gefühlt, als er Kathrin kennengelernt hatte. Ob es Harriota auch so ging? Sie war zwar asexuell, aber vermutlich nicht aromantisch. Und immerhin hatte sie gesagt, dass sie ihn sympathisch fand.

Vielleicht wäre sie diejenige, die ihm helfen würde, gerade weil sie dazugehörte. Er stellte sie sich vor, wie sie ihn in einen geheimen Raum mitten auf dem Schiff mitnahm, in dem sich die Salarius-Anhänger trafen und in dem Kathrin schon auf ihn wartete.

«Herr Portmann, weilen Sie noch unter uns?», unterbrach sie seine Gedanken.

Er musste wieder abgedriftet sein. «Klar», sagte er.

«Ich kann immer noch nicht glauben, dass du das wirklich glaubst. Du veralberst mich doch.»

Doch, sagte er, das glaube er wirklich.

Harriota erwiderte nichts darauf, sondern kaute auf ihrer Lippe herum, als ränge sie mit etwas. Es schien ihr aber nicht zu gelingen, es zur Sprache zu bringen. Dann schoss sie plötzlich auf, stieg vom Bett, kramte in ihrer Sporttasche, zog ein Plastikbeutelchen heraus und wackelte damit herum, sodass das weiße Pulver hin und her rieselte.

«Was ist das?», fragte er.

«Ketamin. Willst du auch? Ich hab den ganzen Tag frei.»

«Das Pferdeschmerzmittel?»

«Es ist nicht nur für Pferde. Ein Dissoziativum.» Sie riss den Beutel auf und hielt ihn ihm hin.

Er schnupperte. Ein chemischer, unangenehmer Geruch.

Die Goaparty fiel ihm wieder ein, an die ihn Kathrin im ersten Jahr mitgenommen hatte. Sie hatte eine kurze, seltsame Phase gehabt, in der sie geglaubt hatte, in ihren Zwanzigern zu wenig wild gewesen zu sein, und es jetzt, frisch dreißig geworden, nachholen müsse. Es war in einer Fabrikhalle am Stadtrand gewesen, in der Nähe der Müllverbrennungsanlage. Eine ganze Weile hatten sie sich vollaufen lassen, in der Hoffnung, in den bunt blinkenden Lichtern, die von der Decke strahlten, wirklich den Elfenwald zu sehen, den sie darstellen sollten, hatten zum wummernden Psy Trance mit den

Füßen gestampft. Dann war Kathrin plötzlich verschwunden, und mit einem debil grinsenden Pluderhosentypen zurückgekehrt, der ihnen Speed vertickte. Kurz darauf hatten sie draußen in einer Ecke ein paar Lines gesnortet, die bei ihm ein Gefühl auslösten, als hätte er zu viel Kaffee getrunken, hyperwach, hypernervös und genervt, hatten eine Weile weitergetanzt, nur um dann auf dem Klo zu verschwinden, weil Kathrin glaubte, dass man das so mache. Hatten zwischen vollgekrakelten Wänden zu vögeln versucht, nur um nach einer Weile entnervt aufzugeben, weil er keine Erektion bekommen konnte. Sie hatten nie mehr darüber gesprochen. Es war das einzige Mal, dass er sich an härtere Drogen gewagt hatte. Seitdem blieb er beim Weed.

Danke, sagte er, aber er nähme keine harten Drogen.

«Nicht einmal an der Schaumparty?»

«Was für eine Schaumparty?»

Sie lachte. Er lebe wohl hinter dem Mond. Die Schaumparty sei die große Schlusssause, die jedes Mal gegen Ende der Überfahrt stattfinde. «Ein Must.»

Sie rieselte ein wenig von dem Pulver auf ihren Smartphone-Bildschirm und formte drei Lines. «Weißt du, es soll auch bei Depressionen helfen», sagte sie. «Es koppelt dich kurzfristig von dem Hirnteil ab, der nur um sich selbst kreist und ständig diese Geschichte im Kopf am Laufen hält. Ratter, ratter, ratter.»

Sie kramte im Rollkoffer, und beförderte einen kleinen Lautsprecher hervor, den sie mit ihrem Handy verband. Langsame, jazzartige Musik erklang, die nach Weltall klang und nach Schweben. *Bohren & Der Club of Gore* sei das, erklärte sie, und ob er wirklich nicht mitmachen wolle, er solle es sich noch einmal überlegen.

Es sei nicht der richtige Moment, sagte er.

«Na gut. *Suit yourself.*»

Sie rollte einen Geldschein zusammen und sog eine erste Line durch die Nase ein. Ihre Züge entspannten sich sofort. Harriota schloss die Augen und bewegte die Arme langsam zur Musik. Sie sah schön aus dabei, wie jemand, der sich in seinem Körper verortet weiß. Es kribble, sagte sie.

Sie nahm eine zweite Line, wobei etwas Pulver an ihrem Nasenloch kleben blieb. Dann verfiel sie auf die Idee, zu ihm aufs Bett zu steigen, schaffte es aber wegen der Droge nicht, ihre Füße richtig zu platzieren, und fiel auf den Boden.

Er verzog das Gesicht. Das musste weh getan haben. Doch Harriota schien nichts gespürt zu haben. Sie versuchte, aufzustehen, aber es wollte ihr nicht recht gelingen. Also packte er ihre Hand und zog sie zu sich herauf. Sie fing zu lachen an und wollte ihm einen Kuss auf die Lippen drücken, wohl aus Mitleid, wie ihm vorkam. Er wich ihr aus, da lachte sie dumpf.

Es gelang ihr, die dritte Line direkt vom Bildschirm in sich hineinzubefördern, ohne Geldschein dieses Mal. Dann legte sie sich auf den Rücken und versuchte, die Decke zu fassen kriegen, die neben ihr lag, aber ihre Hand konnte sie nicht ertasten. Schließlich zog Léon sie ihr über, sodass nur noch ihr Kopf mit den weiß bepuderten Nasenlöchern hervorlugte.

Sie grinste ihn an, wobei es wirkte, als würde sie durch ihn durchsehen. Als wäre er eine Halluzination, ein kurzer, drogeninduzierter Windhauch. Sie sagte etwas, aber ihre Zunge war von der Droge so schwer geworden, dass er es nicht verstand.

Er hatte das Zimmer verlassen, kurz nachdem die Droge bei Harriota richtig zu wirken begonnen und sie nicht mehr auf seine Versuche reagiert hatte, ein Gespräch am Laufen zu halten.

Weil er nicht wusste, was er von dem Erlebnis halten und wie er es einordnen sollte, verbrachte er, nachdem er in der Mitarbeiterkantine eine leichte Mahlzeit zu sich genommen hatte, den Abend auf Schlittschuhen kreisend.

Das Glamour-Deck lockte nämlich mit einer Eishalle, in der ewiger Winter herrschte, ein kläglicher, unter Gebrauch großer Strommengen erzeugter Ersatz für die Winter früherer Tage. Auf der glatten Fläche waren mehrere Mini-Eisberge aus echtem Eis aufgestellt, auf denen Animatronic-Kaiserpinguine saßen, die in regelmäßigen Abständen knatterten. Sie sollten wohl denjenigen Passagieren Trost bieten, die vergeblich gehofft hatten, während der Überfahrt den letzten Eisberg zu erspähen.

Auch die Wände der Halle waren polar bemalt, mit noch mehr Eisbergen, Eisschollen und einem im ewigen Eis festgefrorenen Segelschiff. Weiter hinten war ein falsches Lagerfeuer aufgestellt, daneben ein Automat, an dem man Kakao, Kekse und Marshmallows beziehen konnte. Sie waren im Preis inbegriffen.

Kunstschnee rieselte auf die Eisschicht herab und verfing sich in den Bommeln der Mietmützen der glücklichen Paare, die sich eng umschlungen zu Miley Cyrus über das Eis bewegten, die davon sang, Richtung Ozean zurückzugleiten. Bunte Stroboskoplichter verliehen ihren selbstzufriedenen Gesichtern etwas Außerirdisches. Zumindest kam es Léon so vor, während er in eine dicke Miet-Daunenjacke gehüllt auf seinen Kufen seine Kreise zog, die Hände hinterm Rücken verschränkt, die Stirn in Falten gelegt.

Es hatte keinen Zweck, darum herumzureden: Eben hatte er kurz davorgestanden, Kathrin zu betrügen. Hätte sich von seiner Lust und der Sehnsucht nach Intimität fast zu einem Ausrutscher verleiten lassen. Dabei war das nie seine Art gewesen. Er und Fremdgehen. Wie hatte er bloß auf die Idee kommen können, Harriota sei an ihm interessiert?

Er könnte sich schlecht fühlen. Oder er könnte die Konsequenzen daraus ziehen und sich eingestehen, dass es, selbst wenn er Kathrin wiederfand, mit ihrer Beziehung vorüber war. Sie war schon *dead on arrival* gewesen, als sie die Grey betreten hatten.

Alles komme gut, er solle einfach loslassen, hatte Harriota ihm noch gesagt, kurz bevor sie ganz in ihren Rausch abgedriftet war. Wahrscheinlich hatte sie recht. Wahrscheinlich war es genau das, was ihm das Schiff schon die ganze Zeit versuchte zu sagen: dass er aufhören sollte, nach Kathrin zu suchen, überhaupt nach etwas zu suchen. Platz für die Leere schaffen. Nichts tun. Wenn er nichts mehr wollte, flöge ihm alles zu und er würde aufhören, wie ein Staubkorn umherzutreiben.

Er stellte sich vor, wie er mit Willem, Harriota und Kathrin eng umschlungen über das Eis tanzte, wie sie ihm sagten, dass sie ihn mochten und froh seien, dass er in ihr Leben getreten war. Der Anfang von etwas Neuem, Schönem: Wie ihn das Schiff aufnahm wie ein Eiland einen gestrandeten Matrosen, wie er ein neues Leben auf der Grey begann, *one of us, one of us*, als Rezeptionist oder Techniker oder weiß der Geier was. Einfach nie mehr von Bord. Nie mehr zurück. Für immer hier, Teil eines großen Ganzen.

Die Vibration seines Smartphones in der Hosentasche riss ihn aus seinen Tagträumen. Er überließ die Eisfläche den Pärchen und setzte sich auf die Bankreihe davor. Erst jetzt merkte er, wie schwer seine Beine sich anfühlten. All die Kilometer, die er in den vergangenen Tagen auf dem Schiff gelaufen war, zeigten Wirkung.

Es war eine Nachricht von Harriota:

«nichts für ungut, aber es wäre mir lieber, wir sehen uns nicht noch mal. bitte nicht persönlich nehmen, ich glaube, das würde mir nicht guttun. alles gute!!»

Sie musste die Nachricht geschrieben haben, kaum dass die Wirkung der Droge nachgelassen hatte, als handelte es sich dabei um eine drogeninduzierte, erderschütternde Selbsterkenntnis. Vielleicht hatte sie auf ihrem Trip eingesehen, dass es ein Fehler gewesen war, sich mit ihm einzulassen oder fürchtete berufliche Konsequenzen – obschon es ihm seltsam vorkam, ausgerechnet während des Drogenkonsums Karrieresorgen zu empfinden.

Oder, die andere Möglichkeit: der Eingriff einer höheren Instanz. Val d'Ivia oder Schlynger oder sonst jemand hatte ihr direkt gedroht und nun würde auch sie wieder aus seinem Leben verschwinden, so wie Kathrin verschwunden war, eine kurze flackernde Erscheinung am Horizont, die er für eine feste Wegmarke gehalten hatte. Bald würde auch Harriota auf die andere Seite wechseln und sich der Leere anvertrauen. Nur er bliebe zurück, der einzige Mensch auf einem leeren Schiff, das ohne Besatzung über die Weltmeere trieb.

War das mit Harriota womöglich ein gescheitertes Ablenkungsmanöver gewesen? Ein Weg, ihn von seinen Nachforschungen abzuhalten, während eine weitaus größere, wortwörtliche Ablenkung im Gange war, die das Schiff langsam vom Kurs abbrachte?

Eine Kurskorrektur um wenige Winkel bedeutete eine gänzlich andere Destination. Das war es vielleicht, was Salarius hatte sagen wollen: Alles könnte anders sein. Einige kleine Verschiebungen reichten, um alles in gänzlich neue Richtungen zu lenken. Wäre er damals nicht an diese Fakultätsparty gegangen. Hätte er damals nicht reagiert, als Kathrin ihn angesprochen hatte. Hätte er eine andere Englischlehrerin gehabt, eine, die ihn nicht ermutigt hätte, als Erster in der Familie aufs Gymnasium zu gehen, anstatt eine Lehre anzufangen. Sie haben wirklich Talent, Herr Portmann. Talent, was bedeutete das schon. Talent hatten doch alle. Und doch endete man am Schluss trotz einer schönen Stimme und einer Ausbildung an der Musikhochschule als Entertainer auf einem Kreuzfahrtschiff, hauste in einem Loch tief im Schiffsbauch, obwohl man eigentlich in der Lage war, weit größere Probleme zu lösen, als sie die Welt des Kundenservices je bot, oder stellte sich als Sicherheitschef in den Dienst des Images der Reederei anstatt in denjenigen der Passagiere.

Und wenn dem nicht so war, wenn man wirklich tat, wofür man einstehen konnte, wie das bei Kathrin der Fall war, dann war es gerade das, was alles noch schlimmer machte: dass man sein Talent tatsächlich verwirklichen durfte. Vermutlich, dachte er, war es das gewesen, Kathrins Erfolg, der sie dazu gebracht hatte, Salarius zu folgen. Das Leid, das es mit sich brachte, das bewusst unerreichbar hoch gesteckte Ziel eingeholt zu haben, das bisher das eigene Unglücklichsein gerechtfertigt hatte, bloß um zu merken, dass dahinter nur noch mehr Traurigkeit auf einen wartete.

Er merkte, wie ihn seine Gedanken wie ein Bleigewicht tief in die Bank hineindrückten. Lange Zeit sah er den Pärchen zu, die händchenhaltend geometrische Formen ins Eis scharrten, mysteriös wie die Nazca-Linien. Wie bei der «Reise nach Jerusalem» kam er sich vor, wenn man als einziger ohne Stuhl stehen bleibt. Das Einzige, was ihm neben diesem Selbstmitleid, für das er sich hasste, noch blieb, war die Überzeugung, dass er nicht einfach litt, weil er Pech hatte oder ein schlechter Mensch war, sondern, weil da eine Glaswand war, die ihn vom Rest der Welt trennte. Als ob er nur ihr Beobachter war, ohne Möglichkeit, in sie einzutreten. Als ob er gar nie wirklich gelebt, sondern nur einen Avatar durch Levels geschoben hatte, die für die anderen Charaktere im Spiel, die NPCs, weitaus realer waren.

Daran würde sich nichts ändern. Es gab niemanden, der ihm helfen konnte, weder Willem, Harriota, Bodiger noch Kathrin.

Wie viele der Pärchen gehörten ebenfalls zur anderen Seite, waren Anhänger von Salarius? Wie viele würden in wenigen Tagen tot im Meer treiben, Überreste einer wahnhaften Utopie? Wie viele von ihnen ahnten nichts von der nahenden Katastrophe? Es hätte keinen Zweck, sie zu warnen. Niemand würde ihm glauben. Er war auf sich allein gestellt, gefangen in sich selbst und seinem zunehmend enger werdenden Netz aus Gedanken.

Als er am nächsten Tag in seiner tageslichtlosen Kammer erwachte und sich die verklebten Augen rieb, war Léons erstes Bedürfnis, zu Hause in Grind anzurufen. Sich per Satellit mit dem Dorf seiner Kindheit zu verbinden und mit den beiden Menschen zu sprechen, die vor bald drei Jahrzehnten übereingekommen waren, ihn zu einer Realität werden zu lassen, würde vielleicht helfen, dass ihm der Bezug zu ebenjener nicht noch weiter entglitt.

Dazu kam, dass seine Familie das Einzige war, das ihm blieb. Seine Partnerin war verschwunden, den Menschen auf dem Schiff konnte er nicht trauen und seine wenigen Freundinnen und Freunde standen ihm nicht nahe genug, als dass er mit ihnen über Kathrins Verschwinden sprechen wollte.

Er telefonierte nicht gerne mit seinen Eltern. Meist fühlte er sich nach einem Gespräch mit ihnen wie ein ausgedrückter Putzlappen, weshalb er die Gespräche auf ein Minimum beschränkte. Dazu kam, dass immer er es war, der den Kontakt suchen musste. Seine Eltern riefen ihn nie von sich aus an und suchten auch sonst keinen Kontakt zu ihm. Nicht, weil sie ihn nicht mochten, sondern, um ihm nicht zur Last zu fallen.

Die beiden verschanzten sich zwischen ihren karstigen Bergen, ein abwesendes Königspaar, das seine Kinder zwar empfing, nie aber von sich aus aufsuchte. Da konnte seine Schwester Martha sie noch so oft an Weihnachten zu sich nach Hause einladen: Sie blieben innerhalb der Grenzen ihres engen, grauen Reiches, in dem die Welt früher besser gewesen war. In dem es in Ordnung war, den ganzen Tag vor dem Computer zu verhocken und sich durch sämtliche Katastrophen zu klicken, die gerade den Globus heimsuchten. Sich nur noch von Tiefkühlkost zu ernähren, weil der eigene Gemüsegarten brach lag.

Weil er ihm der passendste Ort für ein solches Gespräch schien, stieg er erneut in die Cyber-Lounge hoch. Sie stand leer. Die Luft roch nach staubiger als zuvor, und sämtliche Stühle waren auf die Tische gestellt. Er nahm einen davon herunter, setzte sich dicht vor die Glasfront, sodass er beim Sprechen auf das Polarmeer starren konnte, und zog sein Handy aus der Hosentasche.

Wie immer, wenn er ihre Nummer wählte, zwang er sich, erst einmal ein paar Luftzüge tief ein- und auszuatmen und sich daran zu erinnern, dass nichts, was sie sagten, böse gemeint war. Dass es nur ihre Krankheit war, die aus ihnen sprach – auch wenn sie sich seit Jahren weigerten, sich deswegen Hilfe zu holen, weil das, wie sie sagten, sowieso nichts nütze und bloß alles Abzocker- und Bauernfängerei sei.

«Hallo», sagte er, als er den elterlichen Atem am anderen Ende der Leitung hörte, und er habe gedacht, er würde sich einmal melden.

«Schau an, wer aus seiner Höhle gekrochen kommt.» Wie immer war es seine Mutter, die den Anruf entgegennahm. In der Hinsicht war also noch alles beim Alten. Wieso er nicht früher angerufen habe, fragte sie. Sie hätten sich Sorgen gemacht.

Es tue ihm leid, er sei einfach nicht dazu gekommen.

«Ich versteh schon. Wir sind halt Langweiler.»

Dasselbe Lied wie stets. Die Gespräche mit seiner Mutter waren wie ein Tanz, der ihnen beiden so sehr in Fleisch und Blut übergegangen war, dass sie gar nicht mehr anders konnten, als ihn immer von Neuem zu wiederholen.

Sie solle so etwas nicht sagen, sagte er, wobei er einen Seufzer unterdrücken musste. Sie seien überhaupt keine Langweiler und ihm sehr, sehr wichtig.

«Das sagt deine Schwester auch immer. Und trotzdem kommt sie nie vorbei.»

«Ich besuche euch, sobald ich zurück bin.»

«Wenn du überhaupt zurückkommst.»

Sie hatte den Satz, jedenfalls dem Klang nach zu urteilen, gedankenlos hinausgeworfen. Und doch hatte er kurz das Gefühl, als würde jemand hinter ihm stehen und seinen Stuhl kippen, sodass er zusammenzuckte.

Wie sie das meine, fragte er.

«Dein Vater und ich haben neulich mal recherchiert im Internet. Weißt du, wie viele Morde es auf Kreuzfahrtschiffen gibt? Schrecklich ist das. Und niemand tut etwas dagegen. Ich verstehe überhaupt nicht, wie Kathrin auf so eine Idee kommen konnte ...»

Ihr Monolog dauerte noch eine ganze Weile an. Sie erwähnte den Fall von Martin P. und einige andere, von denen er noch nie gehört hatte, die aber bis heute nicht aufgeklärt worden seien. Das immerhin hatten sie alle drei gemeinsam: eine Neigung, sich in den Weiten des Netzes zu verlieren, das Internet als eine Art zweite Welt zu betrachten, in der man sicherer navigieren konnte als in der ersten, die zwar auch voller Katastrophen war, einem aber anders als die erste nicht zu nahekam. Eine Dokumentation hatten sie auch gesehen, über ein Kreuzfahrtschiff, das vor Jahren einen Felsen gerammt und untergegangen sei. Wie irrsinnig es sei, sein Leben in die Hände fremder Personen zu geben, nicht besser als Fliegen sei das, und man könne über das Autofahren sagen, was man wolle, wenigstens sei man da rein selbst verantwortlich.

Wie so oft, wenn er mit ihnen sprach, brandete eine ganze Flut von Negativität über ihn. Normalerweise ging ihm das nahe, erschöpfte ihn. Dieses Mal war dem nicht so. Der Monolog seiner Mutter löste nichts in ihm aus, sondern perlte an ihm ab wie Tau von einer Lotuspflanze. Es war, als ob die

Ereignisse der vergangenen Tage eine hermetische Haut über ihn gelegt hatten. Nichts drang durch sie durch, nichts aus ihr heraus. Als ob er unter einer von ihm selbst ausgelösten Lawine begraben war, eine dicke Wand, die das Lärmen der Welt so stark dämpfte, dass er es kaum mehr hörte.

Wenigstens schienen sie nichts von Kathrins Verschwinden gehört zu haben. Um ganz sicher zu sein, fragte er, ob zufällig die Wahlaus bei ihnen angerufen hätten.

« Wieso sollten sie? Die rufen nie an. Wir sind denen doch nicht gut genug. Warum, was ist passiert? » Die Frage klang erschöpft und vorwurfsvoll, als läge das ganze Leid der Welt darin.

« Einfach so. »

« Besucht haben sie uns auch noch kein einziges Mal. »

Wo eigentlich sein Vater sei, fragte er, halb, um das Thema zu wechseln, halb aus wirklicher Sorge.

« Der schläft schon seit dem Nachmittag. »

Léon sah auf die Uhr seines Handys. 11:00 Uhr. Dann musste es zu Hause gerade 20:00 Uhr sein. Er stellte sich die Sicht vor, die sich seiner Mutter gerade aus der Küche bot, in der sie gewöhnlich Anrufe entgegennahm: die dunklen Tannen, die den Ort stets umzingelt hatten, und die Landstraße zwischen ihrem Haus und dem Hof der Taubners, der leer stand, seit der alte Taubner gestorben war. Hätte sich jemand auf die Straße verirrt, er hätte eine zusammengefallene und vom Zorn über all die ihr widerfahrenen Ungerechtigkeiten runzlig gewordene Frau mit grauem Zopf gesehen, die sich über ein mit einer rot-weißen Plastikdecke abgedeckten Küchentisch beugte.

Vielleicht würde er seine Eltern nie wieder sehen, ging ihm durch den Kopf. « Wie geht es ihm? », fragte er.

« Nicht gut. Er ist oft müde in letzter Zeit. »

Das war das eherne Gesetz: Wie auch immer es ihnen beiden ging, seinem Vater ging es schlechter. Er sah ihn wieder vor sich, wie er bei seinem letzten Besuch kurz vor der Abreise ausgesehen hatte: Aus einem Menschen, der sonst von der Arbeit draußen immer ganz braun und sehnig gewesen war, war ein wachsweißes, verzwergtes Männlein geworden. Er schob das Bild schnell weg, wie dieses Männlein jetzt im Halbdunkel unter der Decke lag, inmitten abgestanden riechender Luft. Dafür war jetzt kein Platz.

Plötzlich fing seine Mutter am anderen Ende der Leitung zu schluchzen an. Fast kam es ihm vor, als ob sie es an seiner Stelle tat. Alles gehe langsam zugrunde, sagte sie zwischen Tränen, und sie wisse manchmal nicht, woher die Kraft nehmen.

Mehrere Minuten weinte sie in ihrer bäuerlichen Stube am anderen Ende Eurasiens, und er hörte ihr zu, sagte, es sei schon gut, und wenn er erst in Japan angekommen sei, werde er zusehen, dass er so schnell wie möglich nach Hause käme. Das war wichtig, das wusste er: Ihr zeigen, dass er noch alles unter Kontrolle hatte, dass er nicht wie ein Laubblatt im Wind hin und her geweht wurde, sondern die Dinge selbst lenkte. Auch wenn es nicht stimmte.

«Das ist nett, dass du das sagst», meinte sie schließlich, als sie sich wieder etwas gefangen hatte. «Und wie geht es eigentlich Kathrin?»

Léon wusste genau, dass die Frage geschauspielert war, eine ihrer kleinen Notlügen. Die falschen kleinen Momente von Normalität, die aufrechtzuerhalten sie so viel Kraft kosteten. Trotzdem war er dankbar. Wenn sie ihn belog, wusste er, dass er ihr nicht egal war.

«Gut», sagte er. «Es geht ihr gut.»

Nach diesem Gespräch war Daydrinking die einzig vernünftige Option. Die Piratenbar schien ihm dafür der bestgeeignete Ort. Er hatte sowieso genug vom dauerhellen Polarlicht, freute sich auf die von Fuselduft durchzogene Höhle. Außerdem hatte er die Hoffnung, dort vielleicht Willem zu begegnen. Um diese Zeit würde der Niederländer Zimmerstunde haben, vermutete er. Womöglich könnte er sich bei ihm entschuldigen, ihn bitten, in sein Zimmer zurückzukehren.

Er würde ihn auf Salarius ansprechen und ihm sagen, dass er bereit war, mehr über dessen Ansichten zu lernen. Willem wäre sein Charon, er würde ihn auf die andere Seite hinüberschiffen, aus seiner Isolation in die Wärme der Gemeinschaft. Natürlich würde Léon nur so tun, als wolle er die Seiten wechseln; er glaubte nicht wirklich, was der Neuseeländer schrieb. Er wäre eine Art Doppelagent.

Vor der Bar war diesmal keinerlei Musik zu hören. Auch das Gelächter des Piraten-Roboters fehlte. Auf dem Flur war es still. Léon ignorierte die «Zutritt verboten»-Aufschrift und trat ein. Das durfte er, schließlich gehörte er mittlerweile beinahe dazu.

Die Bar war jetzt, zur Mittagszeit, praktisch leer. Frank, der Barkeeper, stand hinter der Theke und trocknete mit einem nicht mehr besonders frisch aussehenden Geschirrtuch Longdrinkgläser ab. Im roten Licht der Bar wirkte er wie ein Dämon, der arme Sünderseelen quälte. Nur die Hörner fehlten.

Ein Geruch nach Spülmittel hing in der Luft. Hinten im Raum saßen eine Angestellte und ein Angestellter um eines der Fässer, ohne ihn zu beachten. Die Frau tröstete den Mann, der leise weinte, vielleicht einer Trennung oder einer Entlassung wegen.

Léon setzte sich an die Theke, sah dem Barkeeper so direkt und herausfordernd wie möglich in die wie bemalte Glaskugeln wirkenden Augen und sagte, er wolle das Übliche und Einzige.

Frank reckte den Kopf und blähte die Nasenflügel auf. «Willkommen, Reisender. Ich bin hoch erfreut, euch hier in meiner Taverne empfangen zu dürfen.» Er wirkte, als stünde er kurz davor, Léon vor die Füße zu rotzen.

Er solle ihm einfach einen verdammten Drink geben, sagte Léon. Er hatte keine Angst vor dem Kerl, nicht mehr.

Seine Unfreundlichkeit schien den Hünen ein wenig auftauen zu lassen. «Nicht einfach einen Drink will er, sogar einen verdammten Drink!», sagte er. Es klang fast ein wenig beeindruckt. Allerdings hätten sie geschlossen. Einzig Rum ohne Eis könne er ihm anbieten, und auch das nur, weil sie so gute Freunde seien.

Das passe, meinte Léon, und Frank goss ihm ein paar Schlucke in ein Shotglas, auf das eine sexistische Frauen-Silhouette aufgedruckt war.

Die Spirituose schmeckte nach Kopfweh und schlechten Entscheidungen, aber Léon kippte sie trotzdem herunter. Es war, als ob nicht zählte, was hier unten geschah. Er spürte, wie die Flüssigkeit wie ein Lavastrom seine Kehle hinunterkroch und dabei alles versengte, was sich ihr entgegenstellte.

«Noch ein‘n», sagte Frank. Es klang nicht nach einer Frage.

Léon nickte, und Frank goss Schnaps nach.

Ob er das mit Willem gehört habe, sagte der Barkeeper. «Eine Schande.»

Was denn passiert sei, wollte Léon wissen, der die Antwort bereits ahnte.

«Verschwunden ist er.» Gestern nach seiner Show hätte er hier noch etwas getrunken. Sie hätten auf sein Jubiläum angestoßen, erinnerte sich der Barkeeper. Willem habe gesagt, er sei jetzt genau seit zehn Jahren Entertainer für die Diamond Lines, «ein echtes Urgestein, schon länger dabei als ich selbst, und das will was heißen!»

Der Niederländer habe nicht traurig gewirkt, eher ausgelassen, gelöst. «War stolz auf sein Dienstjubiläum, das hat man gemerkt. Dafür bekommt man nämlich Urlaub an Land geschenkt, eine ganze Woche. Allerdings schien er gar nicht wirklich Lust drauf zu haben. Sein Freundeskreis sei hier, hat er gemeint. Hätt da schon ahnen müssen, dass was im Busch war. Hat erzählt, wie glücklich er sei, dass er hier gelandet sei und nicht als mittelmäßiger Kontertenor in so 'nem Orchester. Mehr brauche ich nicht, hat er gemeint.»

«Und dann?», fragte Léon, der ein seltsames Prickeln auf der Haut spürte wie bei einem bevorstehenden Wetterumschwung.

«Dann ist er gegangen, und um ein Uhr morgens kam dann die Durchsage. Willem de Lampreta soll sich an der Rezeption melden, hat es geheißen.» Willems Kammer – wo die denn überhaupt liege, fiel Léon dem Barkeeper ins Wort, erhielt aber keine Antwort – habe offen gestanden. «Wie ein ausgeweidetes Reh soll sie gewirkt haben, hat Petra gemeint, die als Erste dort war.»

Was Frank glaube, dass geschehen sei, wollte Léon wissen.

Der Barkeeper holte tief Luft. Dann senkte er seinen mächtigen Körper zu Léon herab und sah ihm ernst ins Gesicht. Er kam Léon so nahe, dass der seinen Mundgeruch roch, faulig, als ob der Mann Karies hatte.

«Gesprungen ist er, ich sag's dir!»

Wer sich in den nächsten Tagen bemüht hätte, die Vorgänge in Mitarbeiterzimmer Nr. 94 zu verfolgen – nicht, dass das jemand tat –, hätte keinen erhebenden Anblick vorgefunden: Das Häuflein Elend, das darin hauste, folgte einer äußerst eintönigen Routine. Da es kein Tageslicht gab, das es hätte wecken können, döste es bis in den Mittag hinein.

Der Mann hatte aufgehört, sich zu rasieren, sodass aus seinem Ziegen- ein ungleichmäßiger Vollbart geworden war. Seinen Tag begann er gewöhnlich, indem er erst den Rauchmelder ausschaltete, um dann den Raum und seine Lungen mit Haschischrauch zu füllen, der durch die Ritze in der Tür süßlich auf den Flur strömte.

Nachdem man den Passagier anfänglich noch dabei hätte beobachten können, wie er auf der Suche nach einer Waschmaschine durch die Gänge des Mitarbeiterbereichs und über die Autobahn geirrt war, ließ er das bald sein und ging dazu über, seine wenigen Kleidungsstücke mit Duschgel aus dem Bord-Shop im Waschbecken zu waschen und zum Trocknen vom Gerippe eines Bettgestells zu hängen, von dem er die Matratzen entfernt hatte.

Ein modriger Rauchgestank ging von ihm aus, der so penetrant war, dass ihm die meisten Menschen auswichen, und man noch Minuten später riechen konnte, welchen Weg er bei einem seiner Spaziergänge, die mehr dem obsessiven Um-sich-selbst-Kreisen eines eingesperrten Tigers glichen, eingeschlagen hatte. Zuweilen kam es vor, dass eine Passagierin oder ein Passagier von der Romanlektüre aufblickte oder im Gang stehen blieb, um der verwilderten Erscheinung nachzublicken. Aber der Mann drehte sich nicht um, egal, wie lange die Blicke auf ihm ruhten.

Auf den Außendecks war er nie zu sehen, zumindest nicht tagsüber. Womöglich fürchtete er das Sonnenlicht. Neben seinen Streifzügen verbrachte er den Großteil des Tages im

Internetraum, dessen Wände sich bald so stark mit seinem Geruch vollgesogen hatten, dass der Raum zu einer Erweiterung seiner selbst wurde, da konnte das Personal noch so oft sämtliche Fenster öffnen, um die Seeluft hineinzulassen, kaum dass er hinausgegangen war.

Im Internetzimmer saß er oft stundenlang über seinen Laptop gebeugt, ohne aufzublicken, und spielte alte Videospiele, die aus seiner Jugend stammen mussten: Kloppte Orks mit einem Hammer auf den Kopf und bewarf Skelette mit Feuerbällen. Manchmal stürmte er auch mit einem Maschinengewehr durch virtuelle Gänge und brachte Naziköpfe dazu, blutig zu platzen. Am meisten Zeit aber verbrachte er damit, wieder und wieder in einer düsteren Fantasywelt durch den Nebel zu rennen, um dann ohne Rüstung ins Wasser zu tauchen. Es wirkte, als suche er dort was.

Andere Male hätte man zuschauen können, wie er sich durch obskure Webseiten klickte, deren Gestaltungen an die Frühzeiten des Web erinnerten, durch PDFs scrollte, die von einer neuen, kommenden Welt kündeten, oder sich durch seltsame Foren und Social-Media-Gruppen las und später auch selbst dort postete.

Stundenlang vertiefte er sich in zerfledderte Taschenbücher, die er aus der Schiffsbibliothek entlieh, und kritzelte sein Notizbuch mit Hieroglyphen voll. Er schien etwas zu suchen, es aber nicht recht finden zu können. Mit einem dicken Edding zeichnete er sich eine Art falsches Tattoo auf beide Handrücken, dass eine Art stilisiertes Männchen zeigte, das in einer Taucherglocke schwebte. Vielleicht ein Schutzzauber oder der Versuch, etwas zu beschwören.

Oftmals hielt er mitten in seinen Recherchen inne, starrte aufs Meer und kaute auf seinen Lippen herum, als wären sie ein Stück Trockenfleisch. Manchmal schoss er mitten in der

Lektüre auf und blickte aufs Meer, als lägen die Antworten, die er suchte, dort in der Tiefe verborgen.

Zuweilen wagte sich der Mann aus dem Aufzug auf den Gang des Coral-Decks, nur um nach wenigen Schritten wieder kehrtzumachen, als fürchte er, sich dabei zu verbrennen.

Spätnachts hätte man sehen können, wie er über das Außendeck streunte, wobei er bei der kleinsten Bewegung zusammenzuckte und schnell in alle Richtung spähte. Es wirkte, als spiele er Nachtwächter oder als hätte er sich, da es ja an Bord keinen gab, selbst zum Lifeguard ernannt.

Regelmäßig tauchte er in den Fast-Food-Restaurants des Starfish-Decks auf, dem Burgerladen «Cajun Star» oder der Pizzeria «Joe's Pizza», meist spätabends kurz vor Ladenschluss, und schlang herunter, was vom Tagesangebot liegen geblieben war, nicht ohne es erst ausgiebig zu beschnuppern, als laufe er Gefahr, vergiftet zu werden.

Die Restaurantmitarbeiter gewöhnten sich bald an den Anblick des blassen jungen Mannes, der meist ganz hinten in der Ecke seine lauwarme Mahlzeit mümmelte, und gingen dazu über, bereits am frühen Abend etwas für ihn zur Seite zu legen, damit er später nicht leer ausging. Der Mann schien es nicht zu bemerken.

Das Personal begann bald, untereinander über den armen Kerl zu tuscheln und wie man ihm helfen konnte, und so fand Léon bald eine verwaschene Hose und zwei, drei XXL-T-Shirts auf seinem Bett, als er von seinen Recherchen in seine Höhle zurückkehrte. Obwohl er sich danach sehnte, diese Gaben als Zeichen zu sehen, dass er nicht allein war, und die Mitarbeitenden ihn als einen der ihren ansahen, wollte ihm das nicht gelingen; stattdessen fürchtete er, dass man ihn auf diese Weise einzulullen versuchte, und so landeten die Sachen jedes Mal im Mülleimer, um am nächsten Tag wieder säuberlich zusammengefaltet auf seiner Matratze aufzutauchen.

Oft kam er sich vor wie eine Ameise, die einmal falsch abgebogen und in einem fremden Bau gelandet war, unwillkommen und in ständiger Gefahr, vernichtet zu werden. Alles schien ihm ein koordinierter Angriff, schien ein System zu haben. Er war zu schwach und unbedeutend, um sich zu wehren, deshalb zog er sich zurück und machte sich so unscheinbar wie möglich.

An anderen Tagen glaubte er, kurz vor einem Durchbruch zu stehen, wie ein Reptilienjunges, das versucht, die Schale seines Eis zu sprengen, damit es endlich die Sonne auf seiner Haut spüren kann.

Inzwischen war er vollkommen überzeugt davon, dass die Grey fast vollständig von Anhängern von Salarius bevölkert war. Womöglich war er einer der wenigen, vielleicht sogar der Einzige, der nicht dazu zählte.

Was sie vorhatten, das wusste er: die Rückkehr an den Ursprung, die Rücknahme des Landgangs, der Beginn eines neuen Zyklus, ein bewusstes Game over, um das Spiel namens Leben mit einem besseren Character Build neu zu beginnen. Nur wann diese Rückkehr vonstattengehen sollte, konnte er nicht eindeutig in Erfahrung bringen, obschon er inzwischen sämtliche Werke von Salarius studiert hatte, an die er hatte gelangen können, ob über die Schiffsbibliothek, in der er mehrere Exemplare gefunden hatte, oder einschlägige Seiten im Internet.

Zunehmend spürte er, wie der Kosmos, der sich ihm in Salarius' Werken auftat, auf ihn rückzuwirken begann. Der Gedanke an die Möglichkeiten, die sich tief im Meer verbargen, sorgte für ein Kribbeln, das zwischen seinen Schultern begann und sich die Wirbelsäule hinunter bis ins Kreuz bewegte. Salarius' Vorschlag, die Sprache aufzugeben, sich ihrer zu entledigen wie einer zu eng gewordenen Haut – die einzige Sprache, die er sich noch vorstellen könne, sei die von

Oktopussen, die ständig ihre Farbe wechselten, ohne damit etwas zum Ausdruck zu bringen, schrieb der Neuseeländer – kam ihm zwar weiterhin unmöglich, aber gerade deswegen zunehmend verführerisch vor. Wenn niemand mehr sprechen musste, wäre alles gesagt. Alle Uneindeutigkeiten und Missverständnisse, die sich im Lauf der Jahre nicht nur zwischen Kathrin und ihm, sondern auch zwischen ihm und seiner Mitwelt zu einer Mauer aufgetürmt hatten, wären auf einmal verschwunden. Die neuen Wesen, die Salarius wollte, würden durch das Wasser tanzen und sich ohne Worte verstehen, wären eine synchronisierte Masse, in der gar keine Einsamkeit entstehen konnte, weil es nichts und niemanden gab, der sie hätte fühlen können. Immer öfter träumte er davon, frei von allen Sorgen durch das Polarwasser zu wirbeln.

Dass sich Nacht für Nacht kleine Grüppchen der Salarius-Jüngerinnen und -Jünger gemeinsam ins Wasser stürzen oder mit Booten auf dieses herablassen würden, das schien ihm die wahrscheinlichste Möglichkeit. Es wäre am unauffälligsten. Bei seiner nächtlichen Begegnung hatten sie wohl genau das geübt. Aber immer, wenn er den Wecker auf drei Uhr morgens stellte, um die Außendecks auszukundschaften, sah er niemanden – auch wenn er schwören könnte, manchmal in der Ferne Getuschel zu hören. Für ihn war das nur der Beweis, wie um- und vorsichtig sie waren. Am liebsten hätte er ihnen zugerufen, dass er nicht ihr Gegner war, aber das traute er sich nicht.

Eine zweite Möglichkeit wäre, dass sie erst später an einem vereinbarten Ort alle gemeinsam ins Wasser gingen, womöglich mitten am Tag und auf ein Signal von Val d'Ivia hin, und den Rest der Passagiere und der Besatzung sich selbst überließen. Das wäre ihm lieber gewesen, denn so bestand die Chance, dass er Kathrin noch einmal sehen und von ihrem Gang ins Meer abhalten oder ihr nachfolgen konnte. Andererseits wusste er nicht einmal, wie er das bewerkstelligen sollte. Die Liebe, die er in manchen Momenten immer noch für sie fühlte, würde jedenfalls nicht ausreichen, um sie von ihrer Entscheidung abzuhalten, und aller Wahrscheinlichkeit nach würden die anderen dafür sorgen, dass er gar nicht erst bis zu ihr durchkam. Der einzige Trost wäre, dass er sie noch einmal würde sehen können, dass er Abschied nehmen könnte und wüsste, dass alles tatsächlich so geschehen war, wie er vermutet hatte. Eine Art Abschluss, immerhin das.

Am liebsten wäre er den ganzen Tag in seinem Bett geblieben und hätte die Decke angestarrt; einzig das Haschisch half ihm dabei, klar im Kopf zu bleiben und sich durch die Grey zu bewegen, ohne vor Panik zu erstarren. Ein paar Mal war er versucht, Harriota anzurufen, um ihr zu sagen, dass er ihre Hilfe brauchte und dass sie und er auf der gleichen Seite standen, brach jedoch jedes Mal ab, kaum hatte er auf die Anruftaste gedrückt. Sie hatte klar gesagt, sie wolle keinen Kontakt, und er wollte das respektieren, auch wenn er es nur schwer aushielt. Zunehmend spielt er gar mit dem Gedanken, Val d'Ivia selbst aufzusuchen, sich zur Brücke durchzukämpfen und ihr mitzuteilen, dass er einfach nicht mehr konnte, dass die Leere, ihre Leere, tatsächlich siegte, und ihm alles einerlei sei, solange man ihm nur diese Uneindeutigkeit nahm; mehrfach machte er sich auf den Weg in Richtung Brücke, kehrte allerdings vorher um.

Während seine Tage so fortschritten und zunehmend ineinander übergingen, kroch das Schiff unaufhaltsam nach Osten weiter, passierte die Laptewsee und die Ljachow-Inseln, inklusive eines kurzen, mehrstündigen Zwischenhalts im Hafenort Tiksi, den Léon sich nicht zu besuchen traute, da er fürchtete, dass sein Zimmer durchsucht oder der Rest seiner Habseligkeiten entwendet werden könnte, wenn er von Bord ginge, oder man ihn nicht mehr auf das Schiff zurückließe. Einzig durch die Glasscheibe des Internetraums bekam er einen Eindruck von der Stadt mit ihrem braunen Tundragras und dem dunkelgrauen Himmel: Verwilderte, zottelige Hunde rannten zwischen bunten Plattenbauten hin und her, von denen die Farbe abblätterte. Selbst hier oben, weit oberhalb des arktischen Zirkels, gab es nirgendwo Schnee zu sehen. Stattdessen ertrank alles im Schlamm. Der Permafrostboden hatte schon vor langer Zeit zu schmelzen begonnen.

Der Zwischenhalt auf Nowaja Semlja fiel ihm wieder ein, zwei Tage vor Kathrins Verschwinden war das gewesen. Einen ganzen Nachmittag hatte das Schiff in einer Bucht im Südwesten der Insel geankert. Wo früher die Sowjets Atomwaffen getestet und später die spärliche Bevölkerung regelmäßig von ausgehungerten Eisbären angefallen worden war, standen jetzt mehrere Hotelkästen. Dahinter zogen sich Birkenwälder, die man dank den wärmeren Temperaturen hatte pflanzen können. Bäckereien verkauften Kuchen in Narwal- und Eisbärform, während Prokoviefs Schlittenfahrt aus dem Lautsprecher erklang.

Ein Mann, der trotz der milden Temperaturen in eine Pelzmütze gehüllt war, hatte sich vor Kathrin und Léon aufgebaut und gefragt, ob sie Interesse an einer Tour an den Rand des Kraters hätten, den damals die Zar-Bombe verursacht habe. Er kenne das Gebiet wie kein Zweiter und fahre mehrmals pro Woche dorthin. Léon war kurz davor gewesen, einzuschlagen, als Kathrin ihn weggezerrt hatte. Er sei zu vertrauensselig. Als sie abends, die Sonne stand kaum tiefer, aufs Schiff zurückgekehrt waren, hatte der Mann, der unmittelbar beim Pier gestanden hatte, ihm zugezwinkert.

Léon wusste nicht, ob der Verkäufer, während er mit Kathrin im lokalen Völkerkundemuseum verschiedene Speer- und Pfeilspitzen begutachtet hatte, tatsächlich mit anderen Passagieren zum Krater hochgefahren war oder ob er die ganze Zeit am Pier auf ihn gewartet hatte, und ob das Abenteuer, das er verkaufte, nichts war als ein Paket von Worten, einer schwer fassbaren Sehnsucht, schön zusammengeschnürt.

Wozu hatte Kathrin ihn von dem Ausflug abgehalten? Sie musste gewusst haben, welches Schicksal ihm blühte, wenn er auf der Grey bliebe. Weshalb hatte sie sich trotzdem Sorgen um ihn gemacht? Hatte ein Teil von ihr gehofft, dass er sich ihr noch anschließen würde, wenn sie es nur fertigbrächten, ehrlich zueinander zu sein? Dass sie Hand in Hand ins Wasser sprangen?

Und was, wenn er ihr zum Trotz mit dem Mann mitgefahren wäre? Er stellte sich vor, wie ihn der Mann, nachdem er ihm sämtliches Geld und sein Smartphone abgeknöpft hatte, im Einschlagskrater zurückließ, allein in der leeren moosigen Tundra, bereit, für immer aus allen Geschichten zu verschwinden. Die Vorstellung hatte etwas Beruhigendes. Hätte man ihm diese Möglichkeit jetzt angeboten, er hätte vielleicht eingeschlagen. Hauptsache, die infernalische Gedankenmaschine in seinem Kopf hörte endlich auf, vor sich hinzurattern. Es war ein Kampf, ein Selbst zu sein, ständig diese Story am Laufen zu halten, Öl hineingießen zu müssen, damit ihr Feuer weiter brannte. Er wollte nicht mehr im Zentrum seiner eigenen Aufmerksamkeit sein. In der Hinsicht hatte Salarius recht: Wenn es keine Sprache gäbe, in der Léon sich versichern konnte, ständig versichern musste, dass er das Zentrum seiner eigenen Erzählung war, seine eigene Ursache und Wirkung, gäbe es auch keinen Grund mehr, zu leiden. Salarius mochte ein Schwätzer oder ein Betrüger sein; doch die Erlösung, die er versprach, war eine, die Léon zunehmend nachvollziehen konnte, ja, nach der er sich sogar sehnte.

Über solche Gedanken war er aus dem Internetraum zurück in seine Kammer geschlurft, um sich, wie er sich sagte, auszuruhen, und vielleicht noch einmal einen Joint zu rauchen, obwohl er sich eigentlich vorgenommen hatte, mit dem wenigen Haschisch, das ihm noch geblieben war, sparsam umzugehen.

Bereits als er auf dem Gang angekommen war, ahnte er, dass etwas nicht stimmte: Ein Geruch nach Tabak hing in der Luft, und das Licht war bereits an, als er den Flur betrat. Die Tür zu seinem Zimmer stand einen Spalt offen. Wollten sie ihn nun auch noch aus diesem letzten Refugium vertreiben? Oder war es Kathrin, die zu ihm zurückkehrte, Harriota? Seine Gedanken, die in den vergangenen Tagen so zähflüssig gewesen waren wie Molasse, rasten, sein Bauch spannte sich an, sein Atem ging kurz.

Auf der Suche nach einer Waffe riss er den Feuerlöscher von der Wand. Dann trat er die Tür auf, bereit, auf die Eindringlinge einzudreschen.

Erst als er sah, wer da auf der unteren Pritsche saß, ließ er seine improvisierte Waffe sinken: Es war Bodiger.

Der Sicherheitsleiter musterte ihn mit einem Blick des Bedauerns, und für einen Moment schoss Léon durch den Kopf, wie er auf ihn wirken musste: verwahrlost, borstig, mit tellergroßen Augenringen. Er spürte, wie er rot wurde.

«Sie kommen besser mit mir mit», sagte der Sicherheitsleiter.

Sie fanden sich in Bodigers Suite auf dem Orca-Deck wieder, in der bereits eingespielten Konstellation: Bodiger auf dem Bürostuhl, Léon auf der Couch. Léon fiel auf, dass der Raum einen wesentlich saubereren Eindruck machte als beim vorherigen Mal. Die quer durch das Zimmer gespannte Wäsche war verschwunden, und der Schreibtisch und der Boden von all den Dokumenten befreit, die zuletzt darauf gelegen hatten. Vor der Balkontür stand ein ausgebeulter Rollkoffer, der Léon an ein ausgestopftes Walross erinnerte. Alles wirkte, als stünde der Schiffspolizist kurz vor der Abreise. Dabei würde es noch mehrere Tage dauern, bis sie in Tokyo ankamen. Falls sie überhaupt je ankämen.

«Kaffeeschnaps?», fragte Bodiger. Als Léon dankend ablehnte, murmelte er: «Hab' eh nur eine Tasse.»

Bodiger öffnete eine Schreibtischschublade, um einen Wasserkocher, stilles Mineralwasser, Instantkaffee sowie eine Flasche Zwetschgenwasser Marke *Troger* ans Tageslicht zu befördern, in der ein daumenhoher Rest Schnaps schwappte. Er kippte alles zusammen in den Wasserkocher, stand auf, steckte das Gerät in einer Steckdose in der Zimmerecke ein und ließ die Mischung vor sich hin blubbern.

Dann drapierte er seinen Leib wieder auf dem Bürostuhl, legte die Beine auf die Schreibtischplatte und verschränkte die Arme vor der Brust, über die sich ein T-Shirt mit dem Logo der Getränkemarke *Elmer Citro* spannte. Es zeigte einen Mönch, der eine Flüssigkeit auffing, die aus einer Felsspalte schoss.

Ob Portmann aufgefallen sei, wie nervös alle seien? «Nicht nur die ganz oben» – Bodiger wies mit dem Daumen Richtung Decke – «sondern auch die sogenannten kleinen Fische. Ahnen alle, dass was nicht stimmt. Wie Kühe, die das Gewitter spüren und in den Stall drängen.» Die Bedienung in den Restaurants, die fahriger und fahriger werde und vergesse, wer an welchem Tisch sitze. Reinigungskräfte, die dasselbe Zimmer zweimal putzten. Barkeeper, die bei Cocktails mit dem harten Alkohol großzügiger seien, als die internen Richtlinien erlaubten. Ihm schwane nichts Gutes. Da sei etwas im Busch.

Sein Kaffee koche über, unterbrach ihn Léon, der Bodiger nicht zugehört hatte. Seine Gedanken kreisten darum, ob Bodiger von Val d'Ivia beauftragt worden war, ihn zu beseitigen, und ihn bloß einzulullen versuchte, oder ob er die Wahrheit sprach.

Zu spät: Die dunkle Brühe quoll bereits aus dem Deckel des Wasserkochers und befleckte den Teppichboden. Bodiger blieb sitzen, sah nicht einmal hin. Es schien, als kannten er und der Wasserkocher sich schon lange genug, als wüsste der Sicherheitsleiter, dass die Flecken der Tribut waren, den er dem Gerät schuldig war. Zumindest war der Boden an der Stelle, auf der der Wasserkocher stand, bereits ziemlich verfärbt.

«Jedenfalls, und glauben Sie mir, ich gebe sowas nur ungern zu, jedenfalls haben Sie recht gehabt.»

Hatte Léon vorhin in sich gekehrt auf der Couch gekauert, schoss er jetzt auf. Er spürte, wie sein Herz einen extrakräftigen Schlag tat. War das endlich das Zeichen, dass er nicht verrückt war, ein Zeichen, dass er die Zeichen richtig gedeutet hatte, dass die Dinge zusammenhingen?

Er hätte es schon viel früher merken müssen, sagte der Schiffspolizist.

Ja, dachte Léon, das war es: Auch wenn die Indizien so verstreut herumlagen wie Billardkugeln am Anfang des Spiels, hatten sie doch alle denselben Ausgangspunkt genommen, gründeten in einem einzigen Stoß mit dem Queue, die man mit der richtigen Formel rekonstruieren konnte. Hatte Bodiger die Antwort gefunden?

Schon viel früher hätte er merken können, dass er nicht mehr er selbst sei, sagte dieser jetzt. «Eigentlich hätte es ja nur eine Zwischenlösung sein sollen hier auf dem Schiff.» Stattdessen habe er sich in der Grey verfangen wie in einem Spinnennetz. «Kommt mir vor, als ob ich grad erst hier angefangen habe, dabei bin ich schon sieben Jahre hier. Wie in einem Märchen, aber einem miesen.»

Léon musste an Willems und Harriotas Geschichten denken, die ähnlich verlaufen waren. Es schien, als ob die Grey eine Art hatte, einen nicht mehr loszulassen, wenn man erst einmal in ihren Bann geraten war. Seltsam, dass die Salarius-Anhänger ausgerechnet dieses Schiff zum Startpunkt ihrer Reise in eine andere Welt auserkoren hatten. Vielleicht würde sich das noch rächen, vielleicht blieben auch sie daran kleben wie Fliegen an einer Falle, anstatt zum Abflug in eine neue Zukunft anzusetzen. Vielleicht würde die Grey auch sie nie mehr loslassen, würden sie allesamt bis zum bitteren Ende an Bord bleiben, bis ein Geisterschiff daraus würde, das noch jahrhundertelang das wärmer und wärmer werdende Polarmeer durchkreuzte.

«Aber jetzt reicht's mir», riss ihn Bodiger aus seinen Gedanken. «Die haben mich gesehen.»

Woher dieser plötzliche Gesinnungswandel rühre, fragte Léon.

«Seine Seele hat er verjubelt, der Bodiger.» All die Todesfälle, die er in den vergangenen Jahren kleingeredet habe, um schlechte Publicity zu vermeiden – «Selbstmord, immer pochten wir darauf, es sei Selbstmord gewesen» – dazu die Opfer sexueller Belästigungen, die er mit Geld ruhiggestellt, und das Lohndumping hier auf dem Schiff, das er einfach hingenommen habe. «Könnte kotzen, wenn ich daran denke.» Nachts könne er oft nicht schlafen, werde von Schuldgefühlen hin und her gewälzt wie ein Käselaib. Aber damit sei jetzt Schluss. «Morgen gehe ich von Bord, und Sie kommen mit.»

«Was?», fragte Léon. Er hatte erwartet, dass Bodiger ihm half, Kathrin zu finden, oder dass er ihm zeigte, wie er auf die andere Seite wechseln konnte, nicht, dass er ihn von der Grey wegbringen würde.

«Morgen hält das Schiff im schönen Pewek, der Perle der Tschukotka, und Sie und ich machen uns aus dem Staub.» Der Ort habe einen Flughafen. Zudem spreche er ein paar Brocken Russisch. Portmann solle also unbesorgt sein.

Er könne das Schiff nicht einfach so verlassen, sagte Léon. Seine Freundin sei in Gefahr.

Bodiger seufzte. Dann stand er auf, holte seinen Wasserkocher und goss sich die Mischung in eine Tasse. Er nahm im Stehen einen großen Schluck, das Gebräu roch alkoholisch und süßlich. Daraufhin setzte er sich neben Léon und legte ihm väterlich die Hand auf die Schulter. «Du brauchst mir nichts vorzuspielen, Kumpel. Wirklich nicht. Ich weiß zwar nicht, was dich auf dieses Schiff verschlagen hat. Aber ganz bestimmt keine romantische Reise mit dem Schatz.»

Also doch eine weitere Falle, schoss es Léon durch den Kopf. Man wollte ein Geständnis von ihm erzwingen. Tagelang hatte er nichts von dem Mann gehört, und auf einmal wollte er auf seiner Seite sein? Die Wahlaus hätten Bodiger geschickt, sagte er, er solle es ruhig zugeben, wobei er Bodigers Mimik beobachte. Wenn der kleinste Hinweis auf eine Lüge darin auftauchte, er würde ihn erkennen.

«Wovon zur Hölle redest du?», fragte der.

«Die Eltern meiner Freundin. Sie haben gesagt, sie würden Sie kontaktieren.»

«Mich hat niemand kontaktiert. Ich bekomme sowieso kaum mehr was mit. Die Diamond Lines haben mich längst abgeschrieben. Können es kaum erwarten, mich durch einen jungen Hüpfer zu ersetzen.» Man dränge ihn an den Rand, schließe ihn aus. Ausgerechnet ihn, der der Reederei doch jahrelang gedient habe, ohne zu murren und ohne sich zu beschweren. «Alles für die Katz.»

Léon beobachtete Bodiger, wie er sein Heißgetränk schlürfte. Ein verwelkter, aufgequollener Mann, dessen beste Tage so lange zurückzuliegen schienen, dass er sich nicht mehr daran erinnern konnte. Ob er eine Partnerin hatte, einen Partner? Familie? Es schien unwahrscheinlich. Er schien ein Eigenbrötler, *all doom and gloom.*

War es wirklich möglich, dass er nichts von den Wahlaus gehört hatte? Oder wollte er mit ihm von Bord, um ihn zu verhaften, wenn nicht gar hinter einem Hafenschuppen zu erschießen? Léon spürte, wie der Gedanke ihm die Kehle zuschnürte: Egal, was er tat, er konnte nur verlieren. Wenn er sich Bodiger anvertraute und mit ihm verschwand, hieße das, Kathrin ihrem Schicksal zu überlassen. Und wenn er hierbliebe, würde die Grey andere Wege finden, ihn zu beseitigen – ihn vielleicht sogar dazu treiben, sich selbst für immer auszuradieren, wie sie es bei Willem getan hatte. Er hatte sich in den vergangenen Tagen in eine Ecke manövriert, aus der es kein Entkommen mehr gab, in keine Richtung.

«Traust mir nicht, was?», fragte der Schiffspolizist sachlich.

«Nicht wirklich.»

«Brauchst du auch nicht. Aber wenn du auf dem Schiff bleibst, ist spätestens in Tokyo Schicht im Schacht. Kannst froh sein, dass bis jetzt keine Aufforderung von oben kam, dich am nächsten Hafen von Bord zu werfen. Besser, du kommst den Diamond Lines zuvor.»

«Das geht nicht.»

Bodiger blähte die Nasenflügel auf. «Immer noch die Freundin?»

Léon nickte.

«Du willst nicht von dieser Scharade lassen, wie?»

Er seufzte. «Na gut. Wenn wir das beide durchziehen, ist es nur gerecht, wenn ich auch alle meine Informationen mit dir teile. Also», er räusperte sich, «da wird ein Betrug durchgezogen. Ganz einfach.» Das wisse er aus sicherer Quelle, nämlich seinen eigenen Ohren und Augen. Er habe Gespräche mitbekommen, die er nicht hätte mitbekommen dürfen, und die mit an Sicherheit grenzender Wahrscheinlichkeit darauf deuteten, dass die Reederei das Schiff loswerden wolle, weil es nicht mehr profitabel genug sei. «Ein Unfall. Versicherungsbetrug.» Jederzeit könne es so weit sein.

Ein Versicherungsbetrug. Daran hatte Léon nicht gedacht. Und doch lag es auf der Hand. Das war das fehlende Puzzlestück. Und nicht er hatte es herausgefunden, sondern Bodiger, ausgerechnet.

Eine Kollision mit einem Felsen – Eisberge gab es ja keine mehr – war der perfekte Vorwand, um einen ganzen Kult ins Wasser gehen zu lassen, ohne dass jemand Verdacht schöpfte. Bis die vermutlich nicht besonders gut ausgestatteten tschuktschischen Behörden dazu kamen, nach Vermissten zu suchen, hätten die Salarius-Anhänger bereits zu ihrer Metamorphose angesetzt. Wären längst auf dem Grund des Meeres angelangt, um vermeintlich eine gänzlich neue Existenz anzufangen, während sie in Wahrheit tatsächlich als Leichen im kalten arktischen Wasser trieben. Und unter ihnen Kathrin. Kathrin, deren Geschichte damit ein abruptes Ende fände.

«Wir müssen die Polizei benachrichtigen.»

«Ich bin die Polizei.»

«Das meine ich nicht. Jemand muss das Schiff aufhalten.»

«Und wer, bitte? Der Weihnachtsmann? Wir sind in internationalen Gewässern, Portmann, unter panamaischer

Flagge, mitten in der Ostsibirischen See.» Niemand kümmere sich einen Dreck. Da wolle er bestimmt nicht die Ausnahme sein. «Was wollen Sie tun, die Behörden warnen? Niemand wird uns glauben. Auslachen werden sie uns.»

Und was mit all den Menschen an Bord sei? Ob Bodiger die einfach ertrinken lassen wolle?

«Dass ausgerechnet dich die Leute hier kümmern, so, wie die dich behandelt haben!» Wenn es ihn beruhige: Rettungsboote gebe es genug. «Ist ja nicht die Titanic hier.» Er habe extra nachgerechnet, zwei Mal. Wenn der Betrug sorgfältig ablaufe – und Val d'Ivia sei ein vorsichtiger Mensch – würde niemandem etwas geschehen.

«Außer denen, die das wollen», sagte Léon.

«Niemandem wird etwas passieren, Portmann. Trotzdem kann ich darauf verzichten, nass zu werden. Also», er klopfte sich auf die Schenkel und stand auf, «dann bis morgen. Um neun Uhr hole ich dich ab.»

Pewek war eine Ansammlung bunter Plattenbauten, die verglichen mit der überdimensionierten Grey wie Spielzeughäuser wirkten, eingerahmt von erdbraunen, kahlen Bergen. Die Grey fand kaum Platz in der Bucht, die zum Großteil von einem schwimmenden Atomkraftwerk eingenommen wurde, ein Stahlkoloss, von dem Dampf in den aschfarbenen Himmel aufstieg.

Es war außergewöhnlich kalt, sechs, sieben Grad vielleicht, als er und Bodiger vom Pier in Richtung Ortschaft liefen. Der Wind zerrte an Léons Kleidung und schob eine Wolke nach der anderen über den Himmel.

Bodiger hatte ihm einen löchrigen Wollpullover und eine orange Winterjacke überlassen, die er, wie er selbst zugab, einst aus dem Fundbüro entwendet hatte, aus dem anscheinend der Großteil seiner Kleidung stammte. «So macht's das Cleverle», hatte er dazu gemeint.

Der Juschak, der von der Tundra-Hochebene jenseits des Ortes die Berge hinunterpeitschte, blies so stark, dass jeder Schritt eine Anstrengung bedeutete. Erdkrümel und Staub wehten ihnen entgegen. Léon musste bald seine Brille abziehen und in der Tasche verstauen, weil sie zu verdreckt war, als dass er noch etwas hätte sehen können.

Sie waren zwar nicht die einzigen Passagiere, die ausgestiegen waren, aber die einzigen, die zu Fuß unterwegs waren. Die anderen hatten einen Bus bestiegen, der sie zu einem stillgelegten Bergwerk bringen sollte, Sightseeing.

Bodiger und er hatten sich von der Gruppe abgesetzt, ohne bemerkt zu werden, und waren in die Richtung losmarschierten, in der sie das Zentrum vermuteten. Beide hatten sie ihre Rollkoffer dabei, was ihr Vorankommen zusätzlich erschwerte. Sie schritten durch Schluchten, die sich zwischen haushoch aufgestapelten Frachtcontainern und verrosteten Schiffsteilen auftaten, wobei ihre Kofferrädchen Rinnen in den Boden zogen, die Wohnzone im Blick wie Wüstenwanderer eine ferne Oase.

Zwischen den Containern jagte sich ein Rudel ausgezehrter Straßenhunde umher. Unter ihrem zerfledderten Fell war die rosa Haut in Flecken zu sehen. Zuweilen blieben die Tiere stehen und legten den Kopf schräg, um die beiden Fremdlinge zu mustern, eher neugierig denn aggressiv.

Gemütlich sei das hier, sagte Léon, wobei er gegen den Wind anschreien musste. Bodiger hörte ihn nicht.

Nach etwa einer Viertelstunde, Léon spürte trotz der Kälte den Schweiß auf seinem Rücken, fanden sie sich in der Wohnzone wieder. Die Plattenbauten wirkten von Nahem besehen gepflegter als gedacht. Den Vorhängen vor den Fenstern nach zu urteilen waren auch sämtliche bewohnt. Nachdem zuvor immer mehr Menschen aus der Gegend weggezogen seien, erklärte Bodiger, hätte die russische Regierung kurz vor ihrem endgültigen Zerfall die Bevölkerung mit Steuervergünstigungen und Subventionen dazu motiviert, in den hohen Norden zu ziehen, weil sie erwartete, dass der abschmelzende Permafrost die Böden nutzbar machen würde, auch wenn niemand recht wusste, wozu.

Die Wohngebäude hielten den Wind ein wenig auf, sodass sie sich mit weniger Mühe bewegen und unterhalten konnten. Nach den vielen Tagen, in denen er das Schiffsinnere nicht mehr verlassen hatte, wirkte die nach verbrannter Kohle riechende Luft auf Léon wie ein Schock. Wie früher im Sommer, wenn er den ganzen Tag verzockt hatte, den Ventilator auf höchster Stufe, nur um dann abends in die schwüle Luft zu treten, weil seine Eltern die Nachbarschaft zu einer Grillparty eingeladen hatten und ihn zur Teilnahme nötigten. Damals, als sie noch mit den Nachbarn sprachen.

Mehrfach blickte er über seine Schultern in Richtung Grey, die wie ein Raumschiff wirkte. Wie groß sie war. Kein Wunder, dass er Kathrin nicht hatte finden können. Und trotzdem musste sie irgendwo auf diesem Schiff stecken, in ihrem Kokon, und auf ihre Erlösung harren. Einem Instinkt folgend sah er auf sein Handy. Kein Empfang.

Sie waren dabei, zu verschwinden, waren wirklich dabei. Zwei Männer, die sich gerade noch so vor einer Katastrophe hatten retten können, sie als einzige kommen sahen. Für den Sicherheitsleiter galt das wohl noch mehr als für ihn selbst. Wie lange er eigentlich auf der Grey gearbeitet habe, rief er ihm zu.

Die Antwort kam prompt: « Sieben verdammte Jahre, hab ich doch schon erzählt. » In einem früheren Leben sei er Warenhausdetektiv gewesen, so anders sei das nicht gewesen, eine abgeschlossene kleine Welt. Nun sei es Zeit, wieder festen Boden unter die Füße zu bekommen, « ich kenne ja bald jede Welle mit Vornamen. »

Wellen. Wellen, die über die Köpfe von Menschen brachen und sie in die Tiefe drückten. Léon konnte sich noch so ermahnen, nicht daran zu denken, wie Kathrin im kalten Wasser versuchte, ihren Kopf über Wasser zu behalten, und immer wieder untertauchte, es wollte ihm nicht gelingen, da konnte Bodiger noch so viel launige Sprüche klopfen, über die wunderschöne Architektur des Ortes und darüber, dass er immer schon ein Hundefreund gewesen sei. Überhaupt hatte er den Mann noch nie so ausgelassen erlebt. Fröhlichkeit zu zeigen, schien jedoch nicht seine Stärke, sie äußerte sich bei ihm mehr in einem sarkastischen Gebrumme, zwischendurch unterbrochen von einem kaum merklichen Lächeln, fast so, als ob er die Dürftigkeit Peweks genoss. « Wenn die Wohnungen schon so aussehen, müssen die Hotels ein Traum sein », feixte er.

Léon blickte auf sein Smartphone: 10:30 Uhr. In drei Stunden würde das Schiff wieder losfahren. Wenn sie bis dahin auf dem Festland blieben, gäbe es kein Zurück mehr. Dann hätte er Kathrin und all die anderem ihrem Schicksal überlassen, anstatt zu helfen. Lauter erstarrte Leichen, die im Wasser trieben, wie in der einen Szene im Titanic-Film, die ihm als kleiner Junge so viel Eindruck gemacht hatte, mit den erstarrten Toten und ihrer bläulichen Haut, kurz bevor Rose mit der Trillerpfeife auf sich aufmerksam machte, um sich in letzter Minute doch noch retten zu lassen. Nur hätte niemand eine Trillerpfeife, nur wollte niemand gerettet werden.

Der Gedanke, dass alles, was er auf der Grey kennengelernt hatte, untergehen musste, erfüllte ihn mit einer tiefen Traurigkeit. Andererseits: Was unterschied dieses Schiff von allem anderen? Alles ging früher oder später unter. Schiffe verrosteten, Menschen starben und wurden zu Erde, auf der wieder neue Menschen umher schritten und sich für klüger und wichtiger hielten als die vorhergehenden Generationen. Spezies um Spezies starb aus, Bäume brannten ab und wurden von Gestrüpp abgelöst, Gletscher schmolzen, Seen verlandeten, Berge erodierten, Sterne kollabierten, ganze Galaxien brannten aus und irgendwann würde auch das Universum implodieren, auseinanderbrechen oder zumindest erkalten.

Er wollte nur noch nach Hause und alles vergessen, was bisher geschehen war, die Beziehung zu Kathrin, die vielen Auseinandersetzungen, seine Lügen. Wenn es ihm gelänge, sicher zurückzukehren, würde er das alles hinter sich lassen, so gut es ging. Einfach ein Lehrerlein sein, ein kleines Zahnrad, immer frisch geölt, kein Murren, kein Jammern. Er war nicht für die Welt verantwortlich und für Kathrin erst recht nicht, sondern nur für sich selbst.

Erst als Bodiger ihn in die Seite boxte, merkte er, dass er stehen geblieben war.

«Kopf in den Wolken, was?» Besser, sie fänden bald ein Hotel und etwas zu essen. Das bringe Léon bestimmt auf andere Gedanken. Er hielt einen Glatzkopf in einer zeltgroßen roten Daunenjacke an, und fragte, wobei er das Wort so langsam wie möglich aussprach: «Hotel?»

Der Mann wies wortlos auf einen einige hundert Meter entfernt gelegenen blauen Plattenbau. Ein paar windschiefe kyrillische Buchstaben hingen über dem Eingangsbereich.

Als sie nähertraten, sahen sie, dass die Glastür einen Spalt offenstand, obwohl so die kalte Luft nach Innen geriet. Eingetrockneter Schlamm klebte im Eingangsbereich. Die Wände waren mit einer billig glänzenden Tapete überzogen, die sich ständig wiederholende Fotos einer mit Tautropfen benetzten Rose zeigte. Ein Geruch nach Sauerkraut und Heizung lag in der Luft. Weiter hinten war eine Rezeption aus Sperrholz mit Birkenoptik. Der Mann dahinter hatte ein unbestimmtes Alter und trug eine militärgrüne Fleecejacke. Er sah selbst dann noch durch sie hindurch, als sie direkt vor ihm standen.

Bodiger zeigte erst auf sich und dann auf Léon. Dann radebrechte er etwas auf Russisch, das Léon nicht verstand, der Rezeptionist allerdings schon. Der Mann trat hinter der Rezeption hervor und bedeutete den beiden, ihm die Treppe hoch zu folgen, die aus Rohbeton bestand.

Ihr Zimmer lag im vierten Stock. Auf dem ganzen Weg dahin waren sie keiner Menschenseele begegnet. Das Hotel machte den Eindruck, als wäre es vor vielen Jahren aus einem besonderen Anlass gebaut worden, vielleicht, um die Arbeiter unterzubringen, die das Atomkraftwerk gebaut hatten, und würde seitdem vergeblich auf einen Ansturm weiterer Gäste harren.

Der Mann schloss die Tür auf, die nicht einmal aus Sperrholz, sondern Plastik bestand, und machte mit der Hand eine Geste, die vermutlich bedeuten sollte, sie sollten sich wie zu Hause fühlen. Bodiger nahm sie sich zu Herzen: Er polterte in das Zimmer und ließ sich mit einem Seufzen quer auf das Doppelbett fallen.

Léon blieb im Türrahmen stehen, als sei er sich nicht sicher, ob er diese Schwelle wirklich überqueren wollte. Erst als Bodiger ein «herrlich weich» von sich gab, trat er ein.

Der Raum war lachsfarben und erinnerte ihn an die Einrichtung im Haus seiner Urgroßmutter, die gestorben war, als er sechs Jahre alt gewesen war: Ein dicker marineblauer Vorhang mit floralem Muster hing vor dem kleinen Fenster. Eine Neonröhre sorgte für das dem Polarkreis angemessene kalte Licht. Die Wand war mit einer plastizierten Tapete beklebt, die in ständiger Wiederholung ein Blockhaus mit Fichten zeigte. Auf einer Kommode stand ein kleiner Fernseher, den der Schiffspolizist sogleich einschaltete, worauf ein Kosakenheer über den Bildschirm donnerte. Damit schien die Sache erledigt.

Gut eine Stunde lümmelten sie auf dem Bett und verfolgten, wie Männer in roten Uniformen durch weite Steppenlandschaften ritten, einander auf die Schultern schlugen und mit blond bezopften Frauen zankten. Zwischendurch öffnete Léon das Fenster und sandte Rauchzeichen in den grauer werdenden Himmel. Es waren seine letzten Krümel Weed, und wahrscheinlich drohte ihm dafür ein Aufenthalt in einem tschutschukischen Gefängnis, aber das war ihm egal. Wie in einem Gefängnis fühlte er sich sowieso die ganze Zeit, einem Knast, dessen Gitterstäbe aus ihm selbst und seinen Ängsten bestanden. Es gab keinen Weg aus der Zelle, wenn man selbst die Zelle war. Wenn er nur wie Bodiger hätte sein können. Der Mann schien sich vollkommen aufgegeben zu haben, darin bestand seine Freiheit. Ich-Entgrenzung – war das nicht genau das, was Salarius versprochen hatte? Salarius. Seine Utopie war nur noch eine entfernte Erinnerung, verbunden mit einem Ort, der ihm bald nicht mehr zugänglich war. Tatsächlich war der Bug der Grey aus dem Fenster heraus erkennbar, wenn Léon den Kopf drehte. Noch lag der Metallkoloss am Hafen, aber nicht mehr lange.

Als der Film vorüber war, begaben sie sich auf der Suche nach Nahrung aus ihrem Bau, wie zwei Bären am Ende des Winterschlafs. Im Erdgeschoss war ein kleiner Speisesaal, der aus vier Tischen mit Plastiktischtüchern bestand, die mit einem Heer weißer Katzenköpfchen überzogen waren. In einem Fernseher in der Ecke lebte eine Sängerin im roten Kleid, die, wie Bodiger halb übersetzte, halb mutmaßte, einen Klagegesang auf ihren Geliebten anstimmte, der ihr durch eine Krankheit genommen worden war.

Ohne sie vorher nach ihren Wünschen gefragt zu haben, brachte ihnen der Angestellte zwei Gläser Kwass, dunkles Roggenbrot und zwei Teller mit einer trüben Gemüsesuppe, in der Dill und Fischstücke schwammen. Ucha sei das, erklärte Bodiger, nachdem er sich mit dem Mann unterhalten hatte. «Gut für die Blutgefäße.» Dann fragte er den Mann, ob er nicht den Fernseher ausschalten und Eros Ramazotti laufen lassen konnte. Der Mann kannte den italienischen Sänger zwar nicht, schaltete aber immerhin den TV aus.

Eine Weile schlürften sie schweigend die Suppe, ohne zu sprechen. Léon musste sich dazu zwingen, sie zu essen. Sie schmeckte scheußlich, das Gemüse fühlte sich so mehlig an, dass er annahm, dass die Suppe schon seit Monaten im Tiefkühler gelegen hatte. Aber er wollte den Hotelangestellten nicht beleidigen.

Bodiger dagegen schien es zu schmecken. Er löffelte die Suppe mit der Gier eines Menschen, der nicht weiß, wann er zum nächsten Mal etwas zu essen bekommt, was den Angestellten veranlasste, seine Schüssel noch einmal aufzufüllen. Die beiden tauschten ein paar Sätze aus, dann lachten sie, wobei sich Bodiger nicht die Mühe machte, ihre Unterhaltung für Léon zu übersetzen. Es wirkte fast, als ob Bodiger schon seit Jahren hier lebte, quasi ein Local war. Er schien die Fähigkeit zu haben, sich an jede Umgebung anpassen zu können, wie Wasser jede Form annehmen zu können, in die ihn der Zufall goss.

«Diese Entlassung war das Beste, was mir passieren konnte», schmatzte der Ex-Schiffangestellte schließlich.

Léon, der während der ganzen Mahlzeit auf seiner Lippe herumgekaut hatte, als böte sie mehr Nahrung als die Suppe vor ihm, riss die Augenbrauen hoch. Eine Entlassung? Davon habe ihm Bodiger nichts gesagt.

Der Schweizer blickte ihn an, wie ihn früher die Ladendiebe angesehen haben mussten. Dann riss er ein großes Stück aus dem Brot. Natürlich hätten sie ihn entlassen, was er, Léon, denn sonst gedacht habe? Bodiger würde einem gut bezahlten Job nicht einfach so den Rücken kehren können, Schuldgefühle hin oder her. Entlassen nach all den Dienstjahren, und zwar fristlos.

Valérie d'Ivia höchstpersönlich sei in sein Zimmer gepoltert. Bodigers Leistung habe drastisch nachgelassen, habe sie gesagt. «Und weißt du warum? Weil ich das Verschwinden deiner angeblichen Freundin an die Zentrale gemeldet habe. Die Reederei sei ungehalten, hat sie gemeint.» Bodiger hätte sich von einem Betrüger täuschen lassen, und sie, Val d'Ivia, müsse das nun ausbaden. Zudem sei Bodiger gesehen worden, wie er Léon Zutritt zu einem Zimmer verschafft hätte, das nicht seines sei. «Da versucht man einmal, das Richtige zu tun, und schon hat man den Salat. Naja. War wohl der Tritt in den Hintern, den Bodiger brauchte.»

Es war also seine, Léons Schuld, dass der Mann seine Existenzgrundlage verloren hatte. Falls er Schuldgefühle hätte spüren müssen, merkte er nichts davon. Aber wenn Bodigers Bericht stimmte, war es wahr, was Léon vermutet hatte: An höchster Stelle wollte man die Tatsachen über ihn und Kathrin aus der Welt schaffen. Bodiger war zwar kein besonders hilfreicher Zeuge, aber doch schien es den Diamond Lines ein Bedürfnis, ihn mundtot zu machen.

Es war schrecklich und schön zugleich: Léon hatte recht gehabt. Alles, was er vermutete, entsprach der Wahrheit. Die wirre Welt in seinem Kopf deckte sich doch mit der sogenannten Wirklichkeit. Er brauchte bloß noch einige weitere Informationen. Eine letzte Sicherheit. Dann könnte er loslassen, endlich und für immer.

Was denn mit dem Versicherungsbetrug sei, wollte er wissen. Bodiger habe gesagt, der laufe auf eine ungefährliche Weise ab. Wie er, Léon, sich das denn vorstellen dürfte – und wie genau Bodiger davon erfahren habe, fragte er.

«Ach so, das. Das war mehr eine Vermutung.»

«Was?»

Bodiger rutschte auf seinem Stuhl hin und her, räusperte sich. «Weil halt die plötzliche Entlassung und die Stimmung an Bord.»

Bodiger habe gesagt, er hätte es mit eigenen Augen gesehen.

«Ja. Nein. Also.» Er sei sich ziemlich sicher. Immerhin sei das die wahrscheinlichste Erklärung. Darum habe man ihm auch befohlen, vom Schiff zu gehen. Aus Angst, dass er die ganze Chose aufdecken könnte, schließlich sei er ein ehrlicher Mensch. Sogar eine Abfindung hätten sie ihm gezahlt, damit er den Flieger nach Hause nehmen könne, und die sei so hoch ausgefallen, dass es locker für eine zweite Person reiche. Ohne den obersten Sicherheitsleiter könnten sie ihren Plan wohl besser umsetzen.

Léon spürte, wie ihn das wenige an Kraft, die er gespürt hatte, seitdem sie das Hotel betreten hatten, wieder verließ, wie Luft, die aus einem lecken Gummiboot entwich. Ein toller Schiffspolizist. Baute seine Hypothesen auf Bauchgefühl und persönlichen Kränkungen auf.

Léon schob den halbleeren Suppenteller in die Tischmitte. Angelogen habe er ihn, sagte er.

«Nicht direkt. Es stimmt ja aller Wahrscheinlichkeit nach.»

«Nur weil sie dich nicht mehr wollen, muss dahinter gleich ein ausgefeilter Betrug stecken?», fragte Léon. Das kannte er doch von irgendwoher. Bodiger war nicht besser als er selbst. Stocherte genauso im Dunkeln herum, das sie alle umgab.

Also gut, sagte Bodiger, wobei er es nicht fertigbrachte, Léon ins Gesicht zu sehen, er habe möglicherweise die Fakten etwas zugespitzt. Es sei halt so, sagte er, und seine Stimme brach, dass er nicht allein habe von Bord gehen wollen. Er verbringe sonst schon so viel Zeit mit sich selbst. Und er habe sich gedacht, dass Léon sowieso genug von der Grey habe, nach der Behandlung, die man ihm habe widerfahren lassen, oder dass er ihm zumindest helfen müsse. Er möge ihn. Er erinnere ihn an sich selbst als jungen Mann. «Zwei Käuze auf Abwegen, habe ich mir gedacht.» Die Welt brauche sie nicht mehr, also könnten sie zumindest Freunde sein.

Léon kaute auf der Lippe herum. Wahrscheinlichkeiten, Vermutungen, Hypothesen. Das reichte ihm nicht. Davon hatte er selbst genug. Das war sogar alles, was er hatte: Brosamen, Erinnerungstücke, unausgegorene Ideen und Ängste.

Er stand auf, schob den Vorhang im Speisesaal zurück und linste durch die Fensterscheibe. Obwohl sie voll verschmierter Handabdrücke war, konnte er in der Ferne die Grey ausmachen. Ihm war, als ob sie ihn anzog wie einen riesigen Magneten.

Egal, wer von ihnen beiden recht hatte, bedeutete dies jedes Mal, dass sie sich ihrer Verantwortung entzogen. Lag Bodiger mit dem Versicherungsbetrug richtig, Léon aber nicht mit seiner Salarius-Theorie, schwebte seine Exfreundin – denn das war sie doch, *let's face it* – in Gefahr, ohne davon etwas zu ahnen. Und wenn er recht hatte, Bodiger aber nicht, könnte er sich zwar tatsächlich mit dem Alten absetzen, da es ja Kathrins eigener Wunsch war, ins Wasser zu gehen. Er könnte. Aber er konnte nicht. Er war nicht Bodiger. Er war nicht allein auf der Welt. Er wollte keine Insel sein – fast wäre es ihm noch lieber, wenn es ihn gar nicht gäbe, als wenn er zum Einzelteilchen würde, von allem losgelöst durch einen sinnlosen Kosmos treibend. Bodiger konnte das vielleicht, aber er war nicht stark genug dafür.

Er sah Bodiger an, der mit dem Löffel in seinem Suppenrest herumrührte und dabei wirkte wie ein Welpe oder wie jemand, dem gerade das Herz gebrochen wird.

«Du willst aufs Schiff zurück?», krächzte der Ex-Sicherheitsleiter.

Léon antwortete ihm nicht. Das war der Weg, den ihm Bodiger anbot: den des Nicht-Helden. Desjenigen, der fortschleicht, sich klammheimlich von der Bühne verabschiedet, anstatt seinen Part bis zum Ende zu spielen, wie bitter dieses auch immer ausfiel.

«Tu's nicht. Sei kein Dummkopf.»

Es war alles zu viel. Léons Kopf fühlte sich an wie nach der Sekundarschulabschlussprüfung, als es ihm knapp gelungen war, auf den Notenschnitt zu kommen, der ihm den Übergang ins Gymnasium ermöglichte. Damals hatte es sich angefühlt, als hinge sein ganzes zukünftiges Leben davon ab, dass er auf die richtigen Ergebnisse kam, richtig kombinierte und rechnete. Es war einer dieser Momente gewesen, in denen alles im Jetzt zusammenfiel, Vergangenheit und Zukunft, die Stunden, die über den Rest einer Existenz entscheiden. So kam es ihm auch jetzt vor.

«Wenn du aufs Schiff zurückgehst, werden sie dich verhaften, das weißt du.»

«Das glaube ich nicht», sagte Léon. Ein Bild zuckte durch sein Bewusstsein: Die Anhängerinnen und Anhänger von Salarius, wie sie ihn auf Händen über das Schiff trugen, ihn sorgfältig und nach und nach seiner Kleidungsstücke entledigten, bis er nackt vor ihnen stand, und wie sie ihn im Wasser eines Pools tauften, auf dass er einer von ihnen würde. Wie Kathrin und er sich im Chlorwasser umarmten, ihre Haut auf der seinen, und wie auch er alles hinter sich lassen würde, was ihn auf dem Weg zur Verwandlung hinderte.

«Wir sitzen beide im selben Boot, Léon», sagte Bodiger. «Denk einfach mal daran.»

Léon schüttelte den Kopf. Es war, als ob eine Macht ihn davon abhielt, an Land zu bleiben. Eine Art von Gravitation, die nur er spüren konnte und die ihn immer weiter hinabzog wie eine Fliege in einem Spülbecken. Er konnte nicht anders. Es war zu spät. Er musste zurück.

Als er sich erhob, stand Bodiger ebenfalls auf. Einen Moment standen sie sich gegenüber wie zwei Figuren in einem Western, *black hat and white hat, good guy and bad guy*, nur dass niemand hätte sagen können, wer wer war.

«Schade. Wir hätten Freunde werden können», sagte der Ex-Schiffpolizist. Er hatte feuchte Augen.

Er drückte Léon an sich, und kurz war alles um ihn herum Weichheit, Körperwärme und Tabakduft. Seine letzten Worte an ihn waren, er zahle das Essen dann schon und er solle ihm doch einmal schreiben.

Kurze Zeit später rannte Léon durch das fahle Nachmittagslicht, im Ohr seinen eigenen Herzschlag und das Geheule des Juschaks. Vor Anstrengung atmete er durch den Mund, weshalb seine Kehle brannte, als hätte jemand Benzin hineingekippt. Eine formlose Wolkendecke spannte sich wie ein Zelt über den Himmel. Die Straßen waren komplett verlassen, selbst die Kläffer waren verschwunden, als ahnten sie eine nahende Gefahr. Léon achtete kaum darauf. Er hatte nur Augen für die Grey, die im Wasser lag wie ein Brontosaurus auf einer mesozoischen Wiese.

Er hatte es gerade von der Wohn- in die Cargozone geschafft, als das Schiff sein Horn posaunen ließ, zum Zeichen, dass der Aufenthalt zu Ende ging und man aufbrechen wollte. Der Klang reichte, um Léon dazu anzutreiben, noch schneller zu rennen, Pawlowscher Hund, der er war. So schnell rannte er, dass es eher einem Sprint als einem Joggen glich, was dadurch noch anstrengender wurde, dass er seinen Rollkoffer mitziehen musste. Nicht nur seine Kehle, auch seine Beine brannten jetzt, und er war selbst erstaunt, dass er überhaupt noch weiterkonnte. Angst und Sehnsucht trieben ihn an.

Er registrierte den Schmerz in seinen Beinen zwar, ließ ihn aber nicht zu. Noch einmal tutete das Schiff, und er glaubte einen Moment lang, dass es sich bereits in Bewegung setzte. Vorne war das Pier zu sehen, dahinter eine beleuchtete Öffnung, hinter der die Eingangshalle lag. In einem letzten Kraftakt rannte er darauf zu, wobei er zu ignorieren versuchte, wie schwindelig ihm dabei wurde.

Schon war er auf der Betonplattform angekommen. Er bekam gerade noch mit, wie die Stahlwand der Grey vor ihm aufragte. Dann fing er an, zu husten und nach Luft zu ringen. Sauer schoss es ihm die Kehle hoch. Er erbrach die Fischsuppe auf den Beton.

Als er sich wieder etwas erholt hatte und aufblickte, war das Schiff noch da, zum Glück. Und nicht nur das Schiff. Ein Mann in einem mit einem Flamingo-Print überzogenen blauen Hemd und prominenten Kinn lehnte gegen den Pier, eine abgebrannte Zigarette im Mundwinkel, und sah ihn unverwandt an.

«Willem», brachte Léon heraus, während er sich den Mund abwischte.

«Hey», sagte der Niederländer. Sein Blick war kühl und unmöglich zu lesen.

Léon hätte erstaunter sein müssen, ihn wiederzusehen, doch es kam ihm ganz natürlich vor. Vielleicht hatte Frank ihn täuschen wollen, aber vielleicht hatte Willem auch Frank getäuscht. Vielleicht war er auch ein Geist, der den Wechsel auf die andere Seite bereits vollzogen hatte.

Der Musiker hatte sich das lange Haar komplett abrasiert, genau wie die Salarius-Anhänger, die Léon in der Nacht begegnet waren. Es stand ihm gut.

Er habe seinen Auftritt neulich gehört, sagte Léon. «Du hast echt eine schöne Stimme.»

«Schleimer», sagte Willem. Dann zwinkerte er ihm zu.

Er schien darauf zu warten, dass Léon etwas sagte, ein Codewort oder einen Schlüsselsatz, ähnlich wie ein Türsteher vor einem Club. Vermutlich war es ein Test, um zu ermitteln, ob er und die anderen Salarius-Anhänger ihm trauen, ihn zurück an Bord lassen konnten, aber Léon fiel nicht ein, was er hätte sagen können. Sollte er die Sache mit dem Seetang erwähnen? Nein, das ließ er besser sein.

Er starrte Willems Lippen an. Kurz hatte er Lust, ihn zu küssen. Schließlich sagte er: «Ich habe das Buch jetzt auch gelesen.»

«Hm?»

«PHÖNIX NATUR.»

« Ach so, das. Komisches Zeug. Ich konnte nichts damit anfangen. »

Das war wohl ein erneuter Test. Ein wenig, wie wenn ein Rabbi oder ein Zen-Meister einen neuen Konvertiten erst abweist, um seine Entschlossenheit zu testen.

« Wirklich ? Ich fand es sehr überzeugend. »

Willem ging nicht darauf ein. Stattdessen reckte er den Kopf, und sah in Richtung der Berge, die Pewek umsäumten. « Es schneit », sagte er.

Und tatsächlich: Zarte grauweiße Flocken stürzten aus dem Kosmos auf die kleine tschutschukische Stadt und ihre paar tausend Einwohner, auf die Plattenbauten, auf Bodigers Hotel, auf das schwimmende Atomkraftwerk und auf das Deck der Grey.

Es war Léons erster Schnee seit gut einem Jahrzehnt, vielleicht sogar noch länger. Eine ganze Weile blieben er und der Niederländer stehen und sahen dem Treiben zu, ohne ein Wort zu sagen. Dann, das Schiffshorn war erneut und zum letzten Mal erklungen, bestiegen sie die Treppe zur Grey und ließen sich vom Schiffsrumpf verschlucken. Léon kam es so vor, als ob es für immer wäre.

Eine Stunde später saß er einmal mehr mit seinem Laptop in der Cyber-Lounge und spielte *The Somber Prophecy.* Eigentlich hätte er lieber mit Willem die Piratenbar besucht und ihm gesagt, dass er bereit war, die Schwelle zu übertreten, die, wie Salarius schrieb, die Sprachmächtigen von den Sprachohnmächtigen trennte. Also diejenigen, die glaubten, die Menschheit werde immer besser, von denjenigen, die den Menschen abstreifen wollten wie eine Haut. Nicht, dass Léon daran glaubte, Salarius' Texte blieben Irrsinn, aber er hätte dem Niederländer damit demonstrieren können, dass er den Gedankenkosmos des Neuseeländers mühelos zu navigieren vermochte. Die Lüge hätte ihm Zugang zum inneren Kreis verschafft.

Doch als er Willem gefragt hatte, ob er – sie hätten sich, obwohl sie ja quasi Mitbewohner waren, nun schon eine ganze Weile nicht mehr gesehen – mit ihm etwas trinken gehen wolle, hatte der Countertenor bloß müde den Kopf geschüttelt. Ein Auftritt, angeblich, wo, das ließ er unerwähnt.

«Schade», hatte Léon gesagt. Willem könne sich nicht vorstellen, wie sehr er sich freue, ihn zu sehen.

«Ich muss weiter», hatte der Holländer geantwortet, sich dann aber im Weggehen ein letztes Mal umgedreht und ihn bedeutsam angesehen. Ob er auch an die Schaumparty morgen Abend komme. Er lege dort auf. Das sei ein Höhepunkt, den sich Portmann nicht entgehen lassen sollte.

«Klar», hatte er gesagt, doch Willem hatte es schon nicht mehr gehört, weil er längst in Richtung der Tür mit der Kunstpflanze geschritten war, die Léon ganz am Anfang genommen hatte, um in die Unterwelt hinabzusteigen. Die anderen Passagiere schienen sie jeweils gar nicht zu bemerken, fiel ihm jetzt auf. Sie gingen daran vorbei, als existierte sie gar nicht, hatten keinen Bezug dazu. Vielleicht gibt es die Tür nur für mich, dachte er.

Am liebsten wäre er dem Niederländer nachgerannt, aber er traute sich nicht. Jetzt hieß es, Vorsicht walten zu lassen. Er hatte sich für die Rückkehr auf die Grey entschieden, obschon ihn das Schiff abzustoßen versucht hatte, Fremdkörper, der er war. Nun galt es, zu beweisen, dass er seinen Platz hier verdiente, dass er aus dem gelernt hatte, was ihm in den vergangenen Tagen widerfahren war. Er würde sich so unauffällig verhalten wie nur möglich. Nur im Internet-Zimmer und seinem Zimmer sitzen, noch mehr Werke von Salarius studieren, mit niemandem mehr in der Außenwelt sprechen. Die Außenwelt gab es nicht mehr. Es gab nur noch das Schiff.

Ob sie ihn beobachteten, dachte er, während er den Laptop einschaltete, und entdeckte die Überwachungskamera, die in der Zimmerecke hing. War sie schon immer dort gewesen oder hatten sie sie kürzlich installiert, weil sie wussten, wie oft er sich hier aufhielt? Sollten sie doch. Sollten sie ihn beobachten. Er würde ihnen zeigen, dass er harmlos war, dass er niemandem etwas antun konnte und vor allem, dass er bereit war, von ihnen zu lernen.

Er würde an die Schaumparty gehen. Dort würde sich alles klären. Sie wäre der Knotenpunkt, in dem alles zusammenlief, was ihm bisher widerfahren war, ein Schwellenereignis, ein Initiationsritual, sein Durchbruch zu Kathrin und in eine andere Welt, die Zerstörung der Glaswand, die ihn von der Welt abtrennte, die Sprengung seines Schädels, auf dass sein Geist freier durch das All treiben könnte.

Er klickte auf das *The Somber Prophecy*-Icon und spürte, wie die Anspannung aus seinem Körper entwich, als die Titelmelodie aus den Laptop-Lautsprechern ratterte und der Umriss des verwunschenen Kontinents erneut erschien. Auch wenn es ihm in den vergangenen Tagen nie gelungen war, den Glitch auszulösen, war das Spiel zu einer Art Ersatzheimat für ihn geworden. Es kam ihm vor, als wäre es beinahe das Einzige, was ihn noch mit seinem Ich vor der Reise verband: Seine Freundin war verschwunden, seine Kleidung hatte er zum größten Teil verloren und seine Existenz als unbescholtener Student war ebenfalls vorüber, auch wenn er sich nicht sicher sein konnte, ob die Wahlaus nun bereits die Behörden eingeschaltet hatten oder nicht.

Überhaupt hätte er lieber in einem Videospiel gelebt, dachte er. Vor allem in *The Somber Prophecy.* In Videospielen mochte es zwar Glitches, Bugs, schlechte Dialoge und schlechte Spiel-Mechaniken geben, aber wenigstens war die Welt als Ganzes zweckgerichtet, teleologisch. Jeder NPC, ja, jeder Grashalm folgte einer vorprogrammierten Logik, jedes Polygon hatte seinen vorbestimmten Platz, folgte einer Art göttlichen Ordnung, in die man sich hineinfallen lassen konnte. Er hätte auch keine Hauptfigur zu sein gebraucht. Es hätte ihm genügt, ein Aschebauer auf den Phlegräischen Wiesen oder ein Fischer am Dunkelsee zu sein, Hauptsache ein NPC. Alles war besser als das Ich, in dem ihn das Schicksal festgezurrt hatte, dieses dysfunktionale Raumschiff, in dem er durch den Alltag trieb.

Inzwischen hatte er seine Dunkelelfe hochgelevelt: Sie hatte sich in der Gladiatorenarena von Rr'as an die Spitze gekämpft und die Vulkanstahl-Rüstung des Champions gewonnen; sie hatte die Hängenden Gärten von Untoten gesäubert, sich mit den Schattenfüßlern von Froststadt gegen die Trollkrieger verbündet und den Nebel gelichtet, der den Kontinent seit Jahren eingehüllt hatte. Aber trotzdem war es Léon bisher nicht gelungen, zu der Stelle hinabzutauchen, die Willem ihm genannt hatte, ohne dabei kläglich zu ertrinken, bestimmt dreißig Mal hatte er es nun schon versucht.

Wie gehabt ließ er seine Kriegerin sich ihrer Rüstungen entledigen, sodass sie nur noch das Totenhemd anhatte, das sie selbst zum Ende des Spiels unter ihrer Zeremonialrobe anbehalten würde, weil es sie – er kannte den Dialog aus der *Cutscene* in- und auswendig – daran erinnerte, dass wir uns mitten im Leben im Tod befinden.

Dann kippte er mehrere Taucher-Tränke hinunter, die ihm zusammengerechnet für gut fünf Minuten Luft geben sollten, wirkte einen Rüstungs- und einige weitere Schutzzauber, und schwamm dann in die Mitte des Sees. Er sah jetzt, da der Nebel sich gelichtet hatte, wunderschön aus, vor allem in der Nacht, wenn sich der sternübersäte Himmel über der Vulkanlandschaft mit ihrem Obsidiantempeln und Marmorschlössern spannte.

Um Mitternacht tauchte er hinunter und registrierte befriedigt, wie der blaue Balken voll blieb. Den Weg zum Seegrund hinunter kannte er inzwischen auswendig, sodass es dazu bloß einiger Tastendrücke bedurfte, bereits trieb er auf die drei Raubfische zu, die wie stets um den Felsen kreisten.

Schon schossen sie auf die Dunkelelfe zu und schnappten nach ihr. Doch auf diesem hohen Level reichten zwei, drei Faustschläge, um sie sofort tot nach oben wegtreiben zu lassen. Seine Kriegerin schwamm noch immer unversehrt im Wasser, und auch der blaue Luftbalken hatte sich nicht verändert. Dieses Mal musste er es einfach schaffen.

Der Felsen unter ihm begann, einmal mehr vor sich hin zu zucken und sich wild auf und ab zu bewegen. Léon schwamm auf ihn zu und wählte ihn an. Ein Dialogmenü öffnete sich, als handelte es sich bei dem Stein um einen Charakter, mit dem man ein Gespräch beginnen konnte. Im selben Moment brach die Hintergrundmusik ab und wurde durch eine Art statisches Flirren ersetzt, das die Unterwasser-Sound-Effekte – namentlich das blubbernde Atmen seiner Heldin und das Rauschen des Wassers – umso deutlicher hervortreten ließ.

«Fuck», entfuhr es Léon, denn der Niederländer hatte recht gehabt: Das Dialogmenü bestand tatsächlich aus unleserlichen, verdrehten Buchstaben, ein wenig so, als hätte man das lateinische Alphabet in die Mikrowelle gesteckt. Salarius fiel ihm wieder ein und seine angestrebte Auflösung der Sprache.

Léon scrollte herunter, um die Dialogoption zu finden, die es ihm ermöglichen würde, die Unterhaltung zu verlassen, nur um feststellen zu müssen, dass es immer noch eine Dialogoption mehr gab, alle gleichermaßen kryptisch und unleserlich. Er drückte nun schon mehrere Minuten auf die Pfeiltaste, und dennoch wollte die Mauer aus Zeichen kein Ende nehmen.

Erst, als er es schon gar nicht mehr erwartete, gelangte er schließlich zu einer Zeile, auf die keine weitere mehr folgte. Doch als er sie anklickte, begann dasselbe Spiel erneut: Abertausende von Zeilen, durch die er sich hindurchscrollen musste, ein Labyrinth aus bedeutungsloser, ausfransender Sprache.

Er verbrachte wohl eine halbe Stunde damit, sich durch diesen Nicht-Dialog hindurchzukämpfen, wobei er stets die letzte Zeile anwählte, in der Überzeugung, diese würde ihn zum Ende führen. Dabei war das vielleicht ein Irrtum. Vielleicht musste man eine ganz bestimmte Kombination von Dialogoptionen anwählen, und Willem hatte ihm bloß nichts davon gesagt, weil er es selbst nie so weit geschafft hatte. Womöglich war auch alles nur ein Scherz, den sich eine Programmiererin oder ein Programmierer erlaubt hatte, um unterbeschäftigte Nerds in einer Art Hamsterrad festzurren, sie zur digitalen Sisyphusarbeit zu nötigen.

Als sein Weg durch den Zeichen-Dschungel auch nach einer Stunde kein Ende nehmen wollte, beschloss Léon, aufzugeben. Aber als er die Escape-Taste drückte, um das Spielmenü aufzurufen, geschah nichts. Er versuchte es mit Control +

Alt + Delete, doch auch dies änderte nichts an der Anzeige auf dem Bildschirm: Seine Dunkelelfe, wie sie im Wasser auf der Stelle trieb, neben sich den Felsen, überdeckt von einer nicht abreißenden wollenden Pseudo-Schrift.

Jetzt reichte es ihm. Genervt drückte er auf den Power-Knopf seines Laptops, um ihn gewaltsam abzuwürgen – ohne Effekt: Das Gerät und mit ihm das Spiel liefen weiter, obwohl er so fest auf den Knopf drückte, dass sich die Spitze seines Fingernagels weiß färbte.

«Verfickter Dreck», zischte er, und hackte im Maschinengewehrtempo auf die Enter-Taste, um den verdammten Dialog endlich zu beenden.

Da verschwanden die unleserlichen Zeichen auf einmal und ein weißes Symbol blinkte mehrfach für einige Millisekunden auf, um mit jedem Aufblinken grösser zu werden und mehr Platz auf dem Bildschirm einzunehmen: Es war das Zeichen, dass er mehrfach auf dem Schiff gesehen hatte, das Männlein in der Taucherglocke.

Es war gruselig, aber es war auch wunderschön. Als er den Dialog endlich verließ und merkte, wie sich Willems Vorhersage bewahrheitete, und das Wasser des Sees stieg und stieg und seine Heldin immer höher trieb, sodass sie erst an den Gebäuden der Kaiserstadt und schließlich sogar an der Spitze des höchsten Bergs der Spielkarte vorbeischwimmen konnte, des Helmhorns, dessen ewiger Schnee auch Unterwasser weiter glänzte, hatte er Tränen in den Augen.

Er hatte es geschafft. Er hatte es wirklich geschafft. Er hatte die Welt unter Wasser gesetzt. Salarius wäre stolz.

Es war alles wahr, und es war alles gut. Morgen würde das Schiff die Beringstraße durchqueren, die Grenze zwischen Alter und Neuer Welt, was mit der großen Schaumparty gefeiert würde, dem *Main Event* jeder Überfahrt. Das wäre das Zeichen für die Verwandlung. Er war sich noch nie so sicher.

Es war ein trüber Tag Anfang September am äußersten Rande Eurasiens, und die arktischen Temperaturen näherten sich beinahe den Werten früherer Zeiten: acht Grad und dazu starker Wind, der am Schiff zerrte und dafür sorgte, dass die Grey auf den Wellen wankte, als sehne sie sich danach, für immer zu umzukippen. Léon merkte nichts davon. Er befand sich in seinem eigenen Kokon, der ihn schützte, warm und wohlig, eine weiche Rüstung aus Verdacht, gemischt mit der Sehnsucht nach unbestimmter Erlösung. Der Entscheid war gefallen, der Sprung gemacht. Er würde einer von ihnen, ob sie wollten oder nicht, auch wenn sie vielleicht noch nichts davon wussten. Léon Portmann, Salarius-Anhänger, bis zum bitteren Ende.

Seit gut einer halben Stunde musste diese Schaumparty auf dem Experience-Deck steigen. Alle wären dort, die ihn nicht hatten aufnehmen wollen, Harriota, Willem, die ganzen Passagiere, die ihn feindselig angestarrt hatten, die vielen Mitarbeiterinnen und Mitarbeiter. Und Kathrin. Er durchstreifte sämtliche Ecken des Schiffes auf der Suche nach dem Quäntchen Mut, das er brauchte, um über diese Schwelle zu treten.

Das Schiff wirkte wie eine Geisterstadt, unter der ein Kohlebrand wütete. Überall taten sich Risse auf, lagen Dinge nutzlos oder zerstört da: Sonnenliegen, zu einem großen Berg aufgeschichtet, als gelte es, ein Opferfeuer zu entzünden. Becken, aus denen das Wasser abgepumpt worden war, und die wie Wunden in der Schiffshaut klafften; Cafés und Restaurants, die nicht nur ohne Passagiere auskommen mussten, sondern komplett ausgeräumt waren. Eines davon, das Pompadour, lag offen. Keine Stühle, keine Tische, nicht einmal Dekorationselemente, nur ein Hohlraum, der zusammen mit zahlreichen anderen Hohlräumen über das Wasser glitt. Er trat kurz ein und rief erst Kathrins, dann seinen eigenen Namen. Sie hallten von den Wänden wider.

Auch auf der Autobahn war niemand. Ohne die herumwuselnden Mitarbeiter war sie nur ein weißer Schlauch, der ebenso gut ins Jenseits hätte führen können. Wenn er es nicht besser gewusst hätte, hätte er glauben können, die Grey läge verlassen in einer Werft, und er sei als Einziger aus Versehen auf dem Schiff geblieben.

Es kam ihm vor, als hätte er seit geraumer Zeit auf einer Weggabelung gestanden, ohne sich für eine Richtung entscheiden zu können. Er hatte vor der Wahl gestanden, er ganz allein. Denn er war der Hauptcharakter in diesem Spiel, nur für ihn drehten all die anderen Figuren ihre Bahnen auf dem Schiff und kauten die immer gleichen Dialogzeilen wieder. Entweder er könnte mit sich hadern, könnte zusehen, wie sich das Schiff langsam leerte, und alle anderen ins Wasser zurückkehrten, aus dem sie vor Milliarden Jahren gestiegen waren, während er selbst auf dem Trockenen zurückblieb.

Oder er konnte sich ganz der These hingeben, an die er immer stärker zu glauben begonnen hatte: dass das alles kein Zufall war. Dass die Grey ein gigantisches Experiment war, in das er zufällig geraten war, weil er die Zeichen nicht recht hatte deuten können, weil er an einer Beziehung gehangen war, obwohl sie längst zu faulen begonnen hatte. Die Grey war die Petrischale, aus der sich eine neue Lebensform ins Meer ergießen sollte; Homo Oceaneus, ein neues Wesen für eine neue Chance – ein Wesen, das den ganzen Irrtum, der die Geschichte der Menschheit bisher gewesen war, hinter sich ließ, und das sich ganz der Sprachlosigkeit hingab. Im Wasser hört dich niemand schreien.

Es war eine binäre Geschichte: Entweder sie war komplett wahr oder er lag komplett daneben. Einen Kompromiss gab es nicht, ein Dazwischen war das Einzige, von dem er wusste, dass es auf gar keinen Fall stimmen konnte.

Entweder das Symbol, das er zuerst auf Willems Brust und dann an allen Ecken und Orten erspäht hatte, war ein Zeichen, dass er ein Anhänger' von Salarius war, oder es war bloß ein Witz; entweder der Schnurrbartträger hatte gewusst, was vor sich ging, und hatte versucht, es zu verhindern, oder er war bloß ein spießiger Kinderhasser gewesen; die vielen Menschen, die auf dem Kreuzfahrtschiff verschwunden waren, waren entweder Vorboten einer kommenden Transformation oder bloß weitere Opfer einer austrocknenden, immer lebensunwerter werdenden Welt. Entweder Kathrin hatte ihn aus einem letzten Rest Liebe nicht aufs Schiff nehmen wollen, erstickender Liebe, weil sie dachte, er wäre nicht bereit für Salarius' Lehre, oder sie hatte ganz einfach allein eine ganz gewöhnliche Kreuzfahrt unternehmen wollen, um in Ruhe über ihre Zukunft nachzudenken und ob es darin noch einen Platz für ihn gab.

Vielleicht waren die vergangenen Tage auch ein Geschenk von ihr gewesen, hatte sie ihn bewusst auf diesen seltsamen Trip geschickt, damit er sie nie würde vergessen können, selbst dann nicht, wenn sie längst im Meer verschwunden war. Sie würde dennoch weiter durch sein Bewusstsein geistern, die menschgewordene Uneindeutigkeit, eine Aporie auf zwei langen Beinen, und ihn bis ans Ende seiner Tage nicht mehr loslassen, kein Mensch mehr, sondern die pure Paranoia.

Und doch hatte Kathrin es geschafft, ein Licht auf die Wirklichkeit zu werfen, dessen Spektrum er bis vor dieser Reise nicht hatte wahrnehmen können; alles schillerte, war ein irisierendes Spektakel. Es kam ihm vor, als hätte er die vergangenen achtundzwanzig Jahre nur vor sich hingelebt, immer nur das nächste Ziel vor Augen, den ersten Kuss, den

Schulabschluss, den Berufseinstieg. Sie hatte ihm gezeigt, wie viel mehr es gab als das, ihn aus dem ewigen *rat's race* hinaus in die klirrende Kälte des Alls befördert. Da schwebte er nun zwischen Sternenkonstellationen und verstand, dass er so gut wie nichts verstand, bis auf eines: Salarius hatte recht. Es brauchte ein Game over, damit das Spiel noch einmal von vorne beginnen konnte.

Entweder verbarg sich ein Sinn hinter allem, was ihm in den vergangenen Tagen widerfahren war, gab es einen großen Zweck, auf den sich alles richtete. Entweder hing alles zusammen wie die Bestandteile einer perfekt schnurrenden Maschine – oder die Welt zerfiel in lauter disparate Einzelteile, in Zahnräder, die nicht ineinandergriffen, einen widersprüchlichen Programmiercode, der immer dieselben Schlaufen erzeugte. Solange er die Schaumparty nicht betrat, würden beide Möglichkeiten gleichwertig nebeneinander bestehen, und das hielt er nicht aus. Manchmal sei A eben zugleich Nicht-A, hörte er seinen Philosophielehrer aus Gymnasialzeiten sagen, Herr Luketic, den Kettenraucher. Er verscheuchte die Stimme aus seinem Kopf. Die konnte er gerade nicht brauchen. Seine Existenz war zu lange zu lose gewesen, ohne Sinn oder Tiefe. Damit war jetzt Schluss.

Er lehnte sich über die Reling oben auf dem Aussichtsdeck, einem Turm, der sich über die Grey erhob und sogar die Brücke überragte, rieb sich die Schläfen und genoss, wie der Wind an ihm zerrte. Von hier oben sah das Schiff aus wie eine Mondlandschaft. Nirgends war Leben zu sehen, nur aus dem Experience-Deck weiter vorne wummerten Bässe. Laserstrahlen schossen aus dem großen Auge in der Schiffsmitte in den wolkenverhangenen Himmel, als wollten sie ihn zerteilen, damit er ins Wasser stürzte. Kein Zweifel, dort waren sie alle; nur er fehlte. Sie warteten auf ihn. Er war der letzte Baustein, den sie brauchten, um ihr Werk komplett zu machen.

Er stellte sich vor, wie Kathrin tanzte, mit all den anderen ein Knäuel bildete. Die Haare und Brauen hatte sie sich abrasiert, ihr Schädel lag so nackt da wie der aller anderen, bereit, um die Wahrheiten der Tiefe zu empfangen.

Er musste sie sehen, er musste dahin, und so fand er sich gut eine Stunde nach Veranstaltungsbeginn vor der Flügeltür, die zum Experience-Deck führte. Auf dem ganzen Weg hatte er keine Menschenseele getroffen, und auch jetzt war er allein, bis auf eine Türsteherin. Als er nähertrat, erkannte er, dass es Frau Schlynger war, Harriotas Chefin. Sie strahlte ihn schon von Weitem mit einem Haifischlächeln an und rief seinen Namen, als hätte sie ihn erwartet.

Die Festivitäten waren in vollem Gange. Vom Deck her waren wummernde Bässe zu hören, dazu das Gejohle und Getobe tausender Menschen. Eine Stimme, die ihm nur allzu bekannt vorkam, rief immer wieder «seid ihr bereit», «oh yeah» und dergleichen. Durch den Spalt in der Tür gewitterte es in allen Farben.

Schlynger hatte sich ihrer blonden Haare entledigt. Stattdessen klebte eine silberhaarige Perücke auf ihrem Kopf, so jedenfalls seine Vermutung. Die Rezeptionschefin trug einen Neoprenanzug ähnlich dem, den das Grüppchen getragen hatte, das ihm in der Nacht begegnet war, ein weiterer Beweis, dass alles kein Traum gewesen war. Schaumstreifen klebten an ihrem Körper, eine neongelbe Plastik-Sonnenbrille verbarg ihre Augen.

Sie wolle ihm wohl den Zugang verbieten, sagte Léon, und streckte den Brustkorb heraus.

Schlynger sah ihn verwirrt an oder besser: spielte die Verwirrte. Wie er das meine, fragte sie.

Er sei bereit, sagte er.

Das freue sie, sagte sie gedankenabwesend. Es sei schön, dass er dabei sei, schließlich sei es das letzte Mal.

Das letzte Mal. Er hatte recht gehabt. Eine letzte Feier, bevor das Schiff im Meer versank, ein ekstatischer Abschiedstanz, um sich gemeinsam von allem zu verabschieden, was bisher das Mensch-Sein ausgemacht hatte. «Weshalb denn das?», fragte er.

«Die Reihe ist beendet.»

Auch wenn er sich nicht sicher sein konnte, was sie mit der Äußerung beabsichtigte, fühlte es sich doch so an, als ob sie damit die Menschheit selbst gemeint hatte, kluge Tierchen mit einer Millionen Jahre alten Ahnenreihe. Ein paar Atemzüge nur, schon waren sie wieder Vergangenheit, zogen sich von der zunehmend unwirtlichen Erdoberfläche in die Tiefe des Wassers zurück, aus dem sie gekommen waren.

Schlynger konnte ihm nichts vormachen. Wenn sie nicht offen darüber sprechen wollte, was hier vorging, war das ihre Sache. Trotzdem war er *in on the joke*, dem kosmischen, nicht nur das, er war auch Teil der Pointe, gemeinsam mit Kathrin und all den anderen. Er brauchte nicht mehr allein zu sein. Niemand brauchte mehr allein zu sein, wenn es niemanden mehr gab, keine Einzelnen mehr und auch keine Gedanken, sondern nur noch eine friedfertige Existenz als Meereswesen ohne Wörter und Konzepte.

Er schwang die Tür auf und trat über die Schwelle. Hinter sich hörte er Schlynger sagen, sie wünsche ihm viel Spaß, und er würde es sicher nicht bereuen. Dann verschluckte ihn die Party.

Das Experience-Deck kam ihm viel größer vor als beim vorherigen Mal mit Harriota. Wie der Innenraum einer verfallenen Kathedrale. Der dumpfe Bass war so kräftig, dass er ihm gegen den Bauch drückte, und seltsame Vibrationen durch seinen Körper sandte, sodass er unwillkürlich mit dem Kopf mitwippen musste. Ein Getrommel, wie ihn alte Kulte vor ihren Menschenopfern veranstaltet haben mochten. Jemand hatte lauter Leiber in den Raum geschüttet, die in Bikinis und Badehosen auf der Stelle traten, die Arme zum Sternenhimmel gereckt, die Augen verdreht. Viele standen im Schwimmbecken, dessen Wellen ausgeschaltet worden waren, andere darum herum. Über allem lag eine dicke Schaumschicht. Lichtfäden tanzten durch den Raum und tauchten ihn in wechselnde Farben. Die Bambusabdeckung war entfernt worden, um mehr Platz für die Tanzenden zu schaffen.

So eng standen die Menschen nebeneinander, dass sein Hirn sie gar nicht mehr als solche registrierte, sondern nur noch als ein einzelnes Wesen, wie ein sich synchron bewegender Schwarm. Eine gallertartige Masse, die ihn entweder aufnehmen oder wie einen Fremdkörper ausstoßen würde. Salarius' Traum.

Vorne auf der Bühne stand Willem mit seiner Band, diesmal allerdings nicht in Weiß, sondern in Schwarz gehüllt. Hautenge Ganzkörperanzüge schmiegten sich an ihre Körper, wie es wohl bald das Wasser tun würde. Das Material sah nach Neopren aus.

Über den Musikern schwebte eine Art Pappmaschee-Poseidon in psychedelischen Farben, dessen Augen vollautomatisiert in den Höhlen rollten, als störe er sich an den Sterblichen. Auf seinem breiten Brustkorb prangte das Taucherglockensymbol. Als Léon genauer hinsah, merkte er, dass seine Gesichtszüge denjenigen Willems glichen.

Rechts und links der Bühne waren Maschinen aufgestellt, die periodisch Flammen in die Luft beförderten. Kanonen schleuderten Schaumflocken in die Luft, die sich über die Tanzenden ergossen. Manche der Körper waren ganz damit bedeckt.

Es war, als ob die dicke Schaumdecke die Menschen von den letzten Hemmungen befreite. Viele tanzten eng umschlungen, schoben sich die Zungen in den Hals, griffen sich gegenseitig in den Schritt, bissen sich gegenseitig in die Hälse, schlugen sich spielerisch oder kratzten sich unter Gelächter gegenseitig die Haut auf.

Erneut pumpten die Kanonen eine Schaumschicht in die Luft. Die Partyteilnehmer quittierten das himmlische Geschenk mit Gejubel, wie einen langerwarteten Regen. Einige streckten gar die Zungen heraus und schnappten gierig nach der Substanz. Vielleicht enthielt sie eine Droge, die die Transformation erleichtern würde? Ohne zu zögern, streckte auch Léon den Kopf hoch und schnappte nach der zähen, an geschlagenes Eiweiß erinnernden Masse.

Sie schmeckte seifig und brannte, als er sie herunterschluckte. Er verstand nicht recht, wozu es noch mehr von dem Schaum brauchte. Er reichte den Menschen bereits bis an die Knie und klebte an der Haut. Kleine falsche Eisberge davon trieben auf dem Wasser. Trotzdem wurde immer mehr davon auf das Deck gepumpt, wie um alles unter einer dicken Schneedecke zu begraben. Er dachte an Lawinen, die ins Tal niedergingen und jede Spur menschlichen Lebens beseitigten, an Erdrutsche und Überschwemmungen. Die Gleichgültigkeit der Natur, die hinnahm, was auch immer die Menschen vorhatten, die nicht wertete, aber auch nicht tot zu kriegen war, anders als die Menschheit. Phönix Natur.

Er presste die Arme dicht an seinen Körper. Menschenmengen hatte er noch nie gemocht. An Konzerten war er immer ganz hinten oder am Rand gestanden. Manchmal hatte Kathrin ihn zwar an der Hand genommen und mitten hineingezogen, mitten unter die Menschen, aber nachdem er eine Viertelstunde neben ihr gestanden hatte, hatte er sich meist wieder an die Peripherie verziehen müssen, weil sein Herz nicht aufhören wollte, wie irre zu schlagen und er den Gedanken nicht loswerden konnte, er würde bald ersticken oder zu Tode getrampelt werden. Das sei eine Phobie, hatte Kathrin immer gesagt, und er solle sich Hilfe holen.

Doch dieses Mal war alles anders. Der Mahlstrom aus Fleisch und Schaum kam ihm warm und einladend vor, er bot Sicherheit, wenn nicht gar Erlösung. Und Kathrin war irgendwo hier drin, das wusste er. Er schloss die Augen und unternahm einige Schritte in die Menge hinein, die ihn aufnahm und verschluckte.

Er spürte die Wärme fremder Körper. Nackte Bäuche drückten sich gegen ihn, Beine rieben an den seinen, aus allen Richtungen krochen Finger über seinen Rücken und tasteten ihn ab, als wollten sie die Stellen erspüren, an denen man ihn am besten zerreißen konnte. Es roch nach Chemie und Schweiß, gemischt mit einem überwältigend starken Ambrageruch. Er musste den Menschen aus den Poren triefen, war wohl ein Zeichen ihrer baldigen Transformation in Wasserwesen. Roch er selbst nicht auch bereits so? War er nicht inzwischen ein Teil von ihnen?

Er schrie, Salarius habe recht gehabt, das Nichts siege, und wer er schon sei, sich ihm entgegenzustellen. Seine Kehle schmerzte, so laut brüllte er, und dennoch verstand er wegen der lauten Musik seine eigenen Worte nicht mehr.

Wie in einer Mühle kam er sich vor, einer Mühle aus Körpern, die ihn zwischen sich zermahlten. Die Leute um ihn herum schoben ihn immer tiefer in die Menge hinein, die sich jedes Mal sofort hinter ihm schloss, sich fast wie Wasser verhielt. Die Fratzen der Menschen um ihn blitzten so schnell auf und verschwanden wieder im Schaum, dass er sie nicht zu fassen bekam, ein Karussell aus Gesichtern. Einmal glaubte er, die Mutter vom Poolbereich zu sehen, die ihre Tochter auf den Schultern trug. Selbst die Kinder waren also dabei. Weißblitzende Zahnreihen, brüllende Münder, erloschen wirkende Augen. Die Gesichter hoben und sanken sich im Rhythmus der Musik, blähten sich auf und fielen in sich zusammen.

Er fühlte sich, als schwebte er außerhalb seines Körpers, als schwebte er über ihm und könnte zusehen, wie er sich langsam ausdehnte, bis er so groß war, dass er das ganze Universum ausfüllte. Gleichzeitig kam er sich vor, als wäre er gar nicht da, als bewege er sich inmitten eines Hologramms, aber es musste Wirklichkeit sein, denn er spürte die Menschen um sich und den Schaum. Schon sah er gar nichts mehr, denn die Schaumdüsen arbeiteten nun so schnell, dass er über und über mit der chemischen Masse bedeckt war. Sie drang in Augen, Nasen, Münder und brannte wie Reinigungsmittel. Wie ein außerirdisches Wesen kam sie ihm vor, ein tausendarmiger Parasit, der ihre Körper als Vehikel einem neuen Zweck zuführen wollte. Die Menschen griffen mit vollen Händen nach der Masse und bewarfen sich damit.

Wo war Kathrin? Er musste sie noch ein letztes Mal sehen, bevor sie sich alle auflösten, bevor sie alle gemeinsam die neue Ära einläuteten. Er formte mit beiden Händen ein schützendes Dach über seinen Augenhöhlen, dann sah er wieder hin: Der Schaum strömte noch immer aus den Rohren. Er reichte ihm bald bis zu den Schlüsselbeinen. Selbst auf der Bühne waren inzwischen einige Häufchen davon. Willem schien sich nicht davon stören zu lassen, er stand weiterhin wie gebannt an seinem DJ-Pult.

Der Countertenor schien zufrieden damit, seine Fähigkeiten in den Dienst der feierwütigen Menge zu stellen. Nichts verriet, dass er mit seinem eingeschlagenen Weg unglücklich war. Dann drückte er einige Knöpfe, und die Beats wurden plötzlich leiser, um anschließend durch barocke Streichinstrumente ersetzt zu werden.

Willem breitete die Arme aus wie ein siegreicher Feldherr, schloss die Augen, und sagte, da dies die letzte Schaumparty sei, an der er teilnehme, wolle er etwas Besonderes probieren, das Publikum solle nachsichtig sein.

Dann riss er den Mund auf und, ja tatsächlich, er fing zu singen an. Seine Stimme war überirdisch hoch, so rein und klirrend kalt, wie Léon sich Gletschereis vorstellte:

Eternal source of light divine
With double warmth thy beams display
And with distinguish'd glory shine
To add a lustre to this day.

Léon spürte, wie ein elektrisches Zucken seine Wirbelsäule hinunterschoss, so schön klang der Gesang. Wie passend, dass sich der Countertenor an seinem letzten Tag als Mensch auf seine Wurzeln besann. Zurück auf Anfang, auf Feld eins, und doch war es kein kompletter Neubeginn, weil alles Vorherige sich in die Körper eingeschrieben hatte. Ein Schwanengesang auf die Menschheit, Händel, wenn er sich nicht täuschte. Ihm fiel ein, wie sein Vater sich früher nach der Arbeit mit dem CD-Player auf die Couch verzogen hatte, um Bruce Springsteen zu hören, wobei er stets die Augen geschlossen hatte, als könne er in der Musik verschwinden.

Ihm war nun, als würde auch er selbst langsam verschwinden. Wie hatte Bodiger es genannt, wie ein Zuckerwürfel in einer Tasse Tee? Man konnte auch untergehen, ohne je ins

Wasser einzutauchen. Bald wäre es vorbei. Bald hätte er alles vergessen. Bald hätte alles ihn vergessen.

Nur eine letzte Mission gab es noch zu erledigen, bevor die Credits rollten, bevor seine Heldenreise vorüber war: die Wiedervereinigung mit Kathrin.

Ich bin Léon, flüsterte er sich zu, Léon Portmann, und ich suche Kathrin Wahlau, meine Freundin.

Vor lauter Schaum war kaum ein Durchkommen, und die Menschen um ihn herum waren nur noch farbige Fetzen zwischen dem ganzen Weiß.

Er trat mit dem Fuß gegen die Masse, um sich einen Weg zu bahnen. Schließlich verfiel er darauf, den Schaum mit den Händen wegzuschaufeln wie beim Brustschwimmen. Seine Handflächen und Ellbogen trafen dabei immer wieder auf fremde Körper. Niemand stellte sich ihm in den Weg, niemand beschwerte sich, es war, als wären sie Wasser und er ein Fisch darin.

Bald war er, ohne es zu merken, direkt an den Rand des Beckens geraten. Nur eine Handbreit war zwischen ihm und dem Wasser, das mittlerweile so dicht von Schaum bedeckt war, dass er es kaum erkannte. Wenn sie im Becken war, konnte er es von hier aus nicht sehen. Überhaupt war die Sicht inzwischen so schlecht wie in einer nebligen Novembernacht. Selbst ohne den Schaum wäre es schwierig gewesen, sie unter den tausenden von Leuten zu erkennen. So aber war es beinahe aussichtslos. Oder schien zumindest so, wenn er seinem Verstand vertraute. Aber er wollte nicht mehr auf ihn hören, er war nicht mehr sein Freund.

Die blitzenden Lichteffekte, die hämmernde Musik und die vielen Leute ließen ihn schwindeln. Der Schaum und die Menschen um ihn herum bildeten eine Mauer, die ihn einkesselte. Er hatte das Gefühl, kaum Luft mehr zu bekommen, aber seltsamerweise löste das keine Angst in ihm aus, sondern Begeisterung.

Er hörte das Blut in seinen Ohren rauschen, es kam ihm vor, als hätte das Meer seinen Körper ausgefüllt und wolle ihn von innen ertränken. Sein Herz pochte, als drohe es jeden Moment zu explodieren. Er zitterte am ganzen Körper, hatte das Gefühl, sich nicht mehr auf den Beinen halten zu können vor lauter Vorfreude. Bald wäre es so weit. Wenn er nun umfiel, würde er von den anderen zerdrückt, dachte er, und dass das vielleicht schön wäre.

Auch Willem sang schließlich davon, sang davon, dass nun endlich alles gut sei:

Let flocks and herds their fear forget
Lions and wolves refuse their prey
And all in friendly consort meet
Made glad by this propitious day.

Im selben Moment trat eine Frau vor – kurz blitzte ihr Gesicht auf, eine große Nase, schwarze Haare, womöglich war es Harriota – und stieß ihn ins Wasser. Er hörte, wie es um ihn herum hochzischte. Dann spürte er, wie sein Körper durch das Wasser trieb und auf dem Boden aufprallte.

Irgendwie kam er wieder auf seine Beine, presste seinen Kopf durch die Wasseroberfläche. Er spürte, wie ihm eine warme und salzige Flüssigkeit über die Wangen lief. Tränen. Er beschloss, dass es Freudentränen waren.

Kathrin war ganz nah, das spürte er. Er kämpfte sich weiter, in welche Richtung, konnte er nicht erkennen, aber das war egal, seine Instinkte leiteten ihn. Er spürte nicht einmal, ob das Wasser kalt oder warm war, er spürte gar nichts mehr, war nur noch eine Kamera, die sich durch den Schaum schob und alles registrierte, ohne zu urteilen. Hie und da blitzte ein Gesicht auf, das ihn freundlich musterte, du bist einer von uns, schien es zu sagen, du gehörst dazu. Immer wieder ging man ihm aus dem Weg und bildete eine Gasse, als würden sie alle wissen, was sein Ziel war.

«Kathrin? Kathrin? Kathrin, bist du hier irgendwo?», hörte er sich rufen.

Er spürte, wie ihn fremde Hände berührten, nicht unfreundlich, sondern sanft, und ihm die Richtung vorgaben. Willems Stimme war jetzt noch lauter, wahrscheinlich war er näher an der Bühne, und doch glaubte er, Stimmen zu hören, die ihm beruhigend zuredeten, wie Eltern einem kranken Kleinkind. Er war nicht allein, er war Teil von etwas Größerem.

Léon spürte sich schluchzen. Es war, als ob er langsam schmolz, sich wie Eis in der Sonne auflöste. Wunderschön war das.

Und dann, plötzlich, stand er vor ihr.

Er erkannte sie sofort, obwohl er zwischen dem Schaum nur einen Ausschnitt ihres Körpers sah: die kräftigen Läuferinnenoberschenkel waren klar die ihren. Als ob immer noch ein Magnetismus von ihr ausging, trotz allem, was zwischen ihnen vorgefallen war. Die Frau stand einfach nur da, den Körper ihm zugewandt, den Kopf in den Schaumwolken. Er rief erneut ihren Namen, da machte sie einen Schritt auf ihn zu. Ja, der Gang war unverkennbar ihrer, kein Zweifel. Es musste sie sein, ganz eindeutig, auch wenn er sie nicht sah.

Sie arbeiteten einander entgegen, kamen sich immer näher. Schon hatte er die Frau erreicht. Es waren vielleicht noch zwei Handbreit zwischen ihnen. Sie stand direkt vor ihm. Dann riss der Schaum entzwei, und er sah ihr Gesicht.

Nachwort

Das hinter uns Liegende ist kein gefügter, kein geschlossener Text. Es fängt an wie einer: ein Pärchen auf einer Kreuzfahrt, «dead on arrival», wie man sofort bemerkt, wenn man nicht Léon heisst und nicht wahrhaben möchte, dass man eigentlich alleine ist. Alleine auf diesem Schiff, in dieser Welt, der letzte Mensch vielleicht nicht, aber doch der Letzte seiner Art, denn Kinderzeugen kann er wohl auch nicht.

Also muss man ihm beibringen, was die Stunde geschlagen hat, muss man sein Leben ihm wegnehmen, und Adam Schwarz' zweiter Roman tut es. Seine Hauptfigur gibt nicht leicht nach, wie sollte sie auch. Sie klammert sich zunächst an Erzählungen, die man kennt oder zu kennen glaubt: Kriminalerzählungen, in denen sie schuldlos zum Mörder wird, Legenden von der Gemeinschaft im Untergang, in denen sich die «Jane Grey» in die «Titanic» verwandelt, Robinsonaden, Sozialexperimente, «Dystopien». Romantisches Erbe, natürlich völlig unbrauchbar für die nahende Zukunft, in der eine Spezies auf ihrem Planeten umhertreibt und nur noch «von den Überresten besserer Zeiten» zehrt, «um die Illusion am Leben zu erhalten, alles könne weitergehen wie bisher».

Und so unterläuft «Glitsch» diese ganze monströse Allegorie des Weltenschiffs mit seinen Klassen und internationalen Spezialitäten, indem es sie mit einem Gedanken infiziert, der sie viel härter trifft als jeder Eisberg: In der Sprache macht man sich kein Bild von sich selbst. All die aufgespannten Narrative, die dem Verschollenen Léon Halt geben, um noch oder wieder «wer zu sein», um die Kontrolle über sein Leben zurückzuerhalten – sie taugen alle nichts. Der ominöse Privatgelehrte C.C. Salarius hat wohl recht: Es gilt von nun ab, «das Denken aufzugeben, die Köpfe zu leeren, und sich selbst zum Objekt zu machen». Doch wie tut man das?

Die Lösung sucht und findet dieser Roman in einer verschütteten Wirklichkeit, die dort zutage tritt, wenn man den «falsch programmierten Pfaden» folgt. Als Objekt lernt man sich nur dort begreifen, wo der Code lesbar wird, in dem man selbst verfasst wurde – und dorthin verschlägt es Léon Schritt für Schritt, Deck für Deck. Dort, bei den «Glitches», an denen man die Nähte besichtigen kann, die das Konstrukt unserer Realität zusammenhalten. Sie zu öffnen, sich zu öffnen, umschreiben zu lassen und dabei Vertrauten und Vermissten, Geliebten und Verhassten wieder zu begegnen – das ist das Wagnis, auf das sich dieser Roman einlässt.

Unter all dem Schaum und Haschischdampf liegen freilich keine Antworten verborgen. Die Welt wird nicht mehr heilen, Analogfisch bleibt Analogfisch, Europa liegt bereits unrettbar im Rücken, Ostasien ist noch in der Ferne. Die Texte am Grunde des Glitches von «The Somber Prophecy» bleiben – noch – unlesbar. Doch vielleicht müssen wir auch erst wieder lesen lernen in einer Welt, die so ganz unter Wasser steht. Und dann erfahren wir den Rest dessen, was sich damals auf dem Polarmeer zugetragen hat.

Philipp Theisohn

Danksagung

Ich danke all diesen wunderbaren Menschen, die «Glitsch» durch ihre Ratschläge und ihre Unterstützung erst ermöglicht haben:

Jasmin R. Arndt, Donat Blum, Angela Fessler, René Frauchiger, Christoph Geiser, Romana Ganzoni, Thomas Gierl, Stefan Gubser, Philipp Hartmann, Selina Hauswirth, Patrick Hegglin, Lukas H., Dragica Rajčić Holzner, Jan Müller, Werner Rohner, Theres Roth-Hunkler, Tanasgol Sabbagh, Angelia Schwaller, Gregor Szyndler, Philipp Theisohn, Sanne Welmers, Benjamin von Wyl, Luke Wilkins, sowie der Kartause Ittingen, dem Literarischen Colloquium Berlin, dem «Narr», der Pro Helvetia und dem Fachausschuss Literatur BS/BL.

Ebenfalls bei Zytglogge erschienen

Adam Schwarz
Das Fleisch der Welt oder die Entdeckung Amerikas durch Niklaus von Flüe

Roman
ISBN 978-3-7296-0957-0

«Adam Schwarz, 1990 geboren, betreibt in seinem Erstlingsroman elegante Geschichtsfälschung. Er erzählt sehr anschaulich aus der Sicht von Hans von Flüe und schreckt dabei vor keinen Gräueltaten zurück.»
Wolfgang Bortlik, 20 Minuten

«*Das Fleisch der Welt* ist nicht als Erbauungsliteratur konzipiert. Und doch wirken die kurzen Sätze, von denen man nicht genug bekommen kann, auf diese bestimme Art und Weise erbauend, wie es gute Literatur vermag: Man wird gepackt, verstört, inspiriert und zum Nachdenken angeregt.»
Iris Meier, bz Basel

«Da ist viel Geschichtswissen, viel Sarkasmus à la Monty Python und eine fabelhaft charmante Umschreibung einer Schweizer Legende drin. Es gilt ein neues Erzähltalent zu entdecken.»
Hansruedi Kugler, Luzerner Zeitung

© Stefan Dworak

Adam Schwarz
Geb. 1990 in Bülach, studierte Philosophie und Germanistik in Basel und Leipzig und arbeitet als Kulturjournalist. Er lebt in Basel. 2017 erschien sein erster Roman «Das Fleisch der Welt» im Zytglogge Verlag.